KB131658

살아가야만 한다는 것이.」

전지적 독자 시점

전지적 독자 시점

Omniscient Reader's Viewpoint

싱숑 장편소설

PART 1

08

비채

차례

32

Episode

김독자의 사랑

Omniscient Reader's Viewpoint

1

김독자가 떠나고 나흘이 지났다.

성도城道는 여전했고, 멸망의 기색은 조금도 보이지 않았다.

그 어느 때보다 평화롭고, 심지어는 나른한 낙원의 하늘. 그 하늘을 보던 이길영이 어두운 목소리로 입을 열었다.

"우린 버려졌어요."

"저 꼬맹이 또 시작이네."

"독자 형이 우릴 버렸다고요."

울상이 된 이길영은 이틀 전부터 틈만 나면 그 소리를 반복했다. 근처에서 칼날을 갈던 이지혜가 인상을 찌푸렸다.

"모처럼 편안한데 왜 난리야?"

"주인공이 동료를 두고 갈 때가 언제인지 알아요?"

"언젠데?"

"동료가 방해될 때예요."

"……."

"우린 '쓸모없음' 판정을 받은 거라고요."

"그 아저씨가 무슨 주인공이냐? 주인공이라면 솔직히 사부 쪽이 더 어울리지. 그리고 이건 소설이 아니라고, 꼬맹아."

작게 투덜거렸지만, 이지혜도 표정이 그다지 밝지는 않았다. 지난 나흘간 일행에게는 아무 일도 일어나지 않았다. 말 그대로 단꿈 같은 평화였다. 이렇게 평온해도 될까 싶을 정도의 평온. 누구도 그들을 위협하지 않았고, 세상천지에 그들이 걱정할 만한 것은 없었다.

종일 하는 일이라곤 틈틈이 스킬을 수련하는 것, 그리고 김독자가 남긴 조언을 되새기는 것이 전부였다.

「길영이는 스킬 지속력이 부족해. 코인이 남으면 '인내심'이나 '불굴의 끈기'를 구해봐. 거래소를 이용해도 되고, 배후성한테 부탁해도 좋고.」

「지혜 넌 능력치가 너무 민첩에 편중되어 있어. 남는 코인 있으면 근력이나 마력에 투자해. 어디에 투자하느냐에 따라 네 전투 방식도 바뀔 거야.」

「유승이는 일단 '길들이기'와 '상급 다종 교감'을 최대 레벨로 올리는 데 집중해. 테이밍 관련 다른 스킬이 필요하면 언제든 나한테 말하고.」

이길영의 말 때문일까. 괜히 불안해진 이지혜가 옆에서 정좌하고 있던 신유승을 흘끗 바라보았다. 신유승은 김독자의 조언에 따라 한참 [상급 다종 교감]을 수련하는 중이었다. 이지혜가 발가락으로 신유승의 옆구리를 쿡쿡 찔렀다.

"야, 짐승 꼬맹이."

"……왜요."

"그렇게 노려보지 마. 물어볼 게 있어서 그래."

"뭔데요?"

"너, 독자 아저씨 원래 뭐 하던 사람인지 알아?"

신유승이 눈이 가늘어졌다.

"그건 왜 물어요?"

"그냥. 넌 아저씨 화신이니까 뭔가 좀 알까 싶어서. 화신은 배후성이랑 동조율이 높아질 때마다 배후성 정보를 얻잖아."

이지혜 또한 성흔을 사용할 때마다 생전 충무공의 기억을 공유받았다. 성흔이란 결국 설화의 중핵中核. 힘을 쓸 때마다 필연적으로 성좌의 이야기를 알게 되었다.

드러누워 있던 이길영이 어느새 벌떡 일어나 신유승의 말에 귀를 기울였다. 이길영과 눈이 마주친 신유승이 의기양양하게 어깨를 펴더니, 작은 입술을 매만지며 뭔가 곰곰이 생각하다 입을 열었다.

"아저씨는……."

"아저씨는?"

"고독한 사람이에요."

"야, 그런 말은 아무나 할 수 있잖아."

이길영의 태클에 신유승이 입술을 깨물며 말을 이었다.

"그리고 책을 아주 좋아하는 사람이고……."

"책?"

"네. 아저씨를 생각하면 무수한 페이지 같은 게 떠올라요. 그게 뭔지는 잘 모르겠지만…… 페이지 내용도 보이지 않고요."

신유승이 거기까지 말한 뒤 분하다는 듯 고개를 푹 숙였다.

"지금은 그 정도밖엔 모르겠어요. 전 아직 성흔도 못 받아서."

"……기죽이려고 물어본 건 아닌데."

이지혜가 신유승의 작은 어깨를 도닥였다. 눈을 빛내던 이길영도 다시 심드렁한 표정으로 허공을 올려다보았다.

문득 누군가의 부재를 실감하게 되는 순간이 있다. 겨우 한 사람이 없을 뿐인데 분위기가 이렇게 달라지다니. 이지혜는 새삼 이 멤버로 잘도 여기까지 살아남았구나 싶었다.

잘 보면 저마다 불안한 사람뿐이었다.

김독자에게만 의존하는 두 꼬맹이. 매뉴얼밖에 모르는 군인. 배후성을 잘못 만나 제대로 힘을 못 쓰는 미소녀 검객…….

[성좌, '해상전신'이 화신 '이지혜'의 애국심을 비난합니다.]

코웃음을 친 이지혜가 귀를 막고 "아바바바" 소리를 냈다.

"그나저나 군인 아저씬 또 저러고 있네."

이현성은 그제부터 넋을 놓고 어딘가 멍하니 바라보고 있었다. 그가 무엇을 보는지 아는 이지혜가 피식 웃었다. 잠깐 쉴 수 있는 시간이 생겼다는 게 꼭 나쁜 일만은 아닐지도 모른다.

이윽고 뭔가 결심한 듯 주먹을 불끈 쥐고 일어나는 이현성. 이지혜가 아이들을 쿡쿡 찌르며 말했다.

"야, 꼬맹이들. 재밌는 거 보여줄까?"

⌘ ⌘ ⌘

지난 나흘 동안 정희원은 악몽을 꿨다. 괴수가 난립해 낙원이 멸망하는 꿈이었다. 깨어보면 김독자가 주고 간 '심판자의 검'이 울고 있었다.

우우우웅.

라인하이트가 몇 차례 찾아와 이 성의 경비대장을 맡아달라고 부탁했다. 정희원은 그 부탁을 거절했다.

'심판자의 검'은 근처에 '악'이 있을 때만 운다.

정희원은 낮은 슬레이트 지붕 위에 앉아 낙원의 정경을 살펴보았다. 이 도시 어디에도 '악'으로 보이는 것은 없었다.

"희원 씨, 뭔가 고민이라도 있으십니까?"

언제 다가왔을까. 얼굴이 울긋불긋한 이현성이 곁에 서 있었다.

"아, 그냥요. 너무 평화롭다 보니 생각이 좀 많아지네요."

"저도 그렇습니다."

잠시 말이 없자 금세 어색한 분위기가 흘렀다. 안부라도 물어봐야 할까 싶어 이현성 쪽을 흘끗 보았는데, 그는 그저 맹한 얼굴로 먼 풍경을 보고 있을 뿐이었다.

[성좌, '악마 같은 불의 심판자'가 화신 '이현성'의 행동을 못마땅하게 여깁니다.]

[성좌, '악마 같은 불의 심판자'가 '강철의 주인'에게 경고합니다.]

[성좌, '강철의 주인'이 자신이 관여할 문제가 아니라고 말합니다.]

하여간. 정희원은 한숨을 내쉬며 지붕 아래를 내려다보았다. 아래쪽에 산적한 과일 박스 너머로 익숙한 그림자가 옹기종기 숨어 있었다.

'쟤들은 저기서 뭐 하는 거야?'

정희원이 부르려는 순간, 이현성이 먼저 입을 열었다.

"분명 이유 없는 평화는 아닐 거라 생각합니다."

뜬금없이 무슨 소리인가 싶었는데, 아까 화제에서 대화가 이어지는 모양이다. 강철의 시간은 그의 심장박동만큼이나 느리게 가는 걸까. 정희원이 쓰게 웃으며 대답했다.

"독자 씨가 우릴 여기에 그냥 두고 가지는 않았을 거라고 믿으시는 모양이네요."

"독자 씨는 그런 사람이니까요. 이유를 찾아내는 건 우리 몫이겠죠."

정희원은 잠시 김독자에 관해 생각했다.

어딘가 그들과는 살아가는 시간이 다른 듯한 사람. 시간을 한발 앞서 사는 것처럼 그들을 인도하는 사람. 그런 사람이 일행을 '낙원'에 두고 갔다면, 분명 이유가 있으리라. 문제는 그게 뭔지 아무리 생각해도 잘 모르겠다는 점이었지만.

"시나리오를 돌려달라!"

"우리는 '다음 층'으로 가고 싶다!"

지붕 아래쪽에서 시위대가 움직이고 있었다. 평화로운 낙원에서 유일하게 불만을 품는 자들. 아직 대표하는 캐치프레이즈도 없었지만 낙원 전역에서 산발적으로 출현했다.

정희원은 잘 이해할 수 없었다. 대체 왜 시나리오로 복귀하고 싶어할까?

"아무래도 싸움이 날 것 같아요."

정희원의 말에 이현성이 고개를 끄덕였다. 눈빛을 교환한 두 사람은 약속이나 한 듯 지붕 아래로 뛰어내렸다.

아래쪽에서는 이미 유혈사태가 벌어지고 있었다. 싸움이라 부르기는 어려웠다. 일방적인 폭행. 두들겨 패는 쪽은 물론 시위대가 아니라 경비대였다. 명백한 과잉진압에 화가 난 정희원이 경비대를 말렸다.

"잠깐만요. 진정들 해요! 너무 심하잖아요!"

"공무 집행 중입니다. 방해하지 마시죠."

정희원 손을 뿌리친 경비대장이 인원을 통솔해 쓰러진 시위대를 한곳으로 모았다. 곧이어 나타난 작은 수레에 실린 시위대는 열을 맞추어 어딘가로 이송되기 시작했다.

"도망간 놈들도 모두 잡아. 같이 있던 녀석들도 잡아넣는다!"

"저 여자는 어떡할까요?"

정희원을 흘끗 바라본 경비대장이 마음에 들지 않는다는 듯 퉁명스럽게 대답했다.

"내버려둬. 성주님 지시가 있으셨다."

얼마 지나지 않아 도망간 시위대가 마저 잡혀 왔다. 그런데 뜻밖의 인물이 섞여 있었다.

"저, 저는 시위대가 아니에요! 그냥 우연히 지나가고 있었을 뿐이라고요! 다영아! 다영아!"

금호역 모녀였다. 정희원이 외쳤다.

"잠깐만요. 그 사람은 시위대가 아니에요!"

그러자 경비원이 말했다.

"시위대 맞습니다. 우리가 쫓아가니까 기겁하고 도망치더군요. 죄가 없으면 왜 도망을 칩니까?"

"아니, 갑자기 쫓아가면 놀라서 도망가는 게 당연하잖아요!"

"혐의는 추후 밝혀질 겁니다. 시간 없으니까 어서 이송해!"

"기다리라니까요!"

"아무리 성주님의 명이라지만, 한 번만 더 끼어들면 정말로 체포하겠습니다."

우습게도 '체포'라는 말에 정희원은 멈칫하고 말았다. 왜 그랬는지는 모른다. 너무 오랫동안 야생에 내던져진 채 있다가 갑자기 법과 질서가 지배하는 사회로 되돌아왔기 때문일까.

사태를 막을 수 없다고 판단했는지 여인이 외쳤다.

"아이는 아무 잘못도 없어요. 아이라도 풀어주세요!"

여인의 비명에 경비대장이 멈칫했다.

"……좋아. 아이는 내버려둬라."

고개를 끄덕인 경비원들이 여인만 데리고 움직였다. 멀어지는 엄마를 보며 아이가 울기 시작했다.

"엄마……."

"다영아, 잘 들어. 엄마 곧 돌아올 거야. 알았지? 거기서 꼭 기다려! 거기서……!"

엄마의 목소리가 점점 멀어졌다. 뒤늦게 정신을 차린 정희원이 뒤를 쫓아가려 하자 구경하던 상인 몇몇이 끼어들었다.

"아가씨, 괜한 짓 하지 마. 소용없어. 저게 낙원의 법이라고."

"어디로 데려가는 거죠?"

"지하 감옥이겠지 뭐."

"지하 감옥?"

"경비대를 제외하고는 출입이 금지된 곳이야. 무슨 일을 저질렀든, 거기 들어갔다가 돌아온 사람은 없다고. 쯧쯧. 애가 딱하긴 한데, 그러게 법을 잘 지키고 살았어야지."

상인들은 별일 아니라는 듯 심드렁한 반응을 보이며 흩어졌다. 정희원은 울고 있는 아이에게 다가갔다. 어떻게 해야 할지 망설이다가, 천천히 무릎을 꿇고 앉아 아이 손을 조심스레 쥐었다.

정희원 얼굴을 확인한 아이가 그녀의 품속에 얼굴을 묻었다. 불안하고 따뜻한 온기가 안겨든 순간, 뭔가 울컥 치솟았다. ……낙원이라고?

"우리, 뭘 해야 할지 알 것 같네."

돌아보니 이지혜를 비롯한 일행이 기다리고 있었다. 모두 자신의 '시나리오'를 찾은 표정이었다. 이현성이 말했다.

"꽤 큰 건이 될 듯한데, 우리만으로 괜찮을지 모르겠습니다."

"아저씨도 우리를 믿고 갔겠지. 아마 본인은 더 큰 일을 맡았을 테고. 늘 그랬잖아."

"맞아요. 형은 또 혼자서 심각한 얼굴로 괴물이랑 싸우고 있을 거예요."

김독자가 아무 이유도 없이 훌쩍 떠났을 리 없다.

닥쳐올 위협에서 일행을 보호하기 위해서든, 이번 시나리오를 깨기 위해서든. 이유가 뭐든 간에 분명 김독자는 이 순간에도 보이지 않는 곳에서 필사적으로 세계와 부딪치며 지옥 같은 시나리오를 수행하고 있을 터였다.

매번 김독자에게 의지만 할 순 없다. 정희원이 입을 열었다.

"이번엔 우리끼리 해보죠."

¤ ¤ ¤

"이야, 개꿀이네. 김독자, 진즉에 이렇게 좀 살지 그랬냐?"

광활한 '무저갱 평원' 위를 스포츠카 한 대가 가공할 엔진

소리를 내며 달리고 있었다.

"……그러게."

지난 나흘 동안 우리는 무저갱 평원에서 히든 시나리오를 세 개나 공략했다. 공략 자체는 어렵지 않았다. 지금까지와 달리 내가 아는 미래 정보를 팍팍 써댔기 때문이다.

"저놈 약점은 34회차에 나와. 그러니까, 등허리에 있는 작은 점을 세 개 누르면……."

"저놈은 범위 공격이 위험해. 그 대신 범위 공격을 사용한 다음엔 빈틈이 생기는데……."

"저 보스의 약점은 항문인데……."

한수영과 다닌 덕에 더 편한 것도 있었다.

"오케이, 항문이라 이거지."

그 정보를 어떻게 아는지 설명할 필요가 없었고, 한수영도 내가 알려주는 정보를 전혀 의심하지 않았다. 그 결과 우리는 성유물을 두 개나 얻었다. SSS급 아이템도 하나 얻었는데 이 평원에 있는 동안은 성유물만큼이나 유용한 것이었다.

SSS급 페라르기니.

이 차는 '양산형 제작자'가 만든 SSS급 시리즈 중 하나였다.

부아아아앙! 마력을 사용하지 않고도 [바람의 길]을 쓴 것처럼 빠르게 달릴 수 있을뿐더러, 전후방에 설치된 SSS급 마력 포탑은 다수의 적을 섬멸하는 데도 유용했다. 덕분에 모처럼 드라이브하는 기분을 만끽하며 평원을 질주하고 있었다.

지금 이걸 뭐라고 해야 할까. 특급 회귀자 코스?

새삼 유중혁 자식이 원망스러워졌다. 분명 내가 죽어라 시나리오를 깨는 사이 이런 호사를 누리고 있었을 테지.

나보다 더 신이 난 한수영은 아까부터 조수석에서 벌떡 일어나 양팔을 번쩍 들고 외쳐대기 바빴다.

"이젠 절대 호구로 살지 않겠다! 오직 나만을 위해 이기적으로 살아갈 것이다!"

그 충실한 회귀자 마인드에 "넌 원래 너만을 위해 살았잖아" 하고 태클을 걸고 싶었다.

[상당수의 성좌가 화신 '한수영'의 호쾌한 발언에 만족합니다.]

[상당수의 성좌가 당신들의 행동 방식에 동의합니다.]

[20,000코인을 획득했습니다.]

두다다다다다! 멀리서 달려든 괴물들이 페라르기니의 마력탄을 맞고 터져나갔다. 코인을 갈퀴로 끌어모으는 쾌감 속에서, 하늘을 향해 한껏 가슴을 내민 한수영이 외쳤다.

"김독자! 너도 한마디 해봐! 언제 이런 기분 또 내보겠어?"

나는 머뭇거렸다. 어쩐지 창피했지만, 속으로는 한수영의 말에 동의하고 있었다. 생각해보면 내 인생이 이렇게 잘나간 적이 없었다.

야근에 시달리던 인생. 외제차는커녕 중고차 살 돈도 없어서 대중교통을 이용했던 게 나다. 그러니…… 조금은 기분 내도 되는 거 아닐까. 망설이던 나는 눈을 질끈 감은 채 소심한 목소리로 외쳤다.

"내, 내가 주인공이다!"

[성좌, '악마 같은 불의 심판자'가 민망함에 눈을 가립니다.]
[성좌, '긴고아의 죄수'가 채널 이동을 고려합니다.]
[성좌, '심연의 흑염룡'이 당신의 중2력에 취합니다.]

괜히 했다.

그나저나 지금쯤 '낙원'에서도 슬슬 일이 터졌겠지. 원작 흐름도 있고, 일행들이라면 잘 해낼 것이다. 최근 이렇게 일이 잘 풀린 적이 없는 것 같다. 이 기세라면 시나리오 클리어도 순식간에…….

[어떤 거대한 운명이 당신의 죽음을 바라고 있습니다.]

……뭐?

잘못 들었나 싶어서 귀까지 팠다. 하지만 메시지는 바뀌지 않았다.

[어떤 거대한 운명이 당신의 죽음을 바라고 있습니다.]

뭐지? 나는 혼란한 마음에 브레이크를 힘껏 밟았다. 급정거로 밀려온 관성에 한수영이 작게 비명을 내질렀다.

"뭐야? 한창 기분 내고 있는데!"

"조용히 좀 해봐."

나는 다시 한번 귀를 기울였다. 그러자 이번에는 음성뿐만 아니라 눈앞에 메시지창도 떠올랐다.

[어떤 거대한 운명이 당신의 죽음을 바라고 있습니다.]

이걸로 세 번째. 나도 모르게 마른침을 삼켰다.

빌어먹을. 원작에서 '운명 메시지'가 세 번이나 들려온 적이 있던가?

생각해보면 71회차의 유중혁도 그랬지. 그때 유중혁은 염라대왕의 살생부에 이름이 적혔다. 제길, 무슨 일이 일어나려는 거지?

한수영이 닦달하듯 물었다.

"왜? 무슨 일인데?"

"누군가가 내 '운명'을 읽었어."

"……운명?"

운명. 멸살법에서는 개연성만큼이나 무서운 말이었다.

엄밀히 따지면 운명도 넓은 의미에서는 개연성을 이용한 힘이었다. 하지만 굳이 구별해서 부르는 이유가 있었다. 운명은 성좌가 자신이 가진 누적 개연성 코스트를 이용해 행사하는 힘이기 때문이다.

"어, 잠깐만. 나도 왠지 아는 이야기 같은데……."

"아마 원작 초반에도 잠깐 언급은 됐을 거야."

"운명이라…… 미래시랑 비슷한 거 아냐?"

"비슷한 부분도 있는데, 좀 달라."

사실은 많이 다르다. 운명을 읽는 것은 단순히 '미래의 정보'를 읽는 게 아니다. 그보다 훨씬 위험한 데가 있다.

"미래시가 예측 가능한 미래를 엿볼 뿐이라면, 운명은 예측 가능한 미래를 강요하는 '힘'이야. 쉽게 말하자면—"

나는 페라르기니의 액셀러레이터를 보며 덧붙였다.

"내가 지금 액셀을 밟는다고 가정하자. 그럼 미래시로 일 초 뒤를 보면 나는 달리고 있겠지?"

"……뭐, 그렇겠지."

"그런데 내가 미래의 정보를 알고 있다면, 어떻게 해서든 액셀을 밟지 않을 수도 있을 거야."

"그럴 수도 있겠지."

"그런데 운명은 달라. 만약 누군가가 '김독자가 액셀을 밟는다'라는 운명을 읽어낸다면, 그 운명은 철회되거나 실현되지 않는 한 '강제력'이 발생해. 그러니까……."

"넌 반드시 액셀을 밟게 된다는 거구나."

내가 고개를 끄덕이자 한수영이 이상하다는 듯 말했다.

"근데 그거 좀 이상한데."

"뭐가?"

"개연성에 맞지 않잖아. 네 말대로라면 운명은 시나리오에 간섭할 정도의 힘인데, 대체 누가 그런 걸 강요할 수 있다는 거야?"

"……누구겠냐."

이번 시나리오는 원칙적으로 도깨비의 간섭이 없다. 그러니 간섭할 존재는 하나뿐이다. 바로 알아들은 한수영이 답했다.

"아무리 성좌라고 해도 혼자서는……."

"혼자가 아니니까 문제지."

"뭐?"

"운명을 읽어낼 수 있는 건 거대 성운뿐이야."

말하기가 무섭게 전방에서 폭음이 터졌다.

쿠구구구구! 무서운 속도로 뭔가 다가오고 있었다. 지금까지 상대해온 허접한 괴수와는 차원이 다른 존재. 한수영의 낯빛이 창백해졌다.

"김독자, 네가 받았다는 운명 메시지. 정확히 내용이 뭐야?"

"내가 죽는다는 내용."

"제기랄, 그럼 그것부터 말했어야지! 어쩐지 뭔가 잘 풀린다 싶더라니……."

한수영이 뭐라 뭐라 욕설을 내뱉으며 차에서 내리려는 순간. 전방의 폭연 속에서 한 존재가 나타났다. 반사적으로 '부러지지 않는 신념'을 움켜쥐는데, 사내가 먼저 입을 열었다.

"김독자. 전할 말이 있어."

처음 보는 사내였다. 그런데 그의 전신에서 느껴지는 기운이 익숙했다.

본능적으로 적이 아니라는 느낌이 왔다.

"당신은······."

알싸한 포도주 향기. 순간, 이자가 누구 화신인지 감이 왔다.

"······내가 죽을 거란 얘길 하러 온 겁니까?"

진한 술 냄새를 풍기는 디오니소스의 화신이, 눈을 하얗게 뜬 채 나를 향해 웃었다.

"오, 알고 있었어?"

디오니소스에 대해서는 좋은 이미지가 남아 있었다. 별자리의 연회 장소로 가던 당시, 그는 나를 지키기 위해 싸워주었다. 그런데 상황이 이렇게 되면 얘기가 좀 달라진다.

"내 운명을 읽은 게 당신들입니까?"

"뭐, 운명을 읽은 건 올림포스가 맞아. 그런데 내가 그중 하나냐고 묻는다면, 그건 아니야."

"무슨 뜻이죠?"

디오니소스의 화신은 그저 미소 지을 뿐이었다. 순간 어떤 생각이 스쳤다.

"설마 올림포스가 분열한 겁니까?"

"역시 똑똑하네."

원작 전개보다 사건의 발생 속도가 빨랐다. 〈올림포스〉의 균열은 예정되어 있지만, 적어도 열 번째 시나리오가 끝난 후 벌어질 일이었다.

"올림포스뿐만이 아니야. 너를 노리는 성좌들이 있다. 아주 강대하고 힘이 센 녀석들."

알고 있다. 아니면 운명 따위가 발호할 턱이 없으니까.

"왜 저를 노리는 겁니까?"

"그 강한 놈들이 은근히 겁보라, 네 영향력을 두려워하거든."

"전 그냥 풋내기 성좌일 뿐인데요?"

"본래라면 그렇지. 그런데 지구에서 시작된 이번 시나리오는 매우 특별해. 어떤 성좌는 이거야말로 우리가 오래도록 기다려온 시나리오라 믿고 있어. 아아, 그런 표정 짓지 마. 딱히 이해하라고 한 말 아니니까."

내 표정은 원래 이렇다고 말해주고 싶었지만, 디오니소스는 쉴 틈도 없이 말을 이었다.

"아무튼 이번 시나리오가 우리한테 엄청 중요하다는 사실만 알면 돼. 그런데 그 중요한 시나리오에 네가 나타난 거지."

"뭔진 모르겠지만, 제가 방해된다 이거군요."

"그래. 방해될 수밖에 없지. 너는 다른 성좌에 비해 개연성의 영향을 훨씬 적게 받으니까. 심지어 다른 화신보다 압도적인 성장력과 강함까지 갖추고 있지. 그래서 일부 성운은 너를 반드시 포섭하거나, 그렇지 않으면 제거해야 한다고 믿어."

"……저한테 이 정보를 알려주시는 이유가 뭐죠?"

나는 궁금했다. 왜 디오니소스는 자신의 화신도 아닌 내게 이런 정보를 알려주는가. 그런데 돌아온 디오니소스의 대답은 정말 뜻밖이었다.

"그야, 네 이야기를 좋아하기 때문이지."

디오니소스는 엷게 웃으며 말을 덧붙였다.

"나와 몇몇 성좌는 네가 ■■에 도달할 수 있는 존재라 믿는다."

2

정희원은 일행들과 그날 내내 낙원의 지하 감옥에 대해 조사했다. 다수가 한꺼번에 침입할 방법이 없었기 때문에, 일단 흩어져서 방법을 찾기로 했다. 그중 정희원이 택한 것은 정공법이었다.

'섞여서 들어간다.'

오후 무렵이 되자 새로 구속된 범죄자들이 끌려왔고, 우리엘에게 '은둔자의 망토'를 후원받은 정희원은 지하 감옥이 열리는 틈을 타 경비대를 뒤쫓았다. 경비대는 그녀의 기척을 느끼지 못하고 지하로 가는 입구를 차례차례 열었다. 감옥은 생각보다 훨씬 깊은 곳에 있었고, 지하도의 어둠 역시 상상보다 더 컴컴했다.

대체 어디까지 내려가려는 걸까. 도무지 이해가 가지 않는 깊이였다. 아무리 범죄자라 한들, 이렇게까지 깊은 곳에 수용할 필요가 있을까? 이래서야 옮기는 쪽도 불편할 텐데……

의문과 동시에 경비대의 걸음이 일제히 멈췄다. 기이하게도 모두 얼굴이 긴장으로 물들어 있었다.

"저기까지만 옮겨! 바로 철수한다!"

이윽고 두꺼운 철문이 등장했고, 철문을 열자 쇠창살로 된 입구가 나왔다. 몇 겹이나 되는 쇠창살. 인간을 가두려고 만들었다기에는 방비가 과도해 보였다.

"다들 들어가!"

들어가면 안 되는 곳에 발을 디딘 이들처럼, 경비대는 신속하게 죄수를 이송했다. 그러고는 수화물 던지듯 죄수를 몰아넣더니 빠르게 문을 잠그고 지상 쪽으로 철수하기 시작했다.

"우, 와아악!"

"살려주세요!"

"으, 으으…… 여긴 대체 어디야?"

죄수들이 비척거리며 주변을 살폈다. 은은한 등을 켜뒀지만 사위가 무척 어두웠다. 정희원도 [야간시] 스킬이 없었다면 진즉에 어둠 속에서 길을 잃었을 것이다. 비명을 지르는 죄수들 틈바구니에서 정희원은 침착하게 주변을 살폈다.

'여기가 감옥이라고?'

아무리 둘러봐도 기본적인 배식 시설은 물론이거니와 화장실조차 보이지 않았다. 주변은 철저히 자연 동굴에 가까웠고, 수감동을 구분하는 벽이나 쇠창살도 없었다. 아니, 애초에 간혀 있는 수감자의 인기척이 느껴지지 않았다.

"시, 식량은? 식량은 어디 있어? 여기 대체 뭐야?"

"여기서 우리끼리 뭘 어쩌라는 겁니까?"

"저기요! 아무도 안 계십니까?"

겁에 질린 죄수들이 외쳐봐도 돌아오는 말은 없었다. 그 대신 어둠 건너편에서 희미한 울음 같은 것이 들려왔다. 정희원은 '심판자의 검'을 천천히 뽑아 쥐었다.

우우우웅. 이곳에 발을 내디딘 직후부터, 검이 더욱 격렬하게 울부짖고 있었다. 섬뜩한 감각이 뒷덜미를 스치는 순간, 정희원은 날카로운 목소리로 외쳤다.

"모두 도망쳐요!"

어둠 속에서 괴물의 형형한 눈동자들이 동시에 모습을 드러냈다.

"으, 으아아아악!"

"살려줘! 끄아아아!"

표범을 닮은 괴생물체가 사람들의 팔다리를 마구잡이로 물어뜯었다. 장난감처럼 찢겨나간 사지가 핏줄기와 함께 솟구쳤다.

숨어 있다가 금호역 여인만 구출해서 나갈 계획이었는데, 이렇게 되면 상황이 달라진다. 정희원의 눈이 천천히 깜빡였다. 10레벨에 다다른 [귀살]. 새빨간 아우라가 눈동자에서 타오르더니 이내 전신을 휘감았다.

스가가각!

완벽한 선을 그리는 [검도]. 표범들 몸이 종잇장처럼 갈라졌다. 흥분한 표범들이 그녀에게 달려들었지만, 연이은 검격이 아름다운 곡선을 그리며 달려드는 괴수들을 양단했다.

악마가 들끓는 이곳에서 정희원의 힘은 그야말로 최고조에 달했다.

"누, 누구신지 모르겠지만 고맙습……."

어둠 속을 더듬는 사람들이 감사를 표했다. 그러나 정희원은 그 인사를 받을 감정적 여유가 없었다. 너부러진 표범들 얼굴이 발치에 걸렸다.

'이게 대체 뭐야.'

몸을 숙여 확인해보니, 표범의 얼굴은 사람의 그것과 같았다. 머릿속 어딘가가 한두 군데쯤 마비되는 듯했다. 반사적으로 허리를 편 정희원은 어둠 속을 내달렸다.

한참을 달려가자 크기를 정확히 어림할 수 없는 거대한 공동이 나타났다. 정확히 말하면 공동은 아니었다. 무수한 괴물이 들어차 있었으니까.

그르르르…….

인세의 마경魔境이 이런 모습일까. 5급종은 물론이고 4급종, 3급종. 그 외에 급수를 알 수 없는 녀석까지.

"이게 '낙원'이라고……."

금호역 여인은 찾을 수 없었다. 당연히 찾을 수 없을 것이다.

이미 이 녀석들에게 먹혔거나…….

그아아아아!

이 녀석들 중 하나가 되었을 테니까.

인간의 기척을 느낀 괴물들이 흥분하기 시작했다. 대부분 악마종과 다른 괴수종의 혼혈이었다. 충왕종 형태를 띤 녀석, 인외종 형태를 띤 녀석. 바깥에서 본 외형을 가진 놈도 있었다. 뒤쪽에서 죄수들이 어기적거리며 다가오는 소리가 들렸다.

"오지 마!"

그녀의 외침이 닿기도 전에, 지반이 들썩이며 괴수들의 축제가 시작되었다. 개미굴처럼 뻗은 통로 사이로 괴수들이 몰려나왔다. 정희원은 입술을 깨물며 [지옥염화]를 발동했다.

'혼자 오는 게 아니었어.'

아니, 같이 왔다 한들 어쩔 수 있을까. 이현성이나 꼬마들이 같이 있었던들 이 많은 괴물과 맞서 싸울 수 있을까.

차라리 혼자 와서 다행인지도 모른다.

"끄아아아아!"

사람들의 비명 속에서, 정희원은 [지옥염화]가 담긴 '심판자의 검'을 휘둘렀다. 불타는 대천사의 염열이 공동을 메우자 일순 놀란 악마종들이 물러서며 경호성을 발했다.

하지만 대치가 언제까지 계속될지 알 수 없었다. 불꽃 온도를 가늠하던 괴수 중 몇몇이 과감히 앞으로 뛰어들려던 순간.

"오셨군요, 대천사의 화신이여."

불길도 두려워하지 않던 괴수들이 약한 신음을 토하며 물러났다. 돌아보자 낙원성주 라인하이트가 있었다.

"이제 경비대장을 할 마음이 생기신 겁니까?"

"이 꼴을 보고도 그런 말이 나와요?"

정희원은 속으로 이를 갈았다.

"당신은 거짓말쟁이야. 낙원? 시나리오의 공포에서 벗어난 곳? 지금 이딴 곳을 만들어놓고 그런 말이 나와?"

'심판자의 검'으로 라인하이트를 겨누며 정희원은 생각했다.

김독자의 생각이 옳았다. 이 세상에 낙원 같은 건 없다.

인간은 시나리오를 계속하는 수밖에 없다.

"저를 죽이고 싶다면, 그러셔도 됩니다."

"허락하지 않아도 그럴 거예요."

당연히 그럴 것이다. 배후성의 힘을 빌려서라도 이 끔찍한 악몽을 끝낼 것이다.

[전용 스킬, '심판의 시간'을 발동합니다!]

[절대선 계통의 성좌들이 당신의 요청에 고뇌합니다.]

정희원은 깜짝 놀랐다.

고뇌한다고?

라인하이트는 누가 봐도 악이다. 이자는 수많은 화신을 속여 지하에서 괴수를 양산하고 있다. 그런데 어떻게 악인이 아닐 수 있다는 말인가?

[절대선 계통의 성좌들이 화신 '정희원'에게 판단을 맡깁니다.]

라인하이트가 팔을 활짝 벌리며 웃었다.

"저를 죽이면 '낙원'은 끝날 겁니다."

타오르던 [지옥염화]의 기세가 일순 약해졌다. 희미한 미소를 머금은 라인하이트가 말을 이었다.

"정희원 씨, 실은 어느 정도 예상하시지 않았습니까?"

"……."

"사실은 알고 있었을 겁니다. 완전한 낙원은 없다는 걸. 아름다운 곳에는 반드시 그림자가 존재한다는 당연한 사실을 말입니다."

정희원은 대꾸하지 못했다. 몰랐다는 말은 기만이다. 당연히 그녀도 생각했다. 이곳 또한 뭔가 끔찍한 진실을 숨기고 있을 거라고.

그게 이런 식일 줄은 예상 못 했지만…….

"괴수를 양산해서 어쩔 셈이에요? '암흑성'을 정복이라도 할 건가요?"

"아무것도 하지 않습니다. 이들은 그저 '낙원'의 양분일 뿐이니까."

공동부의 중심에 비정상적인 규모의 나무 둥치가 있었다. 둥치 위로는 굵직한 나무줄기가 솟아 있었고, 그 아래로 촉수처럼 가닥을 뻗은 가지들이 하늘거리며 주변 괴수들을 탐색하는 게 보였다. 가지를 따라 흔들리던 정희원의 시선이 이윽고 나무의 꼭대기를 향했다. 천장을 뚫고 바깥으로 솟아난 우듬지. 정희원은 순간 그 우듬지가 무엇인지 깨달았다.

언덕에 피어 있는 작은 꽃, 영구기관.

저도 모르게 다리가 후들거렸다. 설마 이 나무는…….

"이상하지 않습니까? 암흑성에 들끓는 무수한 악마종이 왜 이곳만큼은 침범하지 않는지."

진즉에 의심했어야 했다. 낙원은 천혜의 요새라고 표현하기에는 부족한 점이 많았으니까.

"암흑성에 왜 이토록 많은 '악마종'이 생겼는지."

가지들이 빠르게 움직여 주변의 죄수를 하나둘 낚아챘다. 발버둥 치며 저항해도 소용없었다. 가지는 붙잡은 죄수를 신속하게 휘감고 꽁꽁 묶더니 둥치 안쪽 구멍으로 던져 넣었다.

파스스스스!

무언가가 녹아내리는 듯한 소리. 존재에서 영혼을 도려내는 듯한 비명이 울려 퍼졌다. 잠시 후, 가지에 봉오리가 맺혔다. 거기서 무엇이 생겨날지 직감한 정희원이 몸을 떨었다.

몇 분도 채 지나지 않아 꽃이 피고 지더니 열매 대신 괴생명체가 태어났다. 방금 나무가 집어삼킨 그 인간이었다.

영구기관. 악마를 만드는 나무.

"어떻게, 어떻게 이런 짓을……."

낙원 근처에서 악마종을 찾을 수 없는 이유. 역설적이게도 낙원 자체가 악마종의 생산지이기 때문이었다.

"이곳에서 생산된 악마는 매달 특정일이 되면 밖으로 배출됩니다. 감옥의 수용 인원에도 한계가 있으니까요."

라인하이트가 웃으며 말을 이었다.

"그런 눈으로 보지 마십시오. 악마가 된다는 게 꼭 나쁜 일만은 아닙니다. 영생할 수 있고, 인간이었을 때보다 강해질 수 있습니다. 그리고 무엇보다……."

쿠구구구구. 한층 성장한 나무가 환한 빛을 내뿜더니 낙원의 대지에 꿀렁꿀렁 양분을 공급하기 시작했다.

"자신의 죄를 바쳐, 다른 존재의 삶을 지탱할 수 있습니다. 이를테면 순교자 같은 거지요."

척박한 땅을 기름지게 만들고, 성내에 농작물이 자랄 수 있도록 생명력을 공급하는 원천. 그것이 영구기관의 역할이었다.

[절대선 계통의 성좌들이 당신에게 선택을 요구합니다.]

칼자루를 쥔 정희원의 손이 떨렸다. 만약 여기서 라인하이트를 벤다면 지하 감옥은 붕괴할 것이다. 영구기관은 급격히 시들고 낙원의 체제는 망가질 것이다. 사람들은 살 땅과 먹을거리를 잃고, 괴수가 난립하여 평화에 젖어 있던 화신들을 산산이 찢어발길 것이다.

"어째서……."

그래서 정희원은 라인하이트를 죽일 수 없었다. 더 커다란 참사를 막을 자신이 없었고, 비극의 원천을 단죄할 자신도 없었기에.

"누군가는 해야만 했으니까요."

라인하이트의 얼굴은 슬퍼 보였다.

"패배자에게도 삶은 계속됩니다. 누군가는 그들을 위한 장소를 만들어야 했어요."

"정말 그들을 위했다면 시나리오를 계속할 수 있도록 도왔어야죠. 이런 곳을 만들 게 아니라, 사람들을 이끌고 시나리오를 클리어하기 위해 애썼어야죠!"

"당신은 모릅니다. 다음 시나리오에 등장하는 적은 우리가 이길 수 있는 존재가 아닙니다."

"설마 위층에 뭐가 있는지 알아요?"

"뭐가 있는지 중요한 게 아닙니다. 그리고 설령 다음 시나리오를 클리어하더라도…… '그다음'은 언제나 준비되어 있습니다. 더 많은 실패자를 만들기 위해서."

"모두 이겨내면 되잖아요? '시나리오'니까, 언젠가 끝이 있을 거 아냐? 스킬을 수련하고, 설화를 쌓으면서 계속 나아가다 보면……!"

"언젠가는 모든 시나리오를 클리어할 수 있을 거라고 생각하십니까?"

정희원이 입을 다물었다. 모든 시나리오의 끝. 그녀의 동료인, 김독자가 도달하려는 장소. 라인하이트가 계속해서 말했다.

"그러면 평화가 올 거라고, 그렇게 믿는 겁니까?"

정희원은 욱하는 마음으로 대답했다.

"그래요. 그렇게 믿어요."

"왜 그렇게 생각하십니까? 단 한 명이라도 '시나리오의 끝'에 도달한 존재가 있습니까?"

"성좌가 있잖아요!"

"성좌?"

"그들은 시나리오 바깥에 존재해요. 즉 이 시나리오에서 탈출할 방법이 있다는 거죠."

장난감 갖고 놀듯 화신을 농락하는 성좌들. 그런 '절대적 존재'가 있기에, 화신은 역설적으로 희망을 품을 수 있었다.

언젠가 자신도 저 자리에 올라설 수 있을 거라고.

이 지옥 같은 시나리오의 바깥으로 도망칠 수 있을 거라고.

"하. 하하, 하하하⋯⋯."

라인하이트가 웃었다.

"그렇군요. 성좌라. 그 마음 이해합니다. 저도 한때는 그렇게 생각했으니까요."

"무슨 뜻이에요?"

"당신은 왜 성좌들이 모든 시나리오를 클리어했다고 생각합니까? 김독자라는 자가 그렇게 말했습니까?"

김독자가 그런 말을 한 적은 없었다. 라인하이트가 말을 이었다.

"그들은 분명 '시나리오' 바깥에 있습니다. 하지만 그저 '이 시나리오'의 바깥에 있을 뿐입니다."

"⋯⋯."

"성좌도 우리처럼 시나리오를 수행합니다. 76번이든, 84번이든. 시나리오의 규모와 숫자가 다를 뿐, 그들 또한 우리와 같단 말입니다."

그런 생각은 한 번도 해본 적 없었다. 정희원이 떨리는 목소리로 물었다.

"그, 그럼⋯⋯?"

"성좌들은 그저 시나리오의 도중에 태어난, 규격 외의 초강자에 불과합니다. 신도 아니고 절대자도 아니에요."

이 세계의 절대명제를 선언하듯, 라인하이트가 말했다.

"다시 한번 말씀드리죠. 시나리오의 '끝'에 도달한 존재는 아무도 없습니다."

"⋯⋯."

"이 세계는 영원한 지옥입니다."

다리에 힘이 풀리는 것 같았다. 정희원은 흔들리는 지면을 바라보며 뻣뻣이 굳었다. 성좌도 해내지 못한 것. 저 강대한 존재들조차 도달하지 못한 장소. 김독자는 그곳을 향해 나아가고 있었다.

어떻게 그런 일을 해내려는 것일까. 김독자는 대체.

"그게 제가 '낙원'을 만들 수밖에 없던 이유입니다."

정희원은 멍하니 라인하이트를 올려다보았다.

"하지만 이대로 가면 낙원은 붕괴합니다. 인간은 점점 적어지고 악마종은 끊임없이 늘고 있으니까요. 토지를 유지할 양분이 터무니없이 부족한 상황입니다."

무수한 절망 끝에, 마침내 그 절망을 비료로 하여 낙원을 틔운 사내.

"제겐 이 나무의 양분이 되어줄 고결한 인간의 영혼이 필요합니다. 그리고 마침, 이번 분기에는 그런 영혼들이 꽤 많이 들어왔죠. 김독자나 당신도 그중 하나입니다."

정희원은 라인하이트가 무슨 이야기를 하는지 깨달았다.

"그래서 내가 필요했나요?"

"그렇습니다. 대천사의 선택을 받은 당신이라면 적어도 십 년. 성좌가 된 김독자라면 앞으로 이백 년 이상 낙원의 생명력을 유지할 수 있을 겁니다."

"그딴 부탁을 들어줄 거 같아요?"

"당신은 들어줄 겁니다. 왜냐하면 '대천사'의 화신이니까."

그녀가 희생하면 낙원을 지킬 수 있다.

"당신이 도와준다면 당분간 경범죄자를 처벌하지 않아도 됩니다. 수천, 수만 명의 목숨을 구할 수도 있습니다."

정희원의 어깨가 가늘게 떨렸다. 내 목숨으로 수만 명을 구할 수 있다. 내가 죽지 않으면, 수만 명이 죽는다.

<u>그르르르</u>…….

물고기를 연상시키는 괴수가 바닥에서 꿈틀거렸다. 잘 보니, 괴수의 얼굴은 금호역 여인을 닮았다. 간절한 눈빛으로 정희원을 보는 괴수가 울부짖었다.

"내가…….."

어차피 버림받은 삶이었다. 부모님도, 친구도, 그녀를 기억하는 사람도 모두 죽었다. 시나리오의 끝에 도달하기란 불가능하고, 앞으로의 삶은 무용할 것이다.

"나는……."

[절대선 계통의 성좌들이 당신을 바라봅니다.]

정희원은 결심했다.

"만약, 내가……."

죽어서 수만 명을 구할 수 있다면, 옳은 일이고 정의로운 일이며 선한 일이리라.

라인하이트의 표정이 누그러지는 것이 보였다.

그런데 마지막 순간, 뭔가가 그녀를 붙잡았다.

'하지만, 그럼 내 삶은 뭐지?'

그것은 허무였고.

'나는…… 대체 뭐였던 거야?'

마지막 남은 삶의 미련이었다.

「희원 씨는 칼을 잘 쓰죠.」

그녀는 이미 그 답을 알고 있었다.

「우리 중 누구보다 불의 앞에서 냉정해요. 특히 강자의 횡포에는 더욱 민감하죠.」

「항상 맨 앞에서 싸우고, 한 번도 힘들다고 불평한 적이 없어요.」

왜냐하면 누군가가 이미 답을 주었기 때문에.

「정희원 씨가 시나리오를 계속했기 때문에 제가 알 수 있던 것들입니다.」

아마 김독자는 처음부터 시나리오의 실체를 알고 있었을 것이다.

그럼에도 그는 포기하지 않았다.

「그래서 저는 시나리오를 계속해야 한다고 믿습니다.」

정희원은 '심판자의 검'을 고쳐 잡았다.

"나는 여기서 죽을 수 없어."

그녀는 이기적인 사람이 되기로 했다.

살기로, 마음먹었다.

설령 자신의 선택 때문에 많은 사람이 죽더라도 그마저 감수하고 살아가기로 마음먹었다.

"아뇨, 그만 죽어주시죠."

그러나 의지와 삶은 때로 무관하다.

"그리고 순순히 낙원의 양분이 되십시오."

[지옥염화]를 전력으로 발출해도 상대할 수 없는 숫자의 악

마들. 정희원은 모든 마력을 개방했다. 죽을 수 없다. 죽지 않을 것이다.

꽈아아아앙!

순간, 뒤쪽 격벽이 터지며 사람들이 나타났다.

"희원 씨!"

"아, 언니. 또 혼자 가면 어떡해요!"

그녀의 삶을 지탱하는 사람들이었다. 그러나 라인하이트는 당황한 기색이 아니었다. 오히려 잘됐다는 듯 미소 지었다.

"양분을 많이 얻을 수 있겠군요."

라인하이트는 암흑성 랭킹 2위의 강자. 김독자도 없는 그룹이 두려울 리 없었다.

"모두 뒤로 물러서십시오!"

이현성이 일행을 보호하며 앞으로 나섰다. 아까보다 훨씬 든든해지기는 했지만 상황이 나쁘기는 마찬가지였다. 아마 이 싸움에서 누군가 죽을 것이고, 운이 나쁘면 모두 죽을 것이다.

김독자가 있으면 얼마나 좋을까.

김독자에게 의지하지 않으려고 노력했음에도, 결국 정희원은 또 그런 생각을 하고 말았다.

"이곳이 당신들의 '끝'입니다."

그렇게 선언한 라인하이트가 손을 치켜들었다.

그 순간, 낙원의 지반이자 지하 공동의 천장이 통째로 무너졌다. 폭격기가 벙커 버스터를 퍼부은 것처럼 무자비한 폭음이 연달아 울려 퍼졌다.

쿠구구구구!

가공할 에테르의 폭풍이 영구기관의 가지를 찢어발겼고, 부서진 지반이 라인하이트와 괴수들 위로 그대로 떨어져 내렸다. 끔찍한 비명을 지르며 깔려버린 괴수들. 매캐한 폭연 속에서 누군가의 목소리가 들려왔다.

"더럽게 깊은 곳에도 숨었군."

내려앉은 지반 더미 위로, 무뚝뚝한 사내와 그를 뒤쫓는 여인의 그림자가 일렁였다. 경이와 당혹 속에서 자신을 바라보는 일행을 마주 보며 유중혁이 짓씹듯 말을 이었다.

"……그런데 김독자는 어디 있지?"

3

유중혁을 발견한 이지혜가 반색하며 손을 흔들었다.

"사부!"

"김독자는 어디 있느냐고 물었다."

"독자 아저씨는 왜 찾아?"

유중혁이 대답하려는 찰나, 유미아를 업은 유상아가 선녀처럼 천장에서 내려왔다. 일행들이 그녀의 이름을 불렀다. 그러나 유상아는 반가운 기색을 표하는 대신 서둘러 말을 꺼냈다.

"독자 씨가 위험해요."

"네?"

"독자 씨, 지금 어디 계신가요?"

유중혁이 그랬던 것과 마찬가지로, 유상아 역시 불안한 눈빛으로 주변을 탐색했다. 김독자가 보이지 않는다. 이현성이 재빨리 대답했다.

"독자 씨는 사흘 전에 벌써 떠났습니다."

"독자 씨가 위험하다니 무슨 소리예요?"

정희원도 채근했지만, 안타깝게도 이것저것 설명할 시간이 없었다. 답답했는지 이지혜가 덧붙였다.

"뭔가 잘못 알고 온 거 아니에요? 위험한 건 독자 아저씨가 아니라 우리라고요!"

상황이 이 정도인 줄은 몰랐던 유상아가 대답했다.

"일단 여기서 탈출한 다음 설명해드릴게요."

공동에서 벌어진 소란으로 인해 중앙 공터와 연결된 굴에서 괴수들이 대거 쏟아져나왔다. 이지혜가 짓씹듯 중얼거렸다.

"젠장, 필두 아저씨가 있었다면……."

확실히 공필두가 있었다면 상황은 많이 달랐을 것이다. [무장요새]는 다수의 괴수를 학살하기에 적합한 성흔이니까. 하지만 공필두와는 암흑성 1층에 진입할 때 이미 헤어졌다. 지금은 생사조차 불분명했다.

그나마 유중혁이 있다는 게 유일한 위안이었다.

무력만 놓고 보면 공필두나 김독자와 함께할 때보다 훨씬 더 의지가 되는 존재.

콰아아앙!

[백보신권]으로 다가오는 괴수를 죄다 날려버린 유중혁이 말했다.

"여기서 싸우면 불리해. 천장으로 빠져나간다."

유중혁이 괴수들 사이로 길을 열었다. 큰 마력 손실도 없이 박투술만으로 전진하는 모습은 가히 탱크를 보는 듯했다. 아니, 진짜 탱크도 저런 위력을 내지는 못할 것이다.

유상아가 말했다.

"애들이 올라가기엔 너무 높아요."

"벽에 디딜 곳을 만들 테니, 알아서 밟고 올라와."

그 말과 함께 유중혁은 허공을 딛고 날아올랐다.

무림계 귀환자 중에서도 손에 꼽는 강자만 사용한다는 스킬, [허공답보]였다. 유중혁은 우선 어느 정도 높이까지는 일행들이 밟고 오를 수 있게 공동 바닥에 죽은 괴물로 탑을 쌓았다. 그리고 탑 꼭대기부터는 주먹으로 벽면을 뚫어 클라이밍 홀드처럼 붙잡고 천장까지 길을 만들었다.

"……귀찮군."

본래의 유중혁이었다면 이들을 위해 이렇게까지 하지는 않았을 것이다. 그러나 이번 회차의 유중혁은 달랐다. 무엇이 그를 그렇게 변하게 했는지는 유중혁 자신도 알 수 없었다.

공동을 쩌렁쩌렁 울리는 목소리가 들려온 것은 그때였다.

[정말 뜻밖의 상황이군요. 당신이 '화신 유중혁'입니까?]

라인하이트의 목소리. 유중혁이 만든 길을 따라 벽을 오르던 이지혜가 놀라서 물었다.

"뭐야, 안 죽었어?"

당연한 일이었다. 암흑성 랭킹 2위의 존재가 겨우 돌무더기에 깔렸다고 죽을 리 없으니까.

유중혁은 라인하이트 말에 대답하는 대신 자신이 만든 길 중간에 멈춰 서서 일행을 기다렸다. 이지혜, 이현성, 유상아가 선두 그룹으로 먼저 올라갔고, 이길영과 신유승이 후미 그룹이 되어 뒤를 따랐다.

신유승이 곁을 지나치려는 순간, 유중혁이 어깨를 붙들었다.

"넌 같이 와선 안 된다."

"네?"

채 대답하기도 전에 유중혁이 신유승을 아래쪽으로 밀쳤다. 입 벌린 괴수들이 신유승을 기다리고 있었다. 놀란 이길영이 외쳤다.

"신유승! ……뭐야! 이게 무슨 짓이야!"

분노한 이길영이 유중혁에게 주먹을 휘둘렀다. 가볍게 피해 낸 유중혁이 이길영의 주먹을 낚아채고 말했다.

"너도 같이 가는 게 좋겠군."

잠시 후 이길영도 비명을 지르며 신유승을 따라 추락했다.

¤ ¤ ¤

디오니소스의 화신이 자기 할 말만 하고 사라져버린 뒤, 한수영은 심각한 얼굴로 내게 물었다.

"방금 그놈이 한 말, 대체 무슨 뜻이야?"

"나도 잘 몰라."

"모른다고? 너도 필터링된 거 못 들었어?"

못 들었다. 하지만 무엇을 뜻하는지는 어렴풋이 짐작할 수 있었다.

아마도 이 모든 시나리오의 '끝'과 관계된 말일 것이다. 그러니 당연히 필터링되었으리라. 나는 이제 막 열 번째 시나리오에 도전하는 존재에 불과하고, 성좌가 되었다 해도 모든 정보를 자유로이 취득할 수 있는 건 아니니까.

한수영은 못마땅한 얼굴로 나를 보더니 작게 한숨을 쉬었다.

"뭐, 그건 그렇다 치고, '운명'에 관한 건 어쩔 거야? 올림포스 성좌가 직접 경고하러 올 정도면 정말 위험한 거 같은데."

"그러게."

"진짜 피할 방법이 없는 거야?"

"결코 피할 수 없는 건 아냐. 운명의 실행이 '절대적으로 불가능한 상황'이면 운명은 철회되기도 하니까. 운명도 어디까지나 개연성을 따른다고."

하지만 반대로 말해, '약간이라도 실행 가능성이 있는 상황'이라면 절대로 운명을 피해갈 수 없다는 이야기이기도 했다.

뭔가 생각하던 한수영이 물었다.

"구체적인 메시지 내용은 없어? 그냥 죽는다고 한 거야?"

"그게……."

사실 디오니소스는 내게 커다란 개연성 손실을 감수하고 예언 내용을 몰래 전해주었다.

「화신 김독자는 가장 사랑하는 존재에 의해 죽게 될 것이다.」

솔직히 나로서는 당혹스럽기 짝이 없는 이야기였다.

가장 사랑하는 존재? 그게 날 죽일 거라고?

내가 머뭇거린 끝에 예언 내용을 말해주자 한수영이 멍하니 입을 벌렸다. 대체 무슨 말을 해야 할지 모르겠다는 듯 얼굴이 창백해졌다가 붉어졌다가 반복하더니, 이내 표정이 사라진 채로 물었다.

"가장 사랑하는 존재?"

"그래."

"……너도 그런 게 있냐?"

어쩐지 기분이 나쁘기는 하지만 사실 내가 묻고 싶은 말이기도 했다.

사랑하는 존재라면, 역시 사람을 말하는 것이겠지.

한 사람 한 사람 얼굴을 떠올려보았지만, 인간적인 호감이 있는 사람은 있어도 '사랑하는 사람'은 없었다. 좀 더 명확히 말해서 '사랑'은 내 인생과 가장 거리가 먼 단어였다.

"솔직히 없다고 말하는 게 맞겠지."

한수영 얼굴에 미미하게 화색이 돌았다.

"그럼 그 운명은 철회되어야 맞는 거 아냐?"

"얼핏 생각하면 그렇겠지만……."

"아니면, 이제 와서 누굴 좋아하게 되는 건가? 너 혹시 첫눈에 반하는 타입이야?"

"그런 적은 없지만, 그럴 가능성이 없지도 않을 거야."

운명 메시지가 무려 세 번 반복될 정도로 '강력한 운명'이다.

혼란스럽다. 내가 누군가를 사랑하게 된다고?

나는 복잡한 얼굴의 한수영을 보며 입을 열었다.

"아니면 다른 가능성도 있어."

"뭔데?"

"원래 운명은 그렇게 곧이곧대로 해석하는 게 아냐. 너도 그리스 신화 같은 거 봤으면 알잖아. 원래 예언은 곧바로 알아들을 수 있게 전해지지 않는다고. 비유나 상징투성이지."

한수영이 고개를 갸웃했다.

"화신 김독자는 가장 사랑하는 존재에 의해 죽게 될 것이다. 이 당연한 문장에 무슨 상징이나 비유가 있어?"

"그 '당연한 문장'이 의외로 다른 의미일 가능성도 생각해봐야 한다는 얘기야."

"흐음……."

그래도 작가니까 이런 방면의 해석에서 도움이 될지도 모른다. 실제로 한수영은 그럴듯한 가설을 꺼내기 시작했다.

"그렇게 생각하니까 세 가지 정도 걸리는 부분이 있는데."

"뭔데? 말해봐."

"일단 하나. 굳이 처음에 '화신'이란 말이 들어간 이유가 있을 것 같아."

"……화신?"

나도 무심코 넘어간 부분이었다.

"너 이제 성좌가 됐잖아? 그럼 '화신'으로서의 너는 이미 죽었다고 봐도 무방하지. 아냐?"

그럴듯한 가설이다.

하지만 그 가설이 맞는다면, 내가 반쪽짜리라도 성좌가 된 순간 운명은 실현되었다고 봐야 한다. 즉 운명 메시지가 반복해서 찾아들 이유가 없는 것이다.

한수영도 뭔가 부족하다고 여겼는지 두 번째 가설을 내놓았다.

"둘. '사랑하는 존재'라는 말 자체가 비유일 가능성이 있어."

"음…… 뭔가 다른 걸 가리킬 수도 있겠네. 꼭 사람이 아닐 수도 있고."

머리를 맞대고 생각해보았지만, 딱히 그럴듯한 해석은 찾을 수 없었다.

그나저나 모처럼 진지한 한수영을 보고 있자니 썩 괜찮은 녀석이 아닌가 싶었다. 나를 위해 이것저것 생각해주는 것도 꽤 고맙고.

나는 한수영을 가만히 바라보았다.

황혼 때문인지 속눈썹이 유난히 길어 보였다. 좀처럼 눈코입을 차분히 두질 않아서 그렇지, 이 녀석도 예쁜 얼굴이다. 표정 사이사이 알 수 없는 미소를 짓는다거나, 가끔 내가 생각지도 못한 상상력을 발휘할 때는 특히…….

……잠깐만. 내가 지금 뭔 생각을 하는 건지.

한수영이 다시 입을 열었다.

"마지막으로 생각해봐야 할 건 '죽음'이란 단어야. 여기서 '죽음'이 말 그대로의 '죽음'은 아닐 수도 있어."

"그럼?"

"사람이 죽을 때가 언제라고 생각해?"

"그야…… 생명이 다했을 때겠지. 심장이 멈추고, 숨을 쉬지 않게 되었을 때."

내 대답에 한수영이 실망한 듯 혀를 찼다.

"하긴 네가 겨우 이런 수준이니 멸살법 같은 소설을 계속 읽었겠지."

"괜한 시비 걸지 마. 그럼 언젠데?"

"넌 만화도 안 보냐? 보통 이럴 때 하는 말 있잖아. 사람이 죽을 때는 언제냐? 사람들에게서 잊혔을 때다!"

"그건 만화고. 그래서 뭐, 내가 잊히기라도 한단 소리야?"

"예를 든 거잖아, 멍청아. '스타 스트림'에서도 성좌가 죽을 때는 모든 존재에게 잊혔을 때야. 비슷한 가능성을 재고해볼 수 있다는 거지."

그렇게 들으니 영 가능성 없는 소리는 아닌 것 같다. '스타 스트림'은 곧 거대한 이야기의 흐름이고, '관계'에서 도태된 존재는 자연히 이야기 속에서 사멸하게 된다.

"사람들이 왜 나를 잊게 되지? 단체로 기억상실증이라도 걸리나?"

"잊는다는 게 그런 의미가 아닐 수도 있지."

그렇게 말하는 한수영은 어째서인지 외로워 보였다. 그러고 보면 나는 한수영이 어떤 삶을 살아왔는지 모른다. 멸살법을 표절한 소설을 썼다는 것 외에 딱히 아는 게 없다.

……심지어 그 '표절'에 관한 부분도 영 확실치 않다.

지난번 [거짓 간파]에서 한수영이 표절을 하지 않은 게 '진실'이라고 떴으니까. 나는 잠시 사이를 두고 물었다.

"그럼 무슨 뜻인데?"

한수영은 잠시 말을 고르는가 싶더니 어두운 얼굴로 입을 열었다.

"김독자, 죽은 사람은 아무것도 기억하지 못해."

나는 그제야 말뜻을 깨닫고 입을 벌렸다. 우리는 반사적으로, 떠나온 '낙원' 쪽을 돌아보았다.

……설마?

한수영이 먼저 입을 열었다.

"돌아갈까?"

"……지금 가면 늦어. 벌써 사흘 거리니까. 전력으로 주파해도 하루 안에 도착하는 건 무리야."

"그럼?"

"괜찮아. 지금쯤 최강의 원군이 도착했을 테니까."

"최강의 원군?"

"그 녀석이야 내가 보낸 줄 모르겠지만……."

물음이 이어지기 무섭게 허공에서 메시지가 떠올랐다.

[암흑성의 누군가가 시나리오 최초로 초월좌超越座를 이룩했습니다!]

지금쯤 그 경지에 오를 것이라 생각했다.

나는 멀리서 대참사를 일으키고 있을 유중혁을 떠올리며
말했다.

"이제 주인공도 밥값 좀 해야지."

4

곁에 있던 한수영이 입술을 비죽였다.

"언제 그렇게 친해지셨대? 그 사이코패스랑……."

"딱히 친해지진 않았어."

"그렇게 말하는 것치고는 꽤장히 신뢰하는 표정인데?"

"착각이야. 그놈을 신뢰하느니 도깨비를 믿지."

유중혁을 믿는다면, 놈의 인성이 아니라 경험을 믿는 것이다. 어쨌든 놈에게는 세 차례 회귀를 통해 쌓은 경험이 있고, 41회차의 신유승에게서 들은 여러 정보도 있으니까. 게다가 본래 '낙원'은 그 녀석 담당이다. 2회차 때도 알아서 잘했으니 이번에는 더 잘해내겠지. 다만…….

"좀 걱정되긴 하네."

녀석의 인성을 믿을 수 없기에 완전히 안심할 수도 없었다.

일행만으로 '낙원' 공략이 가능하도록 여러 가지 준비를 해 놓았지만 그래도 완벽할 수는 없었다. 나는 작가가 아니라 독자이고, 유중혁은 언제 회귀할지 모르는 개복치 같은 놈이니까. 지난번에 정신줄을 잡아놨으니 좀 나아지기는 했겠다만…….

한수영이 그럼 그렇지, 하는 표정으로 말했다.

"정 신경 쓰이면 보고 오든가. 너 실시간으로 볼 수 있는 스킬 있잖아."

"……그것까지 알고 있었냐?"

"지금까지 모르는 게 등신이지."

하긴 지난번에 내가 유중혁에게 빙의하는 현장을 봤을 테니까. 나는 잠시 고민하다가 말했다.

"그럼 다녀올게. 잠깐 부탁한다."

"……빨리 와. 나 혼자서 감당 안 되는 놈들 나오면 답 없으니까."

"뭔 일 있으면 그냥 깨워."

나는 그대로 눈을 감고 잠에 빠져들었다.

[전용 스킬, '전지적 독자 시점' 3단계를 발동합니다!]

곧이어 '3인칭 시점'이 발동하며 새카만 심상 위에 나를 생각하는 사람들의 목소리와 화면이 떠오르기 시작했다. 나는 몇 개의 목소리를 제쳐놓고, 제일 넓은 경관이 펼쳐진 목소리를 택했다.

¤ ¤ ¤

진동은 '낙원'의 중심가에서 시작되었다. 지반 전체를 뒤흔드는 강렬한 충격파에 노점상이 일제히 뒤집혔고, 대로를 걷던 화신들은 놀라 자리에 주저앉았다.

"으아아, 뭐야!"

"괴수인가?"

모두 한마디씩 해보았지만, 상황을 정확히 파악하는 이는 없었다. 너무 오랫동안 평화를 누려왔기 때문인지도 모른다. 언제나 최악의 상황만 가정해왔던 그들의 두뇌는 이제 가장 안전한 미래만 상상할 수 있게 세뇌되었다.

"경비대에서 해결할 거야. 다들 걱정 말라고."

"조금만 참아!"

폭음의 중심지에서, 유중혁은 낙원의 화신들을 보았다. 아는 얼굴도 있고 모르는 얼굴도 있었다.

1회차에서 유중혁은 그들을 구하려다 배신당했고, 2회차에서는 자기 손으로 이곳을 멸망시켰다. 그리고 이제 3회차……

유중혁이 폭연을 걷어내고 나타나자 사람들이 그를 붙들고 물었다.

"뭡니까! 대체 무슨 일입니까?"

과일을 팔거나 농작물을 수확하던 사람들이 두려움에 질린 얼굴로 그를 보고 있었다. 유중혁도 그들을 마주 보았다.

시나리오가 아닌 것도 분명 이야기였다.

유중혁도 알고 있었다. 잘 알기에 처음 '낙원'을 보았을 때 라인하이트의 뜻에 동조했고, 함께 이곳을 지켰다.

"사, 살려주세요! 제발!"

물론 모든 일은 허사였다. 낙원은 시나리오와 다를 바가 없었다. 시나리오가 화신을 착취하며 유지되듯, 낙원도 화신을 비료로 지탱될 뿐. 같은 장소의 멸망을 몇 번이나 겪으며 유중혁은 한 가지를 깨달았다.

거대한 이야기는 언제나 작은 이야기를 잡아먹는다. 그것이 이야기의 유일한 법칙이며 '스타 스트림'의 섭리다.

"낙원은 곧 멸망할 것이다."

"예?"

"스스로 지킬 수 있는 걸 찾아. 그리고 그걸 지켜라."

그아아아아아!

유중혁과 일행이 빠져나온 통로로 폭주한 괴물들이 비집고 나오기 시작했다. 흙을 헤집고 나오는 거센 갈퀴와 발톱을 보며 화신들이 비명을 질렀다.

뒤늦게 달려온 경비대가 화신들을 보호하려 나섰지만, 기하급수적으로 늘어나는 괴수를 막아내기에는 역부족이었다.

"저, 저것들이 왜?"

"성주님! 성주님은 어디 계신가!"

거대 괴수의 발길질 한 번에 다수의 경비대가 나가떨어졌다. 그나마 경비대장은 제법 선전하는 듯했지만, 간신히 살아 도망치는 게 고작이었다.

유중혁은 다가오는 괴수의 팔다리를 잘라내며 주변을 살폈다. 정희원과 이현성이 사람들을 대피시키고 있었다.

"여기까지 살아남은 게 신기하군."

언제 죽을지 모르는 판에 이름도 모를 다른 사람부터 챙기다니. 보나 마나 김독자의 영향일 터. 저런 심성으로 여기까지 오다니 기적이나 다름없었다.

"저런 사람들이니까 여기까지 올 수 있었던 거예요."

어느새 곁으로 다가온 유상아를 향해 유중혁이 인상을 찌푸렸다.

"너 때문에 괜한 시간을 낭비했다."

"마지막으로 〈올림포스〉와 연락이 닿았을 때는 독자 씨가 이곳에 있다고 들었어요."

"정보가 잘못되었거나 누군가의 농간이었겠군."

아니면 김독자가 모종의 수로 정보를 조작했거나.

어느 쪽이든 유중혁 입장에서 마음에 드는 상황은 아니었다. 본래 낙원은 이런 식으로 공략하는 게 아니니까. 사실 지금의 '낙원'은 공략하기에 제일 부적합한 상태였다.

쿠구구구구!

바닥을 뚫고 올라온 나무줄기가 하늘로 치솟았다.

저것이 바로 악마 후작 라인하이트의 '설화'.

「영혼을 파먹고 유지되는 낙원, '영구기관'.」

줄기를 타고 올라온 괴수들이 지상으로 풀려났다. 오랫동안 지하에서 굶주려 있던 학살자들은 먹잇감을 발견하자 포효하며 사방으로 흩어졌다. 5급 악마종인 '어둠 추적자'부터 4급 악마 괴수종인 '루벨 타이거', 심지어 이름을 알 수 없는 3급 악마종도 보였다.

"끄아아아악!"

끔찍한 카니발 속에서 화신들은 성주를 찾았다. 이 비극에서 그들을 구해줄 유일한 지도자라는 듯이.

"성주님!"

그때, 덩굴이 움직였다. 촉수처럼 뻗어나간 덩굴들이 흐느적거리더니 일제히 사방으로 흩어졌다. 날카로운 덩굴의 끝은 낙원의 백성을 지키기 위해 괴수를 꿰뚫었다.

푸슛! 푸슈슛!

화신들은 환호했다. 그들이 알기로 낙원에서 이만한 힘을 가진 존재는 하나뿐이었다.

[모두 안심하십시오.]

라인하이트의 목소리를 들으며 화신들은 마음을 다잡았다. 낙원은 무너지지 않는다. 다들 그렇게 믿는 듯했다. 매캐한 연기 속에서 경비대장이 무언가 발견하기 전까지는.

"성주님……?"

덩굴 끄트머리에 봉오리처럼 돋아난 익숙한 얼굴.

"으, 으아아아아!"

경비대장이 질겁하며 바닥에 주저앉았다.

"괴, 괴물! 괴물이다!"

오래도록 충성을 맹세해온 경비대장은, 거대한 식물과 하나가 된 라인하이트를 본 순간 평정심을 잃고 말았다.

[아, 하인델입니까?]

"꺼, 꺼져! 저리 꺼지라고!"

경비대장이 이성을 잃고 뒷걸음질 쳤다. 라인하이트가 발산하는 기파에 눌려 바지 앞섶이 축축하게 젖었다. 라인하이트는 그런 경비대장을 쓸쓸한 눈으로 보더니 덧붙였다.

[마침 잘됐군요. 회복할 양분이 필요하던 참이라.]

날아든 덩굴이 경비대를 비롯한 낙원 주민을 집어삼키기 시작했다. 주삿바늘처럼 꽂힌 덩굴이 소시민의 이야기를 빨아들였다. 바싹 말라버린 주민들은 그대로 미라가 되어 죽거나 악마종으로 화했다.

"그만둬, 당장!"

[지옥염화]의 불길이 덩굴을 몇 가닥 불태웠다. 그러나 덩굴은 끝이 없었다. 정희원이 외쳤다.

"여긴 당신이 지켜야 할 곳이잖아! 대체 무슨 짓이야!"

[당신들이 나타나기 전까지는 그랬죠.]

라인하이트가 웃었다. 그는 줄기의 가장 높은 곳에서 상반신만을 내놓은 채 낙원의 풍경을 바라보았다.

[이미 '낙원'은 끝났습니다.]

거대한 영구기관 앞에서 공포에 떠는 화신들. 조금 전까지만 해도 성주를 경외하던 주민들 모습은 이제 어디에서도 찾아볼 수 없었다.

[이래서 작은 이야기를 살아가는 존재는 어쩔 수 없는 겁니다. 평생을 작은 나무에만 의지하며 살아왔으니…… 그 나무가, 숲이 어떻게 유지되는지 이해할 턱이 없지요.]

화신들은 하나둘 자신들이 살아온 세계의 정체를 깨달았다. 아니, 어쩌면 알고 있었으나 줄곧 외면해온 진실.

[그러니 모든 걸 다시 시작하는 수밖에 없습니다.]

하늘 위로 쏘아진 라인하이트의 덩굴이 거대한 우산처럼 낙원 전체를 덮기 시작했다. 그대로 낙원 전체를 흡수하기라도 하려는 것처럼. 그 아득한 스케일에 정희원은 완전히 질려버렸다.

해치울 수 있을까? 인간이, 저런 것과 싸워 이길 수 있을까?

덩굴 한쪽이 거대한 폭발을 일으켰다. 허공을 덮어가던 덩굴 가닥이 굉음과 함께 터져나갔다. 낙원 지붕에 거대한 구멍이 뚫린 듯한 모양새였다.

[대단하군요. 당신은…….]

라인하이트는 진심으로 감탄한 목소리였다. 구멍이 뚫린 자리 아래에서 오연한 존재감을 풍기는 사내. 말할 필요도 없이, 유중혁이었다.

[인간을 넘어섰군요.]

평범한 수사처럼 들리지만, 라인하이트쯤 되는 존재에게는 완전히 다른 의미를 지니는 표현이었다.

[겨우 아홉 번째 시나리오에서 그런 경지에 도달했습니까? 김독자라는 자도 대단했지만…… 당신이야말로 진짜 괴물이군요.]

유중혁의 전신에서 강대한 마력 파장이 흘러나왔다.

유중혁은 눈을 감은 채, 자신의 모든 역량을 동원해 한계를 넘어서고 있었다.

「'염왕의 장갑'에서 근력 2레벨을 확보하고.」

「'극령의 내피'에서 근력 1레벨을.」

「'천총운검'에서 근력 4레벨을.」

「스킬 버프를 통해 근력 3레벨을 추가로 확보한다.」

근력이 100레벨을 돌파하자 전신에서 고고한 기세가 풍겨나왔다. 유중혁은 스승 '파천검성'의 말을 떠올렸다.

「초월의 첫 번째 과정은 육체의 한계를 넘어서는 것이다.」

화신들은 대부분 노력만으로 강해지는 데는 한계가 있다고 생각한다. 그래서 더 좋은 배후성을 얻으려 애쓰고, 더 강력한 성좌에게 잘 보이기 위해 안간힘을 쓴다.

하지만 우주는 드넓고, 그런 방식에 동의하지 않는 이도 있었다.

좋은 배후성을 얻지 못했어도. 심지어는 배후성이 없어도. 그 어떤 절대적 존재의 조력도 없이 오로지 자기 노력만으로 완전한 존재가 되기를 꿈꾸는 자들.

「두 번째 과정은 모든 스킬을 한계치까지 수련하는 것이다. 세상에 존재하는 스킬은 결국 누군가가 남긴 '성흔'이 보편화된 것. 모든 스킬을 한계치까지 수련해라. 사다리를 오르듯 시스템의 한계를 궁구하고 또 탐구해라.」

성좌가 설화를 먹어치우고 자신의 영향력을 키워 강해졌다면, 이들은 자신의 존재를 끊임없이 단련해 하나의 '설화'로 만들어냈다.

「마지막 과정은 올라간 사다리를 걷어차는 것이다. 지금까지 쌓아온 것을 모두 잊어라. 스킬을 잊고, 레벨을 잊고, 이야기를 잊어라. 결국 시스템이 제시하는 길은 수많은 존재가 '보편'으로 택한 길이다. 너만의 '이야기'를 찾는 것이 중요하다.」

수련하고, 수련하고, 또 수련하고. 극한의 수련 끝에 스킬의 한계를 넘어선 이들은 그 자체로 하나의 설화가 된다.

시나리오를 통틀어 성좌에 비견될 수 있는 필멸자의 정점.

자신의 종을 아득히 뛰어넘는 재능과 노력을 겸비한 자들이, 필생의 수련을 통해 이룩할 수 있는 경지.

그 숭고한 노력을 경외하는 뜻에서 '스타 스트림'은 성좌가 아님에도 불구하고 그들에게 '좌座'의 이름을 허했다.

「그것이 초월좌에 입문할 최소한의 조건이다.」

유중혁은 지난 회차에서 초월좌에 오른 적이 있었다. 이미 한번 도달한 경지이기에, 다시 한번 오르기는 어렵지 않았다. 필요한 것은 오직 육체적 조건과 시간뿐.

유중혁의 '천총운검'에 고결한 황금색 아우라가 맺혔다. 분명 스킬을 사용하는데도 그의 머릿속에는 스킬 사용 메시지가 떠오르지 않았다. 시스템을 이용한 힘이 아니기 때문이다.

회귀자 유중혁이 오로지 혼자서 쌓아 올린 힘.

"라인하이트, 지난 회차에서는 너를 거뒀지."

나무의 규모를 넘어 이미 거대한 숲이 된 영구기관을 향해 유중혁이 두 자루의 검을 뽑아 들었다.

"이번에는 너를 죽일 것이다."

콰콰콰콰콰!

단지 하나의 궤적을 그었을 뿐인데 전투기가 지나가는 듯 공기가 파열되는 소리가 났다. 황금색 강기가 스친 자리마다 균열이 자라났다. 균열에 뒤얽힌 괴수들은 비명조차 지르지 못하고 찢어졌다. 4급이고 5급이고 할 것 없이 날려버리는 금빛 궤적.

파천검도, 하늘을 부수는 검의 길.

한 마리만 풀어놔도 십 분 안에 일대를 폐허로 만들 수 있
는 3급 괴수들마저 검격을 견디지 못해 연신 비명을 질러댔
다. 얼마나 많은 시간 동안 이 검술을 연습했는지 유중혁 자신
도 알지 못했다.

십 년? 이십 년?

암흑차원의 시간 단층을 이용해 수련한 시간까지 합치면
족히 백 년은 넘을 것이다. 그만한 세월을 쌓았기에 유중혁은
인간의 정점에 도달할 수 있었다.

'아직은 육체 등급이 낮아서 간신히 초입이 한계지만.'

유중혁은 과부하가 걸려오는 근육에 힘을 조절하며 끊임없
이 검을 휘둘렀다. 아무리 그가 강하다고 해도 초월좌의 힘은
오래 지속할 수 없다. 현재 그의 격은 전생의 자신이나 스승인
파천검성에 비하면 햇병아리 수준이니까.

그럼에도 그의 공격은 일반적인 스킬의 범주를 벗어나 있
었다.

허공에 터지는 스파크에 괴수들이 폭죽처럼 터져나가자 라
인하이트마저 경탄을 금치 못했다.

[초월좌 소문이 거짓은 아니었군. 하지만 어떻게 귀환자도
아닌 인간이…….]

라인하이트의 말은 이어지지 못했다. 유중혁의 '진천패도'에서 솟아난 10미터가 넘는 에테르 블레이드에, 방금 전까지 그가 있던 자리가 통째로 찢겨나간 것이다. 그야말로 가공할 파괴력이었다.

초월에 이른 [파천강기]의 힘이었다.

"조심해요! 사람들이 휘말린다고요!"

유상아가 외쳤지만 유중혁은 개의치 않고 검을 휘둘렀다. 애초에 그의 특기는 뭔가를 부수는 것이지 구하는 것이 아니었다.

"전설급 설화의 주인이다. 쉽게 해치울 수 없어. 낙원 안에서 놈의 힘은 2급 괴수종 이상이야."

실제로 라인하이트의 영구기관은 상하긴 했어도 움츠러드는 기색이 없었다. 오히려 줄기가 증기를 내뿜으며 주변의 인간을 빨아들였다.

"으아아아악!"

인간을 구출하는 속도보다 영구기관이 자라나는 속도가 더 빨랐다. 게다가 괴수도 아직 많았다. [헤르메스의 산책법]과 [테세우스의 결의]를 사용하여 괴수를 하나둘 격살하던 유상아가 입을 열었다.

"끝이 안 보이네요. 왜 이 괴수들을 숨기고 있었을까요?"

"이건 낙원의 수출품이다."

"수출품이요?"

유중혁은 아주 짧은 순간 허공을 올려다보았다. '결코 개입하지 않겠다'라고 선언한 도깨비들이 재미있는 구경거리라도 난 것처럼 모여 있었다.

[허…… 이거 곤란한데.]

[새 농장을 구해야 하게 생겼군요.]

유상아는 그 말이 무슨 뜻인지 곧바로 이해하지는 못했다. 넘실대는 괴수의 파도 속, 시나리오를 거치며 익숙해진 모습이 보였다. 9급 지하종 땅강아쥐, 8급 지하종 그롤…….

"시나리오에 사용되는 괴수. 모두 어디서 왔는지 궁금했던 적 없나?"

유상아는 멍한 시선으로 유중혁을, 도깨비들을, 그리고 낙원의 괴수를 보았다. 얼어붙은 그녀보다 먼저 반응한 것은 곁에서 [지옥염화]를 퍼붓던 정희원이었다.

"지금 그 말……."

"낙원은 스타 스트림의 괴수 공급지다. 정확히 말하면 그중 하나지."

유중혁의 대답에, 정희원 눈동자에서 불꽃이 튀었다. 지금껏 이해되지 않던 몇 가지가 강제로 끼워 맞춰지는 기분이었다. 암흑성 2층. 모든 시나리오에 개입하던 도깨비가 처음으로 간섭하지 않는 땅. 생각해보면 그런 곳이 있을 턱이 없었다.

[도깨비들이여! 낙원은 새로 만들 수 있습니다!]

영구기관 위로 라인하이트의 상반신이 재생되어 자라나 있었다.

[이번 일로 물량 소진이 제법 있겠지만 금방 복구될 겁니

다. 부디 계약을 취소하지 말아주십시오!]

그 간절함에 담긴 절망은, 거기 있는 누구도 공유할 수 없는 것이었다. 화신들의 낙원을 유지하기 위해 화신을 공물로 바쳐야만 하는 세계. 라인하이트는 자신의 신념을 위해 그 신념조차 바치는 괴물이 되었다.

뒤늦게 도깨비를 발견한 화신들이 소리쳤다.

"도깨비! 도깨비다!"

"시나리오가 시작되고 만 건가……."

"우, 우린 아무 잘못도 안 했어!"

도깨비들은 이죽거리며 웃을 뿐이었다.

[잘못이라면 했죠. 아무것도 하지 않은 잘못.]

[딱히 우리가 의도한 상황은 아니지만요. 하하핫!]

정희원이 입술을 꾹 깨물었다. 이 이상 상황을 두고 볼 수는 없었다.

"저거, 해치울 방법 없어요?"

유중혁은 아직도 자라나는 영구기관을 보며 칼날에서 피를 털어냈다.

"방법은 있다."

여기서 [거신화]까지 발동한 후 초월좌의 힘을 발휘한다면 순수한 무력으로 라인하이트를 찍어 누를 수 있었다. 하지만 그렇게 되면 소모가 너무 크다. 그리고 낙원 전체가 통째로 날아가버릴 것이다. 유중혁은 그런 비효율적인 싸움은 선호하지 않았다.

"저놈을 죽이려면 영구기관의 뿌리를 없애야 한다."

영구기관의 핵심 동력원은 뿌리. 뿌리만 없앤다면 전체를 상대하지 않고도 파괴할 수 있다. 문제는 그 뿌리에 괴수의 본진이 있다는 것. 심지어 라인하이트조차 통제할 수 없는 강력한 괴수까지 섞여 있었다.

'랭킹 6위인 빙하의 악마 세피로츠만 거두었더라도……'

계획대로 세피로츠를 동료로 삼았다면 낙원 공략은 지금보다 훨씬 수월했을 것이다. 그러나 세피로츠는 데리러 갔을 때이미 죽어 있었다.

'나만큼 빨리 랭커를 사냥하는 녀석이 있단 이야기겠지.'

제일 먼저 김독자를 떠올렸지만, 꼭 그렇다는 보장도 없다. 이번 회차에는 변수가 너무 많아졌으니까.

"지하로는 들어갈 수가 없는데 어떡하죠?"

"들어가지 않는다. 이미 역할은 맡겨놨어."

괴수 하나를 처치하고 물러난 이현성이 일행을 향해 물었다.

"유승이랑 길영이 못 보셨습니까? 아까부터 안 보이는데—"

순간 정희원의 눈동자가 커졌다.

"유중혁 당신, 설마……!"

정희원이 채 말을 잇기도 전에 유중혁이 말했다.

"김독자는 너흴 아무 생각 없이 남겨둔 게 아니야."

어쩌면 유중혁이 회귀자이기에 할 수 있는 말이었다. 지금껏 김독자에게 일방적으로 읽혀왔지만, 이번만큼은 그 역시김독자의 생각을 읽을 수 있었다.

[아직 수식언이 없는 한 성좌가 한숨을 내쉽니다.]

허공에서 시선을 감지한 유중혁이 얼굴을 일그러뜨렸다.

¤ ¤ ¤

어두운 공동을 몰려다니는 괴수들 틈바구니에서, 신유승과 이길영은 서로 꼭 끌어안은 채 웅크리고 있었다. 괴수 밀집도가 지나치게 높은 탓에 체구 작은 아이들은 오히려 발견되지 않았다.

크와아아아아!

위기의 순간, 8급 충왕종 '거대 병정 말벌' 몇 마리를 길들인 것도 도움이 되었다. 말벌들은 신유승과 이길영의 곁에서 혼란한 춤을 추며 괴수들의 시선을 분산시켰다. 하지만 [말벌의 춤]으로 인식을 흩뜨리는 데는 한계가 있었다.

'어떡할까?'

'나도 몰라.'

비스트 마스터 신유승과 인섹트 마스터 이길영. 둘은 현재 서울에서 가장 강력한 테이머였다. 아무리 그래도 이 많은 괴수를 전부 길들일 수는 없었다. 그랬다가는 보나 마나 뇌가 터져 죽어버릴 것이라는 사실은 차치하더라도, 현재 두 사람의 [길들이기] 수준으로는 4급이 한계였다. 무리한다면 3급도 가능하겠지만 아마 잠시뿐일 것이다.

'……이대로 죽는 거야?'

시간이 지날수록 더욱 강력한 괴수가 나타났고, 그로 인해 일대의 생태는 조금씩 진정되었다.

침을 흘리며 서성이는 '데빌울프', 거대한 송곳니를 드러낸 '어둠 거스러미'들이 쉬익쉬익 소리를 내며 주변 냄새를 맡았다. 겁먹은 말벌들이 더욱 열심히 춤을 췄지만, 이제 들키는 것은 시간문제였다. 게다가 괴수만 문제인 것도 아니었다.

푸슈슈슛!

괴물들 틈새를 뚫고 영구기관 줄기가 두 아이를 노리고 쇄도했다. 아차, 하는 순간 이길영이 신유승을 안았고, 줄기는 그대로 두 아이를 관통할 듯 날아왔다.

그 순간, 어디선가 쏘아진 강력한 기파에 줄기의 움직임이 멎었다. 줄기는 당황하는 듯하더니 이내 방향을 돌려 아이들을 외면했다. 신유승은 줄기를 멈춰 세운 기파를 따라 고개를 돌렸다.

'이건 대체……'

[말벌의 춤]을 꿰뚫고 정확히 이쪽을 보는 괴수가 있었다.

처음에는 괴수라고 생각지도 못했다. 살아 있는 생명체라 짐작하기에는 너무나 거대했기 때문이다. 몸체가 거의 공동의 삼분의 일을 차지했다. 샛노란 눈이 어둠 속에서 깜빡이자 신유승은 등골의 모든 털이 쭈뼛 서는 것 같았다.

저건 '괴수'가 아니야.

일대의 소음이 모두 사라졌다. 이지가 없는 괴물조차 그 앞에 자신을 바치듯 몸을 숙였다. 그런 말도 안 되는 존재감을 가진 무언가가 흥미로운 눈으로 이쪽을 보고 있었다.

너희는 대체 뭐냐.

그렇게 묻는 것 같았다. 신유승은 그 질문에 대답할 자신이 없었다. 돌아보니 이길영도 비슷한 상태였다. 신유승이 먼저 용기를 냈다.

"……야."

이길영이 질겁하며 고개를 흔들었다.

"무리야. 저건 절대로 안 된다고."

[다종 교감]을 극한까지 올린 둘은 굳이 자세히 말하지 않아도 서로 의사를 이해할 수 있었다.

"어차피 이대로면 죽어."

조심스레 자리에서 일어난 신유승이, 비틀거리며 괴물을 향해 다가갔다. 부복해 있던 괴수들이 거칠게 으르렁거렸지만 개의치 않았다. 그 순간 신유승은 자신의 쓸모를 깨달았다.

'그래서 아저씨가 날 여기 남긴 거야.'

오직 자신만이 이 일을 해낼 수 있다.

"젠장."

욕설을 내뱉은 이길영도 후들거리는 다리로 뒤따라왔다.

바로 앞까지 다가가자 괴물의 존재감은 아까와는 비할 수 없을 정도로 강해졌다. 해볼 테면 해보라는 듯 거만한 괴물의 시선 앞에, 신유승은 뼈까지 발가벗겨지는 기분이었다.

[전용 스킬, '상급 다종 교감 Lv.5'을 발동합니다!]

투명하게 솟아난 끈이 괴물을 향해 쏘아졌다. 다종 교감. 서로 다른 종을 이해하기 위해 만들어진 스킬. 아우라의 끄트머리가 괴물과 접촉하는 순간, 신유승의 머릿속이 폭발했다.

'아, 아아…….'

괴수의 태생이, 끔찍한 기억들이 머릿속으로 흘러들었다. 이 비참한 '낙원' 지하에 떨어져 다른 괴수를 잡아먹으며 살아온 존재. 먹고, 먹히고, 절망하고, 절규하고. 인간의 언어로 형용할 수 없는 지옥도를 걸어온 천연의 괴물.

혈액의 과도한 흐름을 감당하지 못한 혈관이 터지며, 신유승의 코와 입에서 피가 흘렀다. 눈물 맺힌 시야가 붉게 물들었다. 이길영이 달려와 신유승을 부축하며 안색을 살폈으나, 이미 걷잡을 수 없는 상태였다.

결국 이길영도 [다종 교감]을 발동했다.

늘 옥신각신 싸워온 두 아이가 이 순간만큼은 손을 잡았다. 이길영의 마력이 깃들자, 이해의 통로가 한층 넓어졌다. 수백 년의 질긴 생이 두 아이의 머릿속에 고스란히 범람했다. 곧 이길영의 코에서도 피가 쏟아졌다.

"으…… 으아아아아!"

낯선 괴수의 고통을 이해하며 신유승은 처음으로 모든 것을 포기하고 싶었다. 그릇이 깨지는 듯한 환청이 들렸다. 신유승과 이길영의 정신이 조금씩 붕괴하고 있었다. 감당할 수 없는 크기의 자아, 품을 수 없는 깊이의 상처. 격이 맞지 않는 상대를 감히 길들이려 한 대가였다.

조금씩 희미해지는 의식 속에서 신유승은 문득 어떤 시선을 느꼈다. 그 시선에서는 자신을 집어삼키려는 폭력이나 먹어치우려는 탐욕이 느껴지지 않았다. 아주 오래전부터 그녀를 지켜보던 시선. 서서히 몸이 따뜻해지며 코에서 흐르던 피가 멎었다.

저 괴물의 격에 전혀 밀리지 않는 어떤 존재가 그녀를 보고 있었다.

어쩌면, 아주 오래전부터 그녀를 지켜주던 시선.

[아직 수식언이 없는 한 성좌가 당신을 바라봅니다.]

아직 수식언이 없는 한 성좌. 그게 누구를 가리키는 말인지 신유승은 너무도 잘 알고 있었다.

'아저씨.'

시선뿐이었지만, 대부분 인간은 중요한 순간 그 한 사람의 시선이 없어서 죽는다. 그런 의미에서 지금의 신유승은 운이 좋은 편이었다.

[아직 수식언이 없는 한 성좌가 고개를 끄덕입니다.]

 세상에서 오직 한 사람에게만 주어지는 시선을 받으며, 신유승은 다시 발을 내디뎠다. 할 수 있다. 다리는 마비되었고, 입술은 말을 듣지 않았지만 그럼에도 그런 확신이 들었다.

 한 걸음, 또 한 걸음.

 이윽고 아이의 작은 손이 괴물 외피에 닿았다. 가죽에 새겨진 작은 상처들. 깜짝 놀란 괴물이 눈을 크게 떴다. 그제야 신유승은 이 괴물을 똑바로 바라볼 수 있었다. 오히려 시선을 피한 것은 괴물 쪽이었다.

 "날 똑바로 봐."

 상처는 하나가 아니었다. 전신 외피가 무수한 상처로 덮여 있었다.

 그르르르르……

 괴물이 작게 울었다.

 지금껏 누구도 보아주지 않은 상처였다. 오랜 세월을 거치며 만들어진 상처. 이 상처야말로 괴물의 존재 그 자체였다. 상처로 인해 괴물은 강해졌고, 결국은 외로워졌다.

 괴물의 고통을 생생하게 느끼는 만큼 신유승의 얼굴도 일그러졌다.

 "상처받았다고 해서, 괴물이 되어선 안 돼."

 신유승은 괴물의 상처를 천천히 매만졌다. 아무리 오랜 시간을 들여도 치유할 수 없는 상처였다. 그렇다고 해서 포기해

도 된다는 뜻은 아니었다. 기적이란 있다. 김독자가 41회차의
신유승을 구한 것처럼.

치유받을 수 없는 사람도 구원받을 수는 있다.

신유승은 괴물의 전신을 얽어맨 영구기관의 뿌리를 보았다.
아마 이 괴물은 평생 이곳에 묶여 지냈으리라. 신유승이 품속
을 뒤져 금빛 열매를 꺼냈다.

고대 야수의 열매.

김독자에게 받은 랜덤 박스에서 나온 SSS급 아이템. [길들
이기]가 불가능한 상급종 괴수를 길들일 때 사용할 수 있는
소모성 아이템이었다. 천천히 고개를 숙이는 괴물을 향해 신
유승이 말했다.

"같이 나가자."

5

낙원 전체가 굼지럭대는 듯한 진동이 일었다. 당황한 라인하이트가 지상을 두리번거렸다.

[이, 무슨……!]

갑작스레 붕괴하는 영구기관. 공급되던 에너지가 애먼 곳으로 새어나가고 있었다. 뭔가 잘못되었음을 깨달았을 때는 이미 말라비틀어진 줄기가 허공에서 부서지고 있었다.

[커허헉! 어째서? 어째서 네가……!]

꿀렁대는 식물의 진액이 라인하이트의 입에서 쏟아졌다.

쾌드드득! 무언가가 영구기관의 밑동을 파먹고 있었다. 뿌리를 파고드는 단단한 이빨의 감각. 라인하이트는 본인의 신체가 뜯기기라도 하는 듯 쉴 새 없이 비명을 질러댔다. 오래도록 낙원의 뿌리에 묶여 있던 존재가, 이제 그 뿌리의 중추를 사정없이 파괴하고 있었다.

이윽고 힘을 잃은 영구기관이 무너지기 시작했다.

[안 돼. 안 돼……!]

무너져내린 지하에서 거대한 동체가 솟구쳤다. 세상에 나온 적이 없기에 등급조차 없는 존재. 용의 몸체와 악마의 날개, 그리고 곤충의 겹눈을 가진 괴물. 악마종과 충왕종과 괴수종의 교배로 진화한 궁극의 괴생명체가 허공을 찢고 날아올랐다.

낙원의 모든 존재가 그 기적을 보았고, 유중혁 또한 그중 하나였다.

"……키메라 드래곤."

저 존재야말로 '낙원'이 만들어낸 진짜 괴물이었다.

지금은 2급에 육박하는 힘이지만, 그 잠재력은 1급종을 넘어서는 괴수 중의 괴수. 최하위 등급의 괴수종으로 태어나, 이내 최강의 괴수종인 용족龍族마저 위협할 수 있게 된 괴물. 그 괴물의 등에 신유승과 이길영이 타고 있었다. 정희원이 반색하며 외쳤다.

"유승아! 길영아!"

두 맹랑한 꼬마가 결국 해낸 것이었다.

크롸라라라라─!

키메라 드래곤의 포효에 낙원의 모든 괴수가 일제히 몸을 떨었다. 다시 지하로 들어가는 녀석도 있었고, 놀라 그 자리에서 숨이 끊어지는 녀석도 있었으며, 허겁지겁 성벽을 넘어 탈출하는 놈도 있었다.

영구기관에서 분리된 라인하이트가 난장판 속에서 비틀거리며 몸을 일으켰다. 유중혁은 그 틈을 놓치지 않았다.

스가각!

[파천검도]의 궤적이 움직였고, 힘이 다한 라인하이트는 검을 피하지 못하고 그대로 꿰뚫렸다.

"크허헉……."

검은 피가 그의 입에서 쏟아졌다. 아무리 강력한 악마라 해도 심장이 꿰뚫린 상태에서 살아남을 수는 없었다. 라인하이트는 서서히 무너졌다. 유중혁을 비롯한 일행이 그를 향해 다가갔다. 가까워지는 발소리를 들으며 라인하이트가 중얼거렸다.

"모든 것이 결국은 위대한 격들의 작은 유희에 지나지 않는가……."

유중혁은 라인하이트를 가만히 내려다보았다. 영구기관이 사라진 하늘을 보며, 라인하이트가 짧은 숨을 토했다.

"아무도 믿지 않겠지만 나는 그저……."

분노한 화신들의 고함 속에 그의 말이 사라지고 있었다. 모두 낙원의 보호를 받던 화신이었다. 위선자라고 욕하는 이도 있었고, 당장 라인하이트를 죽여야 한다며 소리치는 자도 보였다.

낙원의 비밀을 알게 된 그들은 누구도 라인하이트를 비호하지 않았다. 하지만 선뜻 자신의 손을 더럽혀 라인하이트를 해치는 이는 없었다. 그럴 용기가 없기 때문이었고, 그것을 불가능하게 하는 존재가 있기 때문이었다.

살벌한 유중혁의 기도氣度 앞에서 화신들은 그저 얼어붙은 채, 죽어가는 라인하이트를 바라볼 뿐이었다. 한때 그의 백성이었던 화신들을 향해 라인하이트가 비통하게 웃었다. 아무도 이해하지 못하리라. 그의 신념과 맹세는 누구의 이야기에도 남지 못할 것이다.

"나는, 나는 정말로 저들을……."

"안다."

단답형 대답에 라인하이트가 눈을 천천히 끔뻑였다. 유중혁이었다.

서서히 칼집으로 되돌아가는 유중혁의 검. 라인하이트의 눈시울에서 핏물이 흘렀다. 알고 있다니. 라인하이트가 허탈한 미소를 지었다.

"그런가. 안단 말이지……."

라인하이트는 자신이 느끼는 감정을 이해할 수 없었다. 어째서 오늘 처음 본 이 사내가 정말로 자신을 이해한다고 느껴지는지.

유중혁은 말없이 라인하이트를 내려다보았다. 그 시선에 보답하듯 라인하이트가 힘겹게 말을 이었다.

"……다음 층으로 갈 생각이겠지?"

다음 층. '암흑성'의 마지막 시나리오가 있는 곳.

"당신들은 원하는 것을 찾을 수 없을 거야. 이 성은 그저 성좌들 놀이터에 불과하니까. 부디 운이 좋기를 바라지. 다음 층에는……."

그 순간 츠츠츠츳— 하는 소리가 나더니 라인하이트의 육체가 폭발했다.

유중혁이 고요히 허공을 노려보자 도깨비들이 빙글빙글 웃고 있었다.

[어허, 미리니름은 금지예요.]

[맞아 맞아. 그건 재미없다고.]

기다렸다는 듯이 성좌들의 메시지가 별빛처럼 쏟아졌다.

[다수의 성좌가 화신 '유중혁'의 활약에 감탄합니다!]

[절대선 계통의 성좌가 화신 '유중혁'의 판단에 동의합니다.]

[일부 성좌가 '낙원'의 붕괴에 안타까움을 표합니다.]

(…)

[다수의 성좌가 150,000코인을 후원했습니다!]

그러나 유중혁 표정에는 일말의 변화도 보이지 않았다. 기쁨도 슬픔도 드러나지 않는 눈빛.

['악마 후작 라인하이트'를 처치했습니다!]

[150,000코인을 획득했습니다.]

[전설급 설화 '절망의 낙원'을 획득했습니다.]

[당신의 암흑성 랭킹이 조정됩니다!]

[새로운 메인 시나리오를 획득했습니다.]

[메인 시나리오 #10 - '73번째 마왕'이 임시 개방됐습니다.]

이보다 더 나은 마무리가 없을 정도로 완벽한 클리어였다. 계획대로는 아니지만, 암흑성 랭킹도 올렸고 코인도 모았으며 다음 시나리오의 단서도 얻었다. 그런데도 왜 이렇게 기분이 복잡한지 유중혁은 좀처럼 알 수가 없었다.

"구, 구원자님이시다!"

누군가의 외침에 돌아보니 사람들이 몰려와 있었다. 메시아를 받들듯이 유중혁을 둘러싸고는 무릎을 꿇거나 눈물을 닦고 있었다. 그들의 낙원을 파괴한 자에게 하염없이 감사를 표하고 있었다.

"감사합니다! 정말로 감사합니다!"

"당신이 아니었다면……."

그 말을 들으며 유중혁은 피 묻은 손을 내려다보았다. 그제야 자신이 느낀 감정의 정체가 이해될 것 같은 기분이었다.

그는 이 사람들을 구할 생각이 없었다.

낙원의 인간들은 그에게 조금도 중요하지 않았다. 라인하이트가 이들을 '낙원'을 위한 제물로 여겼다면, 유중혁에게는 '시나리오'를 클리어하기 위한 제물일 뿐이었다.

"고맙습니다."

돌림노래처럼 들리는 이야기를 들으며 유중혁은 생각했다.

이 모든 시나리오를 끝내고, 세계를 구하겠다는 목표.

그 거창한 일념으로 검을 휘두르며 살아왔다. 회차를 거듭하는 삶에서 조금씩 마모된 것들이 있었다. 더 속을 옥죄는 것은 마모되기 이전, 원래 그 자리에 무엇이 있었는지 도통 알 수 없다는 점이었다.

상념에 사로잡히지 않으려면 차라리 무언가 잃는 데 익숙해져야 했다. 사람들의 죽음을 방관했다. '대'를 위한 '소'의 희생을 묵인했다. 그런데 왜 이제 와서 갑자기.

이 시나리오의 끝에 펼쳐질 풍경이 잘 그려지지 않을까.

잿더미로 변해버린 라인하이트를 바라보았다. 그가 방금 전까지 존재했다는 사실이 거짓말 같았다.

"저, 성함이 어떻게 되시는지 여쭤봐도 되겠습니까?"

누군가가 그의 이름을 물었다.

'스타 스트림'에서 유명세는 곧 설화의 강약과 직결된다. 이 질문에 자신의 이름을 답함으로써 새로운 업적을 얻을 수 있을 터였다. 유중혁도 잘 알고 있었다. 그럼에도 왜일까. 유중혁은 멍한 얼굴로, 다음과 같이 중얼거렸다.

¤ ¤ ¤

"김독자."

……뭐?

"서, 성함이 김독자십니까?"

'3인칭 시점'으로 일행을 관찰하던 나는, 그 장면을 보는 순간 진저리를 쳤다.

[당신의 다섯 번째 설화에 새로운 업적이 추가됐습니다.]

[낙원의 주민들이 '낙원의 해방자 김독자'를 기억합니다.]

[설화 '고독한 메시아'가 한층 더 풍부해집니다.]

무슨 상황인지 잘 이해되지 않았다. '김독자'를 연호하는 낙원 사람들을 보며 거의 공황장애가 올 지경이었다.

아니, 거기서 왜 갑자기 내 이름이 나와? 저 자식 무슨 꿍꿍이지? 나한테 다 덮어씌울 셈인가?

[성좌, '악마 같은 불의 심판자'가 진정한 전우애에 눈물을 줄줄 흘립니다.]

한동안 잠잠하던 우리엘 녀석도 흥분하여 날뛰기 시작했다. 예전 같으면 한마디 쏘아붙였을 텐데, 연회에 다녀온 이후 좀처럼 험한 말이 나오지 않는다.

아무튼 유중혁 이 자식…….

저 에고이스트가 자기 업적을 남한테 나눠줄 리 없는데. 이제 와서 나랑 친구 먹자는 건 아닐 테고.

그러고 보니, 나와 한수영을 제외한 일행이 어느새 한자리에 모였다. 아니, 공필두도 없기는 한데…… 젠장, 그 양반은 또 어디 있는지.

"상아 언니, 아까 독자 아저씨는 왜 찾은 거예요?"

신유승과 이길영이 길들인 키메라 드래곤에 대한 화제로 떠들썩하더니, 어느샌가 일행들은 김독자에 관해 이야기하고 있었다.

"그건……."

유상아의 설명을 듣고 다들 표정이 시시각각 변했다. 나도 놀랐다. 유상아가 설마 '모이라이의 예언'을 훔쳐 들었을 줄이야. 유상아 역시 내가 모르는 곳에서 나를 살리기 위해 고군분투해준 모양이다. 그 '유상아'가…… 정말이지 황송한 마음이다.

"아저씨가 죽는다고요?"

"사랑하는 사람한테?!"

「화신 김독자는 가장 사랑하는 존재에 의해 죽게 될 것이다.」

크게 당혹한 얼굴들이었다. 정희원은 어이가 없다는 표정이었고, 신유승은 걱정 가득한 얼굴이었으며, 이현성은 뭔가 고심하는 눈빛이었다. 먼저 입을 연 사람은 이지혜였다.

"근데 그 아저씨 죽어도 다시 살아나잖아. 괜찮은 거 아냐?"

유상아가 답했다.

"그럼 다행인데, 그 부활이 몇 번이나 가능한 건지 아직 모르고……"

"〈올림포스〉의 예언이니 그렇게 쉽게 피해 가긴 어렵지 않겠습니까."

이현성의 말에 일행들 얼굴이 다시 심각해졌다. 정희원이 물었다.

"독자 씨가 '가장 사랑하는 존재'가 누군데요? 일단 그것부터 알아야 하는 거 아니에요?"

다들 근본적인 문제를 생각하지 않고 있었음을 뒤늦게 깨달은 모양이었다. 그때 이지혜가 또 입을 열었다.

"저……"

하필 이지혜가 먼저 손을 들다니. 뭔가 불안했다.

"응, 지혜야. 뭔가 알아?"

"아니, 역시 내가 아닐까 해서……."

이건 또 뭔 개소리야.

일행들은 맥이 풀린 듯했다. 정희원이 물었다.

"독자 씨가 너한테 뭔 짓 했어? 그 인간이 설마……."

"아니, 그게 아니라."

"그럼?"

"상식적으로 생각해본 것뿐이에요. 어리지, 예쁘지, 귀엽지, 칼 잘 쓰지, 통통 튀는 매력까지…… 아무리 생각해도 날 안 좋아할 이유를 찾는 게 더 어려운―"

일행들은 이지혜를 무시하고 논의를 계속했다. 정희원이 다시 의견을 냈다.

"내 생각엔, 독자 씨가 좋아하는 건 유상아 씨 같아요."

"네?"

깜짝 놀란 유상아가 답했다. 너무 놀란 표정이라 괜히 내가 상처받을 지경이었다.

"음, 그게 그렇잖아요. 유상아 씨 미모에 두근거리지 않을 남자는 없을걸요? 독자 씨도 일단 남자고. 그리고 뭐랄까, 상아 씨랑 있을 때 독자 씨 분위기가 좀 다르달까……."

일행들이 고개를 끄덕이자 유상아의 얼굴이 발갛게 물들었다. 뒤쪽에서 "난 절대 아저씨를 죽이지 않을 거야"라며 결심하는 이지혜를 무시한 채 정희원이 말을 이었다.

"솔직히 내가 독자 씨라도 유상아 씨 좋아할 거 같은데요."

그렇게 듣고 보니 유상아만 한 사람도 없다. 예뻐, 성실해, 성격 좋아…… 암암, 나무랄 데가 없지.

"그건…… 그냥 회사 동료인 것도 있고, 독자 씨한테 도움받은 것도 있고 해서……."

곤란하다는 듯 뭔가 생각하던 유상아는 말끝을 흐리더니 갑자기 정희원에게 반격했다.

"저는 희원 씨일 거라 생각했는데요."

"네? 저요?"

"네."

뜻밖의 역습에 당황한 정희원이 눈을 동그랗게 떴다. 젠장, 폭탄 돌리기도 아니고 너무하는군. 곁에 있던 이현성도 흠칫 놀라며 정희원을 바라보았다. 유상아가 말을 이었다.

"독자 씨가 희원 씨한테는 유독 친절하신 것 같아서요. 장비 같은 것도 특별히 잘 챙겨주시는 것 같고…… 희원 씨도 독자 씨랑 이야기할 때 묘하게 잘 웃으시는 것 같고……."

그런 게 없지는 않은 것 같다. 정희원이랑 대화할 때 무척 마음이 편하니까. 내가 발견한 '등장인물'이라는 점에서 마음이 쓰이기도 하고.

당황한 정희원이 상기된 얼굴로 손사래를 쳤다.

"네? 아니, 잠깐만요. 그건 그냥 그 인간이 놀리는 재미가 있어서 그런 거고—"

일행들이 다시 수군거리기 시작했다. 뭔가 느낌이 안 좋다. 이지혜는 멍한 얼굴로 뒤쪽에서 "하지만 내가 정말 아저씨를 죽이게 된다면……?" 하고 중얼거리고 있었다. 아니, 내가 뭘 잘못했다고…….

이번에는 이길영이 끼어들었다.

"그 '사랑'이 꼭 남녀 간 사랑을 말하는 건 아닐 수도 있다고 생각해요. 가족도 서로 사랑하잖아요?"

"그럴 수도 있지. 그럼 길영이 네 생각은 어떻니?"

"독자 형은 절 좋아해요."

"독자 씨가? 왜?"

"그건……."

이길영은 한참이나 머리를 쥐어뜯으며 고민하더니 이내 닭똥 같은 눈물을 흘리기 시작했다. 아무래도 내가 자기를 좋아할 만한 이유를 못 찾은 모양이었다. 뒤이어 발언한 사람은 이현성이었다.

"저, 흠흠. 혹시 '전우애'일 가능성은…… 저도 독자 씨와 함께 땀 흘리며 검술을 훈련한 기억이 있습니다만."

"전우애요?"

"예, 그러니까 자고로 남자들의 우정이란—"

이현성이 쑥스러워하며 그 말을 늘어놓는 순간, 일행들 시선이 일제히 유중혁 쪽을 향했다. 가만히 팔짱을 끼고 지켜보던 유중혁이 눈살을 찌푸렸다.

"뭘 보는 거지?"

움찔 놀란 이지혜가 정희원에게 소곤거렸다.

"에이, 설마. 아니겠죠?"

"당연하지. 아냐."

[성좌, '악마 같은 불의 심판자'가 격렬하게 고개를 휘젓습니다!]

그때, 조용히 대화를 듣고 있던 신유승이 손을 들었다.

"저기……."

그 순간 모두 속으로 깨달은 모양이었다. 김독자의 마음을 가장 잘 헤아릴 수 있는 존재는, 그의 화신이리라는 사실을.

"그래, 신유승! 얼른 말해봐!"

"뭐 아는 게 있니?"

신유승이 천천히 고개를 저었다. 일행들 표정이 실망으로 물들었다. 그러나 아직 신유승의 말은 끝난 게 아니었다.

"그냥 본인한테 물어보면 되지 않을까요."

"뭐? 독자 씨한테? 어떻게?"

갑자기 기분이 서늘해졌다. 그러고 보니 아까부터 신유승은 내 '시선'이 있는 곳을 정확히 바라보고 있었다. 그리고 언제나 그렇듯 불길한 예감은 정확했다. 내 사랑스러운 화신이, 무구한 얼굴로 나를 가리켰다.

"아저씨, 아까부터 우리 대화 전부 듣고 있는데요."

✄ ✄ ✄

[아직 수식언이 없는 한 성좌가 잘못했다고 말합니다.]

"다시."

[아직 수식언이 없는 한 성좌가 잘못했다고 말합니다.]

"한 번 더."

[아직 수식언이 없는 한 성좌가 정말로 잘못했다고 말합니다.]

그런 식으로 몇 번이나 사과를 반복한 후에야, 일행들은— 특히 정희원과 유상아는— 간신히 나를 용서해주려는 기색이었다. 정희원이 물었다.

"그래서 독자 씨가 사랑하는 사람이 누군데요?"

내가 답하려는 순간, 이현성이 말했다.

"이 중에 없을 수도 있겠군요."

"엇, 그러고 보니 독자 씨, 그 여자분이랑 단둘이 떠났잖아요. 이름이…… 한수영이었나?"

정희원도 한마디 보탰다. 한수영이라는 말에 유상아의 표정이 굳어졌다.

"……지금 그분이랑 같이 계세요?"

한수영을 좋아하지 않는 유상아는 크게 실망한 표정이었다. 나는 크게 심호흡한 뒤, 간접 메시지를 띄웠다.

[아직 수식언이 없는 한 성좌가 자신은 사랑하는 사람이 없다고 말합니다.]

일행들 사이에 알 수 없는 희비가 교차했다. 누군가는 실망한 얼굴이었고, 누군가는 들뜬 얼굴이었다. 아니, 왜 남의 사랑에 그렇게 관심들이 많은지…….

정희원이 말했다.

"말은 정확히 해야죠. '지금은 없다'라는 거잖아요. 운명에 따르면 독자 씨는 반드시 누군가를 '사랑하게' 되는 거고요."

뭐 틀린 소리는 아니다. 정희원이 계속해서 말했다.

"아예 질문을 바꾸는 게 좋겠네요. 독자 씨는 어떤 스타일 좋아해요? 혹시 우리 중에 가까운 사람은 없어요?"

아니, 그걸 내가 왜 말해야 하는데.

"왜 그런 걸 묻는지 의아하겠지만, 우리한텐 중요해요. 만약 독자 씨가 우리 중 누군가를 좋아하게 된다면, 우리가 그 운명을 막을 수도 있을 테니까."

"좋은 생각인데요, 언니?"

"혹시 날 좋아할 거 같으면 꼭 말해요."

싱긋 웃는 정희원의 표정이 아주 섬뜩했다.

그나저나 아주 설득력 없는 소리는 아니었다.

운명의 실행력은 아주 강력하지만, 말했다시피 '절대로 피할 수 없는' 것은 아니다. 내가 누구를 사랑하게 될지 알 수만 있다면 운명을 거스를 수도 있는 것이다.

다들 이렇게나 내 죽음을 걱정하다니 도리어 내가 미안해질 지경이다. 하지만……

[아직 수식언이 없는 한 성좌가 잘 모르겠다고 말합니다.]

결국 정희원이 짜증을 냈다.

"아, 왜 이렇게 답답하게 굴어요?"

"아저씨, 점수라도 매겨봐! 지금 뒈지게 생겼는데 예의 차릴 때야? 자, 똑바로 봐! 나를!"

[아직 수식언이 없는 한 성좌가 그런 건 하기 싫다고 말합니다.]

젠장, 이러다가 간접 메시지 띄우는 데 코인 다 쓰게 생겼다.

[아직 수식언이 없는 한 성좌가 자기도 자기 마음을 잘 모르겠다고 말합니다.]

"와, 독자 씨 진짜……."

[성좌, '긴고아의 죄수'가 새로운 이야기에 흥미를 느낍니다.]
[성좌, '은밀한 모략가'가 당신의 선택을 궁금해합니다.]
[성좌, '심연의 흑염룡'이 당신을 흘끗거립니다.]
[상당수의 성좌가 당신의 답답함에 고구마를 토합니다.]

심지어 성좌들까지 이 대화에 참전했다.

[성좌, '악마 같은 불의 심판자'가 당신의 마음을 속이지 말 것을 권고합니다.]
[일부 성좌가 화신 '유상아'를 제외하고는 인물이 없음을 천명합니다.]
[몇몇 성좌가 화신 '신유승'을 지지합니다!]
[친구 같은 연인을 좋아하는 소수의 성좌가 화신 '정희원'을…….]
[친구의 친구를 사랑하는 어떤 성좌들이 화신 '이현성'을 지지합니다!]

개판이군.

[성좌, '악마 같은 불의 심판자'가 좋은 생각이 있다고 말합니다.]

그리고 다음 순간, 허공에서 아이템 하나가 내려왔다.

〈아이템 정보〉

이름: 호감도 판독기
등급: SS
설명: 판독 대상이 자신을 어떻게 생각하는지 알 수 있다. 사용 버튼을 누르고 대상의 이름과 모습을 떠올리면, 자동으로 허공에 호감도가 출력된다.

그 아이템을 보는 순간 정신이 어질어질해졌다.
'호감도 판독기'는 도깨비 보따리의 플래티넘 이상 멤버만 구입 가능한 사치품으로, 무려 10만 코인짜리 아이템이었다.
아니, 고작 이딴 여흥에 10만 코인을 때려 부었다고?
"역시 대천사! 통이 크다니까!"
정희원이 기뻐하며 소리쳤다.

[성좌, '악마 같은 불의 심판자'가 어서 사용해보라며 재촉합니다.]

"그럼 누구부터 할까요?"

"희원 언니가 갖고 있으니까 언니부터 해봐요."

"어, 음. 그럴까?"

막상 사용하려니 정희원도 살짝 긴장하는 모습이었다. 긴장되기는 나도 마찬가지였다. 결국 내 마음을 알게 된다는 건데 왜 내가 이렇게 긴장이 될까.

이게 뭐라고, 다들 손을 꼭 쥔 채 판독기에 집중하는 광경을 보니 기분이 정말 이상해진다. 잠시 후 삐비비빗, 하는 소리와 함께 메시지가 흘러나왔다.

[화신 '정희원'에 대한 성좌 '김독자'의 호감도 점수는 54점입니다.]

잔뜩 긴장하던 정희원은 막상 점수가 나오자 허탈한 모습이었다.

"54점? 좀 애매한데?"

"다음은 내가 해볼게요!"

판독기를 빼앗아간 이지혜가 버튼을 누르며 장난스럽게 외쳤다.

"김독자의 마음을 알려줘!"

[화신 '이지혜'에 대한 성좌 '김독자'의 호감도 점수는 6점입니다.]

"……."

이지혜가 할 말을 잃고 멍해진 사이 일행들은 한 번씩 판독기를 사용했다. 이길영과 이현성, 그리고 신유승까지. 점수는 각각 49점, 50점, 56점으로 나왔다. 구석에서 이지혜가 "김독자 쓰레기"라고 중얼거리는 소리가 들렸다. 반면 신유승은 묘하게 들뜬 표정이었다.

마지막으로 남은 것은 유상아와 유중혁뿐.

"저, 중혁 씨 먼저……."

"그딴 소꿉장난에 어울릴 시간 없다."

멀리서 괴수 시체를 뒤적이던 유중혁이 눈살을 찌푸리자 차례는 자연히 유상아에게 돌아왔다.

유상아가 판독기를 받아 들고 사용하려는 찰나.

[성좌, '가장 어두운 봄의 여왕'이 화신 '유상아'에게 특별한 아이템을 선물했습니다.]

허공에서 천 같은 것이 나풀거리며 내려오더니, 은은한 빛을 발하며 유상아의 옷이 바뀌었다. 옆이 트인 검은색 차이나 드레스에, 검은색 가터벨트. 명계에 갔을 때 페르세포네가 입고 있던 바로 그 복장이었다. 갑작스러운 변화에 유상아가 말을 더듬었다.

"이, 이, 이게 대체……!"

나는 필사적으로 다른 곳으로 시선을 돌리며 중얼거렸다. 저 빌어먹을 올림포스 할머니가 진짜…….

이현성이 헛기침을 하며 고개를 돌렸고, 유중혁은 관심 없다는 듯 또 눈살을 찌푸렸다. 정희원이 고개를 갸웃거렸다.

"뭐야, 성좌들 이벤트인가? 엄청 비싸 보이는 옷인데?"

"상아 언니, 얼른 눌러봐요."

그리고 유상아가 버튼을 눌렀다.

[화신 '유상아'에 대한 성좌 '김독자'의 호감도 점수는 481점입니다.]

"481점? 미친 거 아니에요? 이거 그냥 확정이잖아?"

"독자 아저씨가 좋아하는 건 역시……."

얼굴이 새빨개진 유상아가 뭐라고 더듬더듬 말하려는 순간, 정희원이 뭔가 이상하다고 느꼈는지 입을 열었다.

"아니, 잠깐만. 이거…… 상아 씨. 그 옷 잠깐만 줘볼 수 있어요?"

"아, 네."

가볍게 탈착 버튼을 누르자, 유상아의 복장이 원래대로 돌아갔다. 정희원은 의심스럽다는 듯 드레스를 자신의 몸에 가져다댄 채 중얼거렸다.

"사이즈가 안 맞을 거 같은데. 음. 그러니까. 앗."

정희원이 쥐고 있던 판독기의 버튼을 실수로 눌렀다.

[화신 '정희원'에 대한 성좌 '김독자'의 호감도 점수는 481점입니다.]

정희원이 멍한 얼굴로 허공을 올려다보았다.

"······왜 481점이야? 나 아직 안 입었는데?"

"언니, 나한테도 줘봐요."

이지혜가 한 손에 차이나 드레스 세트를 쥐고 다른 한 손에는 판독기를 쥐더니 의미심장한 웃음을 지으며 허공을 올려다보았다. 그리고.

[화신 '이지혜'에 대한 성좌 '김독자'의 호감도 점수는 481점입니다.]

모두 말을 잃었다. 내가 아득한 수치심 속에서 아무 말도 못하는 사이 이지혜가 쯧쯧 혀를 차며 고개를 저었고, 정희원은 배를 잡고 부들부들 떨었으며, 유상아가 텅 빈 눈빛으로 중얼거렸다.

"가장 사랑하는 건 사람이 아니었네요······."

이길영과 이현성도 절레절레 고개를 내젓고 있었다. 제기랄, 이래서 이런 거 안 하고 싶었는데. 신유승은 어깨를 부르르 떨며 내 쪽을 보고 있었다. 차마 화신을 볼 면목이 없어 미안하다고 전하려는데, 신유승이 먼저 말했다.

"아, 아저씨?"

그래, 미안하다 유승아. 내가······.

"아저씨! 왜 그래요? 아저씨!"

얼굴이 창백해진 신유승이 허공을 향해 손을 뻗고 있었다.

뭔가 이상했다.

……어?

신유승의 놀란 목소리가 멀어졌고, 갑자기 토할 것 같은 현기증과 함께 시야가 빙글빙글 회전했다. 잠깐만. 이거, 설마…….

다음 순간, 메시지와 함께 의식이 끊어졌다.

[당신은 사망했습니다.]

33
Episode

다시 읽기

1

처음으로 소설을 읽은 순간을 기억한다. 손가락 끝에 닿는 부드러운 종이의 질감. 드넓은 백색의 대지에 꽂힌 까만 활자. 내 손으로 접어 넘기던 페이지의 감촉.

「활자를 읽는 게 중요한 게 아니야. 중요한 건 활자의 행간에 있 단다.」

책을 좋아한 어머니는 가끔 그런 말을 했는데, 적어도 어린 내게 그것은 비유가 아니었다. 활자와 활자가 만든 빈틈. 그 사이에 덩그러니 놓인, 나만의 작은 설원雪原. 그 공간은 누군 가가 들어가 몸을 누이기에는 터무니없이 좁다랗지만, 숨기 좋아하는 어린 나에게는 꼭 맞는 장소였다.

샤라락, 샤라락.

기분 좋은 소리가 들릴 때마다 활자가 눈처럼 쌓였다. 활자로 쌓은 견고한 이글루. 그 안에서 나는 주인공이 되어 모험을 하고, 사랑을 하고, 꿈을 꿨다. 그렇게 읽고, 읽고, 또 읽고.

결코 끝나지 않을 것 같던 이야기가 끝나고, 처음으로 책을 덮던 순간.

세계로부터 박탈당한 듯한 그 기분을, 나는 지금도 기억한다.

주인공과 조연들이 '그 후 행복하게 잘 살았습니다'의 문장 속으로 걸어 들어가고, 홀로 이야기의 마침표 뒤에 남겨진 기분. 허무함과 배신감 속에서, 어린 나는 외로움을 견디지 못해 몸부림쳤다.

「이게…… '끝'인 거예요?」

아마도 죽음을 학습하는 것과 비슷했으리라. 처음으로 무언가가 유한하다고 깨닫는 일. 어머니는 말했다.

「그게 '끝'이란다.」
「다음은 없는 거예요?」
「다음은 없어.」

잔혹한 삶의 진실을 말하듯 어머니는 냉정했다.

「하지만 네가 '끝'을 보았다고 해서 그 이야기를 전부 본 건 아니란다.」

그리고 현명했다.

「네?」
「다시 읽어보렴.」

끝난 이야기를 다시 읽는 것. 어린 나는 그게 무슨 의미가 있는 일인지 몰랐다.

「이미 다 아는 이야기를 왜 다시 읽어요?」
「다시 읽으면 분명 다른 이야기가 될 거야.」
「……싫어요.」

또다시 박탈감을 느끼기 두려웠던 나는 고집을 피웠다. 그러자 어머니가 말했다.

「그럼 같이 읽어볼까?」

그렇게 나는 '다시 읽기'를 배웠다.

처음에는 주인공만 보인 이야기에서 두 번째 읽을 때는 조연이 보였고, 세 번째 읽을 때는 적이 보였다. 읽을 때마다 달라지는 이야기. 이야기는 끝났으되 끝난 게 아니었다. 독자가 포기하지 않는 한 이야기는 끝나지 않는다.

나는 지금도 종종 생각한다.

그때 어머니가 다른 말을 해주었다면 어땠을까. 소설 같은 건 전부 가짜고, 읽어봤자 인생에는 손해일 뿐이라고. 그랬더라면 친구가 많이 생겼을까? 공부도 열심히 하고, 왕따도 당하지 않고, 내게 주어진 현실에서 도망가지도 않았을까?

츠츠츠츠츳!

허공에서 스파크가 일며, 흐르던 기억들이 깨져나갔다.

「김독자. 한가해 보이는군.」

고개를 돌리자 새카만 어둠 속에 누군가가 서 있었다.

타인의 꿈속에 쉽게 침투할 수 있는 존재.

강대한 신격이 아니라면, 그런 일이 가능한 것은 예언자뿐이었다.

하지만 안나 크로프트가 아니었다.

「'운명'은 견딜 만한가?」

내가 아는 얼굴이었다. 낡은 옷을 입고 해진 왕관을 쓴 방랑자. 그러고 보니 성좌 중에도 예언자 속성을 지닌 이가 있었다.

'자신의 눈을 찌른 자'.

연회에서 만난 〈올림포스〉의 '오이디푸스 왕'이었다. 오이디푸스 왕이 내게 말했다.

「운명이 다가오고 있다.」

'운명? 이미 실현됐을 텐데? 너희 계획대로 난 죽었잖아?'

「잡스러운 설화로 피할 수 있는 운명이 아니다. 너는 곧 누구 편에 설지 결정해야 해. 나는 네가 옳은 선택을 하리라 믿는다.」

'나는 누구 편에도 서지 않아.'

그러자 오이디푸스 왕이 웃었다.

「너는 반드시 〈올림포스〉에 오게 될 거다. 왜냐하면, 내가 본 화신 중 너만큼 〈올림포스〉에 어울리는 이야기를 가진 존재는 없었으니까.」

'무슨 개소리……'

말을 끝내기도 전에 다시 기억이 들이닥쳤다.

「독자야.」

제길. 또 이 기억이다. 피로 흥건한 거실. 남자의 시신 앞에
선 어머니가, 칼을 쥐고 있었다.

「지금부터 모든 걸 '다시' 읽을 거란다.」

부들부들 떠는 나를 향해 어머니는 웃으며 말했다.

「그러니 잘 기억해야 한다. 알았지?」

정면으로 치고 들어오는 악몽. 나는 소리 없는 비명을 질렀
다. 그 기억을 비웃듯, 오이디푸스 왕의 목소리가 들렸다.

「'번개의 사육제'를 계승해라. 그러지 않으면 다음 시나리오에서
영원히 죽게 될 것이다.」

¤ ¤ ¤

[특성 '여덟 개의 목숨'의 특전이 발동합니다.]
[당신의 육신이 부활합니다!]

양수를 토해내듯 울컥거리며 숨이 터져나왔다.

[뱀의 두 번째 머리를 희생합니다.]
[해당 머리의 능력은 '지능知能'입니다.]

차갑게 식었던 피부에 다시 온기가 돌고, 늘어졌던 근육에 힘이 들어갔다. 이걸로 죽음을 경험하는 것도 벌써 네 번째였다. 화룡종을 잡으며 한 번, '범람의 재앙' 때 한 번, 니르바나를 상대할 때 한 번…… 이쯤 되면 유중혁이 개복치인지 내가 개복치인지 생각해봐야 할 판이다.

"……으, 여긴 또 어디야?"

주변을 둘러봐도 내가 있는 곳이 어딘지 좀처럼 알 수 없었다. 보이는 것은 흰 구름처럼 몽글몽글한 바닥과 탁 트인 하늘뿐. '암흑성'에 이런 지역이 있었던가?

[특전 효과로 당신의 두뇌 회전이 빨라집니다.]

부활 특전 덕분인지 상황 판단이 한층 더 빠르고 명료해졌다. 나는 일단 처음부터 하나하나 되짚기로 했다. 먼저 가장 큰 의문.

「나는 왜 죽었지?」

분명 한수영에게 육신을 맡겨놓은 채 '낙원'에 있는 일행들에게 '3인칭 시점'을 사용하고 있었다. 그런데 갑자기 의식이 흐려지더니 사망 메시지가 떠올랐다. 즉 결론은 하나뿐이다. 내가 잠이 든 사이 누가 나를 죽인 것이다.

하지만 대체 누가? 한수영이?

[당신의 다섯 번째 설화에 새로운 업적이 기록됩니다.]
[사람들은 당신을 '수치를 아는 메시아'로 기억할 것입니다.]

하필 이상한 시점에 죽는 바람에 설화에도 이상한 업적이 추가되어버렸다.

……설마 진짜 수치사라도 한 건 아닐 테고.

예언은 '화신 김독자가 사랑하는 존재에게 죽는 것'이었으니 적어도 나를 죽인 것은 '내가 사랑하는 존재'겠지.

"야, 김독자! 살아났냐?"

한수영이 멀리서부터 사뿐사뿐 이쪽으로 걸어왔다.

"무슨 일이 있었던 거야?"

"습격당했어."

한수영이 투덜거리며 휑한 구름 벌판을 바라보았다. 어딜 봐도 둥둥 떠 있는 구름 이외에는 아무것도 없는 장소. 습격이라는 말을 쓰기에는 지나치게 평화로운 정경이었다.

"네가 잠들자마자 갑자기 어떤 녀석들이 나타났어. 내 딴엔 열심히 막으려고 노력했는데 잘 안 됐고, 어쩌다 보니 네가 치

명상을 입었고, 너 데리고 울며불며 열심히 달아났는데 갑자기 이런 곳으로 들어왔고. 대충 알아들었지? 그러게 내가 빨리 오라고 했잖아."

뜬구름처럼 띄엄띄엄 이어지는 설명이었으나, 이해하기 어렵지는 않았다.

[전용 스킬, '거짓 간파 Lv.2'가 발동합니다!]
[당신은 해당 발언이 진실임을 확인했습니다.]

한수영이 혀를 차며 인상을 썼다.
"사람이 말을 하면 좀 믿어라."
"습격한 놈들 얼굴은 봤어?"
"다들 복면 쓰고 있어서 제대로 못 봤어. [특성 간파]로 몇 명 확인하긴 했는데 내가 잘 모르는 녀석들이더라."

사흘간의 히든 피스 여정으로 한수영은 꽤 강해졌다. 지금 정도면 못해도 암흑성에서 20위쯤은 될 것이다. 그런데 그녀의 호위를 뚫고 나를 살해한 것도 모자라 우리를 여기에 가둘 정도의 실력자라니.

아무리 생각해도 마땅한 인물이 떠오르지 않았다.
"더 알아낸 건 없고?"
"근데 너 아까부터 되게 시건방지다? 누군 사흘 동안 죽어라 고생하는데……."
"사흘?"

"너 죽은 지 사흘 됐어. 몰랐냐?"

그러고 보니 '여덟 개의 목숨'은 대기 시간이 필요하다는 사실을 잊고 있었다. 사흘이라니…… 젠장. 일행들은 어떻게 되었을까? 설마 벌써 다음 시나리오로 넘어가지는 않았겠지. 만약 그렇다면 내 계획은 모두 틀어진다.

한수영이 한숨을 쉬며 말했다.

"아무리 돌아다녀도 근처엔 죄다 구름뿐이야. 난 벌써 포기했다고."

"그래서 분신 풀어놓고 저러고 있는 거냐?"

구름 곳곳에서 한수영의 분신들이 스킬을 훈련 중이었다.

[암기술]을 수련하는 한수영, [보법]을 수련하는 한수영, [박투술]을 훈련하는 한수영…… 모든 한수영이 각기 스킬 숙련에 여념이 없었다.

"내 나름의 훈련법이야. 너 기다리는 시간도 아깝고 해서…… 저렇게 한 다음 분신을 회수하면 스킬 숙련이 제법 오르거든."

단시간에 강해지던 한수영의 비밀을 조금은 알 것 같았다.

"무슨 나■토냐?"

"나루■? 젠장. 뭐 이런 것까지 필터링이 걸려. 뭐, 거기서 아이디어를 따오긴 했지."

누가 표절 작가 아니랄까 봐, 하여간.

문득 궁금증이 생긴다. 멸살법에서도 [아바타] 스킬에 대한 설명은 자세하게 다루지 않는다. 이참에 저 스킬에 관해 좀 알아두는 것도 나쁘지 않겠는데.

"그 스킬엔 제약 같은 거 없어? 마력만 있으면 무한대로 분신을 늘릴 수 있냐?"

"그러면 사기지. 당연히 제약은 있어. 스킬을 사용할 때마다 아바타한테 기억의 일부를 나눠줘야 해."

"기억의 일부? 그러다 아바타가 죽으면?"

"그럼 기억도 잃는 거지."

태연하게 대답하는 한수영을 보며 조금 기가 질렸다. 잘못하면 알츠하이머병에 걸릴 수도 있는 스킬이었잖아? 내 생각을 읽었는지 한수영이 피식 웃으며 말했다.

"걱정 마. 보통은 불필요한 기억으로 만드니까. 그리고 회수만 잘 하면 기억도 제대로 돌아와. 가끔…… 통제를 벗어나는 녀석이 있어서 문제지만."

"통제를 벗어나?"

"처음 [아바타]를 썼을 때 만든 분신이 있는데…… 기억을 너무 많이 줘버렸는지 갑자기 통제 불능이 되어서 회수를 못 했어."

"그럴 수도 있냐? 그럼 걔가 갖고 있던 기억은?"

한수영이 어깨를 으쓱했다.

"몰라. 근데 지금 나 멀쩡한 거 보면 별것 아닌 기억이겠지."

"넌 네가 멀쩡하다고 생각하는구나."

"닥쳐."

왠지 그 분신에게 중요한 기억이 있을 것 같은데, 괜한 걱정일까. 한수영과 똑같이 생긴 분신이 지금도 서울 어딘가를 돌아다니고 있을지 모른다고 생각하니 어쩐지 등골이 오싹하다.

허공에서 하나둘, 분신들이 연기로 화해 한수영에게 돌아오고 있었다. 그간 모은 숙련치를 회수하는 것이리라. 이윽고 한수영이 탄성을 질렀다.

"아! 말 안 한 거 있다. 갑자기 기억나네. 너 죽어 나자빠졌을 때 성좌들이 찾아왔어."

그러니까 그런 중요한 기억은 분신한테 주지 말라고.

"수식언은 까먹었는데, 성운 소속 성좌였어. 〈베다〉랑……〈탐라〉였나?"

위험한 성운이다. 내 심정을 아는지 모르는지 한수영이 나른하게 중얼거렸다.

"좀 모호한 말을 하던데. 올바른 선택을 하라는 둥."

"똑바로 좀 기억하지 그러냐?"

"미안. 아바타 다 회수하면 기억날지도…… 아, 그리고 무슨 이상한 고려 무사 같은 녀석도 왔다."

"고려 무사?"

"그쪽은 딱히 아무 말도 안 하고 그냥 돌아갔어. 네 시체 잠시 보고 있다가 바로 가던데."

고려 무사라면 척준경일 가능성이 높았다. 〈올림포스〉에, 〈베다〉에, 〈탐라〉. 게다가 척준경마저 움직일 정도라니, 확실히 뭔가 심상찮은 일이 일어나긴 하려는 모양이었다.

그 순간, 석연찮은 감각이 뇌리를 스쳤다.

"잠깐만, 성좌들이 '직접' 왔다고? '화신'이 아니라?"

"응. 상징체로 왔던데. 왜?"

"뭐가 문젠지 모르겠냐?"

"어?"

"아무리 상징체라도, 성좌가 시나리오 지역에 그만한 개연성을 소모하면서 나타나겠느냐고."

개연성을 제일 두려워하는 성좌들이 직접 상징체를 강림시키며 나타날 리가 없다. 나는 천천히 주변을 둘러보며 말했다.

"……여기가 어딘지 알 것 같네."

역시 이곳은 결계 안이었다. 보통 결계가 아니다. 무려 성좌가 상징체로 다녀갈 수 있을 정도로 몽환적인 결계. 뒤늦게 뭔가 눈치챈 한수영이 말했다.

"기문진법奇門陣法."

기문진법. 오행五行과 사상四象, 삼재三才의 원리를 통달한 성좌들이 즐겨 사용하는 수법이었다. 이 정도 규모의 기문진을 쉽게 사용하는 존재는 드물었다. 와룡臥龍의 화신 정도면 모를까. 그런데 이곳은 중국이 아니고 한반도다. 그렇다면…….

"슬슬 나오지 그래?"

나는 허공을 올려다보며 말했다. 와룡 외에 이 정도 기문진을 자유자재로 다룰 만한 성좌는 정해져 있다. 나는 그 성좌를 만난 적도 있었다.

"역시 성좌를 속이기에는 무리였던 모양이군."

목소리와 함께 허공의 구름이 뭉치더니 사람의 형상이 되었다. 하늘색 수감복을 입은 삼십대 중후반의 여자였다.

"우린 구면이지?"

"썩 달갑지는 않은 재회군요."

[성좌, '조선제일술사'가 당신을 향해 빙긋 웃습니다.]

조선제일술사, 전우치의 화신.

그녀는 '방랑자들의 왕'의 첫 번째 수족이다.

"왕께서 기다리신다."

나를 죽인 사람이 누구인지 알 것 같았다. 상황이 최악으로 흘러가는 듯했다. 어쨌거나 지금 내게 다른 선택지는 없었다.

나는 고개를 끄덕이며 말했다.

"안내해요."

2

"개자식들…… 또 나를 잊었군."

허허로운 평원 위에 고고히 선 작은 성채. 사실 성채라기보다 작은 전원주택에 가까운 크기였지만, 그럼에도 부족함 없는 무장을 갖춘 수성탑. 말할 필요도 없이 공필두의 [무장요새]였다.

두두두두두두!

공필두는 요새로 다가오는 괴수들을 향해 포탄을 내갈겼다. 암흑성에 들어온 후 몇 주간, 그는 지옥 같은 괴수 지대에서 삶을 연명했다. 시도 때도 없이 몰려오는 괴수. 그나마도 김독자가 일전에 지원해준 코인이 없었더라면 진즉에 마력이 고갈되어 말라 죽었을 판이었다.

[성좌, '디펜스 마스터'가 디펜스 게임에 흥분합니다.]

이 변태 같은 성좌를 배후성으로 두지만 않았어도 상황이 이렇게까지 되지는 않았을 것이다.

"망하아아알!"

괴수를 마구잡이로 학살한 결과 암흑성 랭킹은 부쩍 올라갔지만, 문제는 정신력도 마력도 한계에 다다랐다는 사실이었다.

"여기까진가……."

괴수 발톱에 부서지는 무장요새 외벽을 보며 공필두가 허탈한 표정을 지었다. 멀리서 금빛 참격이 날아온 것은 그때였다.

쿠구구구!

벌판을 통째로 갈라버리는 강력한 에테르의 폭풍. 설마 김독자인가 싶어 눈을 부릅떴는데, 녀석만큼이나 재수 없는 면상이 먼저 보였다.

"……유중혁?"

폭풍을 뚫고 날아오는 거대한 용. 그 위에서 공필두가 아는 이들이 손을 흔들었다. 공필두의 몸에서 스르르 힘이 빠지며 요새가 무너지기 시작했다. 바람처럼 달려온 유중혁이 쓰러진 공필두를 둘러업었다.

'초월좌의 힘을 너무 남용했다. 당분간은 힘을 보존해야 해.'

유중혁은 황금빛 참격을 날린 오른팔을 보며 생각했다. 칼을 쥐었던 손등이 붉게 부어올라 있었다.

배후성을 이용한 힘이 아닌데도 초월좌의 힘은 개연성의

영향을 받는다. 한도가 조금씩 해제되면서 상황은 나아지겠지만, 아홉 번째 시나리오에서 허락된 개연성은 초월좌의 힘을 충분히 활용하기에는 부족했다.

'공필두까지는 회수했다. 이설화는 서쪽 벌판에서 랭킹을 올리고 있을 테고……'

유중혁은 머릿속으로 계획을 점검했다. 지금껏 겪은 어떤 시나리오보다 상황은 순조로웠다.

'이제 남은 건 김독자뿐인가.'

유중혁은 북쪽 벌판을 바라보았다.

'스타 스트림의 운명은 그렇게 허술하지 않아. 어떻게 할 거냐, 김독자.'

¤ ¤ ¤

"걱정 마. 빠져나갈 방법은 있어."

"저 여자 하나만 문제가 아냐. 만만찮은 놈이 잔뜩 있다고. 게다가 기문진법까지 쓰는 놈들인데 어떻게 상대하려고?"

"기문진법이라고 부술 방법이 없는 건 아냐."

나와 한수영은 전우치의 화신인 조영란을 따라 기문진법 속을 걷는 중이었다. 걷지도 않고 둥둥 떠서 날아가는 걸 보니 전우치의 화신이 맞기는 한 모양이었다.

전우치. 홍길동과 함께 한국 위인급 중에서도 톱클래스에 드는 힘을 지닌 성좌. 눈치를 살피던 한수영이 다시 말을 걸었다.

"근데 방랑자들의 왕은 환생자한테 죽은 거 아니었어?"

"그렇게 쉽게 죽을 사람은 아니지."

"그러고 보니 너 왕이랑 아는 사이라고 했지. 정확히 말해. 대체 뭔 관계야?"

추궁이라도 하는 듯한 말투에 가벼운 한숨이 나왔다.

"세상에서 제일 복잡한 인연이지."

"어째 느낌이 구질구질한데. 옛 여친?"

"어머니."

"뭐? 지, 진짜?"

한수영이 평소답지 않게 당황하며 말을 더듬었다. 우리 대화를 들었는지 조영란이 뒤를 돌아보며 표정을 굳혔다.

"내가 밟은 지면만 정확히 딛고 따라와. 다른 곳을 밟으면 바로 길을 잃게 될 테니까."

역시 그런 식인가. 모든 기문진법이 그렇듯 이 진법도 정확한 생문生門을 짚으며 나아가지 않으면 곧바로 길을 잃는다. 나는 살짝 불만스러운 어조로 물었다.

"그냥 진법을 해제하고 가면 안 됩니까?"

"그건 곤란하지. 네가 무슨 짓을 할지 모르니까."

"우습네요. 나를 죽인 건 그쪽인데, 두려워하는 것도 그쪽이라니."

"네게 부활 능력이 있다는 건 알고 있었어."

"그렇다고 다짜고짜 죽여도 됩니까?"

"그건 미안해. 하지만 널 죽이려고 움직인 건 아니었어. 저 여자에게 한 공격이었는데, 저 여자가 널 방패로 삼았지."

뭐?

돌아보니 한수영이 휘파람을 불며 딴청 피우고 있었다. 헤실헤실 웃는데 이마를 한 대 갈겨줄까 하다가 참았다. 이쪽 추궁은 나중에 해도 되니까. 내가 목숨이 여덟 개만 아니었더라도 진짜…… 아니, 이제 여섯 개인가.

"왜 어머니를 돕는 겁니까?"

갑작스러운 질문에 조영란이 잠깐 멈칫했다.

"솔직히 당신 정도 되는 화신이 왜 다른 왕을 따르는지 모르겠군요. '조선제일술사'급 성좌라면 성흔을 계승하기에 따라서 지금 당장 왕 자리를 노릴 수도 있을 텐데."

"……내 배후성을 어떻게 알았지?"

"한국에서 기문진법을 가진 성좌라면 뻔하죠."

전우치는 설화급은 아니지만, 힘을 발출해도 개연성 코스트 소모가 적은 만큼 초반 시나리오에 유리한 점이 많았다. 게다가 동급의 다른 성좌에 비해 쌓아온 유명세와 설화가 압도적이라 시나리오 진척도에 따라서 설화급으로 격상할 수도 있다.

비슷한 이유로, 유중혁도 초반 시나리오 클리어에 전우치를 동료로 영입한 경우가 왕왕 있었다.

"나는 왕의 그릇은 아니야."

"어머니한테 무슨 약점이라도 잡혔습니까?"

조영란은 무슨 말을 하려다가 도로 입을 다물었다.

"솔직히 말해봐요. 내가 도와줄 수도 있으니까."

"……."

"당신은 그 사람한테 속고 있습니다."

전우치는 같은 편으로 만들 수만 있다면 커다란 전력이 된다. 물론 크게 기대는 하지 않았다.

"그분이 내 딸을 구해줬어."

역시나.

"구명에 대한 보은이라…… 그런 일을 겪으면 충성할 만도 하겠네요."

내 말에 조영란의 눈썹이 꿈틀거렸다.

"비꼬는 말투군?"

"그 '구명'이 굉장히 의도적이었을 거라고 생각하니까요."

"……의도적?"

"우리 어머니, 뭔가 이상하지 않아요?"

"어떤 점이?"

"지나치게 이 세계에 잘 적응한다거나, 현시점에선 알 수 없는 정보를 다수 알고 있다거나."

무슨 얘기를 꺼낼지 눈치챈 한수영이 어이없다는 눈으로 나를 보았다. 조영란이 답했다.

"무슨 말이 하고 싶은 거지?"

"이렇게 말하면 어떨까요. 우리 어머니는, 당신이 무슨 성좌를 얻게 될지 알고 있었다고."

"……."

"아마도 처음부터 당신을 이용할 목적으로 딸을 구해줬을 거예요."

조영란…… 정확한 기억은 아니지만, 비슷한 이름의 여자가 전우치의 화신이 된 적도 있었던 것 같다. 딸을 잃고, 전우치의 화신이 되어 세상에 대한 복수를 결심하는 등장인물.

내가 어머니한테 언제 그 이야기를 했는지는 모르겠다. 하지만 들은 정보를 기억하고 있었다면, 어머니가 조영란을 이용하려 마음먹었다 해도 이상할 건 없었다.

그런데 조영란 입에서 뜻밖의 말이 나왔다.

"너는 그분을 오해하고 있어."

"오해?"

나를 물끄러미 바라보는 조영란의 시선. 불쾌한 동정이 섞인, 내가 제일 싫어하는 종류의 눈빛.

"수경 씨는 네가 아는 것처럼 나쁜 사람이 아니야."

"나보다 그 사람을 잘 아는 사람은 없어."

"자식이 부모 속을 제일 모르는 법이지. 그리고, 다 왔다."

문득 앞을 보니 현관문 비슷한 것이 보였다. 조영란이 한수영을 향해 말했다.

"거기, 너는 못 들어간다. 나와 같이 있자."

"칫, 어머님께서 친구 놀러 오는 거 별로 안 좋아하시나 보네. 잘 다녀와."

나는 고개를 끄덕이며 현관문에 손을 가져다댔다. 이 문 뒤에 이번 시나리오에서 가장 위험한 적이 있겠지. 조영란이 말했다.

"거기 있는 벨을 누르면 된다."

딩동. 어쩐지, 예스러운 벨 소리가 기억을 자극했다. 아주 오래전에 들어본 적이 있는 듯한, 그런 소리였다. 문 안쪽에서 어머니 목소리가 들려왔다.

"들어오렴."

문을 열고 들어가자 익숙한 가정집의 현관이 나타났다. 가지런히 놓인 신발 몇 켤레. 작은 아이 신발도 있었다. 기시감이 더욱 심해졌다. 낯설지 않은 인테리어. 너무 화려하거나 고풍스럽지 않은, 그렇다고 감각 없는 사람이 꾸민 것도 아닌 소소한 장식들.

거실로 들어가자 익숙한 방이 나타난다. 잊고 있던 벽걸이 시계와 텔레비전. 앉아보지 않아도 감촉을 알 것 같은 소파. 테이블 위치도 낯이 익었다.

['제4의 벽'이 흔들립니다.]

정말이지 지독한 악취미다. 어머니가 세상에 아무 일도 없다는 듯 기억 속 모습 그대로 거실 소파에 앉아 있었다.

"오래 걸렸구나. 기다렸어."

"차라리 계속 죽어 있는 게 나을 뻔했네요."

"건강해 보여서 다행이야."

"죽었다 이제 막 살아났거든요."

아마 어머니는 일부러 이 장소를 택했을 것이다. 지금부터 나눌 대화는 남은 시나리오를 결정지을 승부처가 될 테니까.

"니르바나가 당신을 죽였다던데, 어떻게 살아 있었던 거죠?"

"엄마를 당신, 그렇게 부르는 건 만화에서나 있는 일이지. 스물여덟 살인데 아직도 반항기인 거니?"

전혀 동요하지 않는 침착한 태도. 오히려 어머니의 눈가에는 즐거운 듯한 미소가 걸려 있었다. 나는 짐짓 목소리를 낮추고 추궁했다.

"묻는 말에 대답해요."

"그런 녀석 속이는 것쯤 일도 아니지. 나도 미래 정보는 많이 알고 있으니까."

예상은 했다. 하지만 니르바나를 속일 정도라니. 내 어머니지만 이 사람의 역량이 어느 정도인지 나도 잘 짐작이 가지 않았다. 어쩌면 지금 내게 가장 위협적인 존재는 유중혁이나 성좌가 아니라, 바로 이 사람일지도 모른다.

"살아 있었으면서 내 장례식에도 안 오셨군요."

"마음이 아플 것 같아서."

"그래서 부하들 시켜 저를 한 번 더 죽였어요?"

어머니는 내 시선을 피하며 말을 이었다.

"좋은 동료를 많이 뒀더구나. 네가 살아날 줄도 모르고 다들 눈물을 펑펑 흘리던데……."

역시 이 사람은 내 어머니가 맞다. 나는 짧게 심호흡을 했다. 어머니와 말할 때는 절대 방심할 수 없다.

"왜 날 죽이셨죠?"

어머니가 피식 웃으며 대답했다.

"화신 김독자는 가장 사랑하는 존재에 의해 죽게 될 것이다."

"그건 또 어떻게 알았어요?"

"유상아 씨가 말해줬어. 제발 너를 구해달라고."

유상아가 어머니도 찾아왔던 모양이다.

"그러고 보니 이번에는 다른 아가씨랑 같이 왔던데. 솔직히 엄마는 유상아 씨 쪽이 더 마음에 든다."

"쓸데없는 신경은 끄시죠. 그보다 얘길 들으니 더 이해가 안 되는데요. 왜 구해달란 말을 들었는데 날 죽인 거예요?"

"어쨌든 내 덕에 예언은 실행된 것 같은데. 아니니?"

"예?"

갑자기 머릿속이 복잡해졌다. 그러니까 지금…….

어머니가 웃으며 말했다.

"김독자는 가장 사랑하는 존재에게 죽게 될 것이다. 예언대로 됐을 뿐이야."

내가 누구보다 증오하는 사람이 그런 말을 하다니. 우스운 일이었다.

하지만 그 말을 듣는 순간 나는 몹시 심란해졌다. 나는 분명 어머니를 증오한다. 내 삶을 망가뜨린 사람 중 한 명이니까. 그럼에도 이 복잡한 기분은 뭘까.

"절 죽이면, 제가 가장 사랑하는 사람이 될 거라 생각하신 모양이죠? 그럼 완전히 실패했네요."

분명 운명은 내가 '사랑하는 존재'에게 죽는다고 했다. 그렇다면 지난번 죽음으로 그 운명은 실현되었어야 한다.

"운명 메시지가 아직도 뜨거든요."

조금 전부터 내 귀에는 지긋지긋한 메시지가 다시 들려오고 있었다.

[어떤 거대한 운명이 당신의 확실한 죽음을 바라고 있습니다.]

심지어 설명도 추가되었다. '확실한 죽음'이라고. 꿈에 나타난 오이디푸스 왕의 말이 옳았다. 이 설화는 '여덟 개의 목숨'으로는 피해갈 수 없다.

"적어도 당신은 내가 사랑하는 사람이 아니라는 거죠."

내 말에 어머니는 잠시 침묵했다. 나는 조금은 즐거워졌다. 그 '어머니'가 내가 자기를 사랑하기를 기대했다는 사실, 그리고 내가 그 마음에 상처를 줄 수 있다는 생각에 들떴다. 그러나 어머니는 그럴 줄 알았다는 투로 말을 이었다.

"흐음, 역시 그렇구나."

"……"

"그래도 시험해보고 싶었어. 그걸로 네 운명이 끝날 수도 있으니까. 어차피 남은 목숨은 많았잖니."

"날 위하는 것처럼 말하지 마세요."

"독자야, 나는 세상 누구보다 너를 사랑한단다. 어쩌면 나 자신보다 더."

전신에 소름이 돋았다.

왜 이제 와서 갑자기 이런 말을 하는 걸까.

"무슨 의미죠?"

그저 미소 짓는 어머니를 보니 심장 한쪽 구석이 아려왔다. 저 말이 정말 사실이라고 믿는 걸까. 누구 때문에 홀로 십수년의 시간을 고통으로 몸부림쳤는데, 그 한마디로 용서받을 수 있다고 믿는 걸까.

나는 가만히 어머니를 노려보았다.

어머니가, 나를, 사랑한다.

차마 [거짓 간파]를 사용할 수 없었다. 저 말이 진실이었을 때, 거짓이었을 때. 어느 쪽도 감당할 자신이 없었다. 한숨 같은 목소리가 나왔다.

"너무 늦었어요."

"알고 있어."

"그런데 왜……."

"한 번도 말해준 적이 없는 것 같아서."

우리는 잠시 아무 말도 하지 않고 침묵을 헤아렸다. 벽걸이 시계의 초침 소리만이 이 순간이 지나가고 있다는 사실을 알려주었다. 마치 아무것도 적히지 않은 페이지가 넘어가듯이. 나는 간신히 첫 문장을 쥐어짜는 작가처럼 입을 열었다.

"감옥은 어땠어요?"

"좋았다고 말하긴 어렵겠지. 말 안 해도……."

"말 안 하면 몰라요."

"……."

"왜 아무 말도 안 했어요? 그렇게나 많이 보러 갔는데……."

처음부터 어머니를 미워하지는 않았다. 어머니가 아버지를 죽였을 때도. 그 대가로 감옥에 갔을 때도. 득달같이 달려든 친척들이 가산을 털어가고, 딸이 상품처럼 친척 집에 떠맡겨졌을 때도.

나는 어머니를 미워하지도, 원망하지도 않았다. 오히려 우리는 공통의 피해자이고, 세계를 부수려는 괴물에 함께 대적한 동지였다.

"사람이 어떻게 그렇게 이기적일 수 있죠?"

내가 어머니를 원망하게 된 이유는 간단했다.

"대체 왜 나한테 침묵했어요? 그리고 왜…… 그런 이야기를 쓴 거예요?"

누군가는 이렇게 말할지도 모른다. 결국 그 책을 팔아 인세로 부자가 되었을 테니 좋은 거 아니냐고. 어머니가 받은 인세가 내 생활에 보탬이 되었는지는 잘 모르겠다. 친척들은 언제나 나를 없는 사람 취급했으니까. 내 삶은 변한 적이 없었다.

"어딜 가도 지옥이었어요. 학교를 가든 거리를 걷든 누굴 만나든, 세상 모두가 내 이야기를 하는 것만 같았으니까. 이사를 가고 학교를 옮겨도 마찬가지였어요. 언제나 나는 '살인자의 아들'이었으니까."

당해본 적 없는 사람은 모른다. 세상의 집요함이라는 것을. 기자들이 집 앞을 서성이고, 세상 모든 시선이 나를 쫓아다니는 기분을.

"그래도 어쩌면, 거기까지도 견딜 수 있었을 거예요."

어머니가 내게 한마디라도 해주었다면 괜찮았을지도 모른다. 조금만 참으라고, 이겨낼 수 있다고 말해주었다면. 설령 내 이야기를 돈에 팔아넘겼다 해도 어머니가 내 편이라는 사실만 알려주었다면.

['제4의 벽'이 격렬하게 흔들립니다.]
[성흔, '자기합리화 Lv.2'가 발동합니다!]

어머니를 바라보았다. 난 오해한 게 없다. 어머니는 나와 자신의 삶을 팔아 많은 돈을 벌었다. 그런 어머니가 입을 열었다.

"알리고 싶었어."

"뭘요?"

"진실을."

"무슨 진실? 어머니가 아버지를 죽였다는 거요?"

"그런 이야기가 아니란 거 알잖니."

"아뇨. 아주 잘 알아요. 당신과 헤어진 후 나는 수도 없이 내 기억을 다시 읽었으니까."

다시 읽기. 내가 소설 등장인물에게 잘 몰입하게 된 것은, 어쩌면 모두 어머니 덕분인지도 모른다.

「독자야. 지금부터 모든 걸 '다시' 읽을 거란다.」

「아버지는, 죽을 만한 잘못을 한 거야.」

「이건 정당방위였던 거야. 알았지?」

수백, 수천, 아니 수만 번도 더 다시 읽은 기억. 너무 많이 재생해서 그것이 사실이었는지조차 알 수 없는 기억.

"솔직히 아버지가 죽어서 다행이라 생각했어요. 상습적인 가정 폭력범에 도박 중독자. 그 사람을 계속 뒀으면 우리 가정은 점점 더 위험해졌겠죠."

잠시 나를 바라보던 어머니가 고개를 끄덕였다.

"그래, 그런데 왜 화가 난 거니?"

나는 몇 번이나 어머니에게 물어보려 했다.

왜 날 데리고 도망가지 않았는지. 왜 어린 나를 혼자 남겨두었는지. 왜 출소 후 나를 보러 오지 않았는지. 그러나 질문이 내 안에 쌓여갈수록 나는 스스로 답을 얻었다.

[제4의 벽'의 흔들림이 잦아듭니다.]

그것은 두려움이 만들어낸 답, 답란을 지워버린 답이었다. 답란에 정답이 쓰였을 때 내가 그 답을 납득하지 못할까 두려웠기 때문이다. 그사이 어머니는 몇 번이나 무슨 말을 하려는 듯 입을 열었다 닫더니 다시 입을 열었다.

"……그걸 말하기에도 너무 늦었을까."

그래, 그럴 줄 알았다.

[상당수의 성좌가 당신의 가정사에 5,000코인을 후원합니다.]

빌어먹을 신파는 여기까지면 충분하다.

[성좌, '긴고아의 죄수'가 당신의 상황에 목이 타들어갑니다.]
[성좌, '악마 같은 불의 심판자'가 당신에게 다시 한번 생각할 것을 권합니다.]
[성좌, '자신의 눈을 찌른 자'가 음험한 미소를 짓습니다.]

애초에 우리 모자에게 그런 건 어울리지 않으니까.
"왜 자꾸 원작을 바꾸는 거니?"
어머니는 능청스럽게 화제를 돌렸다.
"흐름대로 흘러가도록 내버려뒀다면, 죽을 인물이 죽도록 내버려뒀다면, 시나리오가 이렇게 어려워지지 않았을 거야."
"바꿔야만 했으니까요. 어머니도 알다시피 3회차의 유중혁은 결말까지 갈 수 없어요."

[다수의 성좌가 필터링에 답답해합니다.]

역시 원작에 대한 이야기는 성좌들에게 필터링이 되는 모양이었다.
"결말?"
"그래요. 결말."

"고작 그런 것을 위해 이 고생을 하는 거니? 제정신이 아니구나."

"나한테 이 이야기의 결말은 중요해요. 당신이 없는 동안 나를 지켜준 건 이 세계니까."

어머니도 아버지도 없이 십수 년을 살아올 수 있었던 것은 모두 이 소설 덕분이었다.

"당신 같은 사람은 어차피 말해도 이해할 수 없을 거예요."

《멸망한 세계에서 살아남는 세 가지 방법》. 작가가 무슨 의도로 그런 제목을 지었는지는 모른다. 다만, 내게 그 제목은 비유가 아닌 현실이었다. 이 세계는 오래전부터 '멸망한 세계'나 다름없었으니까.

그 소설을 읽었기에 나는 살아남았다.

그렇기에 나는 이 이야기를 포기할 수 없다.

"이건 이제 소설이 아니야. '그리고 모두 행복하게 살았습니다' 같은 결말은 현실에 없어."

"끝까지 가보면 알겠죠. 그리고 내가 언제 그런 결말을 원한다고 했어요?"

"그만둬. 이 세계는 미쳤어. 네가 미래를 좀 안다고 해서, 발버둥 친다고 해서 어떻게 할 수 있는 이야기가 아니야. 너도 알잖니. 당장 다음 시나리오만 해도―"

"그만."

이 이상 설왕설래는 하나 마나였다.

"그냥 원하는 걸 말씀하세요. 왜 날 불렀죠?"

"여기 남아."

"……."

"하나뿐인 아들을 또 잃을 수는 없어. 다음 시나리오는 내가 어떻게든 해주마."

"집어치우세요."

고오오오오! 나는 기세를 끌어올리며 말했다.

"솔직히 말해요. 그냥 내가 방해된다고. 당신 목적이 뭔지는 모르겠지만 뭐 물어보나 마나겠죠."

처음으로, 어머니의 표정에 낯선 감정이 스쳤다.

슬퍼 보이는 얼굴. 슬퍼? 당신이 무슨 자격으로?

"정말 누굴 닮았는지."

어머니의 몸에서도 마력 파장이 넘실거리기 시작했다.

"이건 내가 싫어하는 방법이지만 지금은 어쩔 수 없겠다."

쿠구구구구구!

[일부 성좌가 막장 집안싸움을 좋아합니다.]

[효孝를 중시하는 일부 성좌가 당신을 훈계합니다.]

집 안 가구들이 마력 폭풍에 휩쓸려 날아다니기 시작하자, 뭔가 눈치챈 한수영이 곧바로 현관을 박차고 뛰어들었다.

"김독자!"

한수영 뒤로 전우치의 화신 조영란이 나타났다. 거실은 순식간에 대치 국면으로 바뀌었다. 조영란이 도술을 준비했고,

어머니는 그저 고요한 눈으로 나를 응시하고 있었다. 전우치의 도술은 까다롭지만 알고 있다면 어떻게든 방비할 수 있다.

문제는 어머니 쪽이다. 나는 어머니의 배후성이 뭔지 아직 모른다. 그러니 승부처는 어머니의 능력이 발현되기 직전인 지금이었다.

[전용 스킬, '책갈피'를 발동합니다.]

"4번 책갈피, '리카온 이스파랑'을 선택한다."

[전용 스킬, '바람의 길 Lv.10(+1)'이 활성화됩니다!]

극한에 도달한 [바람의 길]이 활성화되며 거실 전체가 마력 폭풍 속에 휘말렸다.

혼잡해진 시야 속에서, 나는 응축된 바람을 폭발시켜 거실을 무너뜨렸다. 그러고는 곧장 한수영과 함께 집 안을 탈출했다. 자욱한 연기가 시야를 가린 사이 한수영에게 말했다.

"바로 끝낼 거야, 준비해."

"알았어."

한수영도 손에서 강력한 [흑염]을 만들어내기 시작했다. 나는 곧장 책갈피를 갈아 끼웠다.

"5번 책갈피, '키리오스 로드그라임'을 선택한다."

[바람의 길]에 이은 [소형화]와 [전인화] 콤보. 내가 가진

최대의 기술을 쏟아부어 어머니를 제압하는 것이 가장 빠르고 효율적인 길이었다. 그런데 스킬을 사용하려는 순간, 흙먼지를 뚫고 수십 명의 인파가 날아올랐다.

그들은 나를 포위한 채 간절한 목소리로 말했다.

"너는 뭔가 오해하고 있어. 부탁한다. 이곳에 남아야 해."

어머니 수하들이었다. 수감복을 입은 여인 수십 명이 동정 섞인 얼굴로 나를 보고 있었다. 놀란 한수영이 외쳤다.

"뭐야 이것들은!"

한수영이 공격을 쏟아냈으나, 흑염은 전우치의 기문진에 의해 사방팔방으로 흩어졌다. 조영란이 외쳤다.

"김독자! 그만둬! 수경 씨는 너를 위해······!"

그들의 입을 막은 것은 어머니였다. 아무 말도 말라는 듯, 조용히 입가에 손가락을 가져다댄 어머니의 몸 전체에서 웅장한 아우라가 솟아나기 시작했다.

과도한 개연성 사용으로 인한 스파크. 지금까지 본 적 없는 강력한 동조율이었다. 어머니는 명백하게 무리하고 있었다.

[화신 '이수경'의 배후성이 자신의 수식언을 드러냅니다.]

[성좌, '시조의 어머니'가 당신을 보며 깊은 슬픔을 느낍니다.]

시조의 어머니? 맙소사. 설마?

[성좌, '시조의 어머니'가 당신의 힘은 한반도 시나리오에 위협이 된

다고 말합니다.]

[성좌, '시조의 어머니'가 당신이 반항하지 않는다면 목숨을 앗아가지 않을 것이라 조언합니다.]

나는 급한 마음에 [소형화]와 [전인화]를 동시에 사용했다.

[오래된 땅의 정기가 당신의 스킬 사용을 봉인합니다.]

깜깜한 동굴에 들어온 것처럼 시야가 어둑해졌다. 전신에서 힘이 빠져나가면서 평범한 인간 혹은 작은 짐승이 되어버린 듯한 무력감에 사로잡혔다.

[오래된 땅의 정기가 당신의 격을 봉인합니다.]

나는 이 성흔을 알고 있었다. 오직 한반도에서만 사용 가능한 '설화'를 이용한 봉인.

"……설마 이런 수를 쓸 줄이야."

생각해보면 이상한 일이었다. 이곳은 한반도다. 그런데 아직 내게 접촉하지 않은 성운이 하나 있었다. 가장 먼저 접촉해야 했음에도 아직까지 다가오지 않은 성운이.

"말했잖니, 너를 사랑한다고."

손에 쥔 청동방울을 흔들며 어머니가 웃었다.

시조의 어머니.

한반도의 성운인 〈홍익〉의 고위 신격 중 하나이자, 이 땅에서 가장 잘 알려진 설화의 주인공.

어머니의 배후성은 단군왕검의 어머니인 웅녀熊女였다.

나는 한숨을 쉬며 말했다.

"좋아요. 항복하죠."

"뭐? 야! 김독자!"

"가만있어. 어차피 지금은 못 이겨."

전신에 몰아치는 탈력감. 지금 나는 능력치만 높은 일반인이나 다름없는 상태였다.

"배후성은 그렇다 치고, 대체 어떻게 '팔주령八珠鈴'을 손에 넣었죠?"

나는 어머니가 쥐고 있는 청동방울을 바라보았다. 단군 신화의 '천부삼인天符三印' 중 하나인 팔주령. 설화의 힘을 빌려 상대방의 능력을 봉하는, 한반도의 톱클래스 성유물 중 하나였다.

아무리 생각해도 지금 시점에 정상적인 방법으로 저 성유물을 얻을 방법은 떠오르지 않았다. 분명 어머니는 그만한 대가를 치른 것이다.

"때가 되면 풀어줄 테니 잠자코 여기에 있어."

그 말을 마지막으로, 어머니와 방랑자들이 기문진 안에서 사라졌다. 휑한 기문진 안에 남은 것은 나와 한수영뿐. 어머니가 어디로 향했을지 예상하기는 어렵지 않았다. 아마도 이 소설의 주인공, 유중혁을 만나러 갔을 것이다. 그 둘이 만나면 무슨 파국이 벌어질지 상상하기도 싫다.

"제기랄, 이제 어떡해? 여기서 어떻게 나가지?"

어떻게든 진법을 부수려고 발악하던 한수영이 물었다. 성좌의 격에 스킬까지 봉인당했으니 당장 뾰족한 수가 없는 상황이었다. 어디까지나 자력으로는 그렇다는 뜻이다.

"방법이 하나 있긴 해."

"뭔데?"

"힘으로 기문진법을 깰 수 있는 존재가 있어."

"뭐? 누구?"

그자를 부르면 봉인도 어떻게든 될 것이다. 본래는 내가 감히 부를 수 없는 성좌이지만 지금이라면 또 모르지.

나는 곧장 간평의를 꺼냈다.

중요한 때를 대비해 아껴뒀지만 지금 믿을 건 이것뿐이다.

['간평의'의 특수 옵션, '별의 메아리'를 발동합니다.]

['별의 메아리'를 통해 당신은 위인급 성좌의 도움을 청할 수 있습니다.]

"성좌를 호명하겠다."

[별들의 흐름 속에 위인급 성좌들이 당신의 목소리를 듣습니다.]

나는 성좌의 수식언을 불렀다.

[해당 성좌는 지나치게 격이 높습니다.]

[해당 성좌가 천반의 별자리를 5개 요구합니다. 응하시겠습니까?]

마지막 북두성군을 부를 때 하나, '모순의 음양사'를 부를 때 하나를 사용했기에 간평의에 남은 별자리는 다섯 개뿐이었다. 그런데 이 성좌는 지금 남은 별자리를 전부 요구하고 있다.

그럴 법도 하지. 이자의 힘은 이미 위인급을 넘어섰으니까.

[별들의 운항이 시작됩니다.]

깊은 밤하늘의 어둠 속에서 외따로 떨어진 고독한 별이 반짝였다. 나는 그를 향해 입을 열었다.

"고려제일검, 당신의 힘이 필요합니다."

3

전신을 감싸는 스파크와 함께, 나는 오랜만에 개연성 후폭풍의 징조를 체감했다. 설화급도 아닌 위인급이, 힘을 빌리는 것만으로 이렇게 큰 부담을 주다니. 혼자 군대와 대적했다는 척준경에 관한 역사 기록은 과장이라고 생각했다. 그런데 과장은커녕 축소되었다고 해야 할 판이었다.

실제로 척준경은 성좌가 된 이후 벌인 일이 훨씬 많았고, 지구의 역사에 기록된 것 이상으로 강력했다. 다른 세계에서는 '소드마스터 척'이라는 말만 들어도 벌벌 떠는 성좌가 있을 정도니까.

그래도 버텨내야 했다.

척준경의 격을 버텨내지 않으면 [백일 봉인]을 부술 수 없다.

[현재 당신의 격이 봉인되어 있습니다.]

[현재 당신의 주요 스킬들이 봉인되어 있습니다.]

[남은 봉인 시간: 100일]

성운 〈홍익〉의 천부삼인으로 행하는 [백일 봉인]은, 상대방의 능력을 봉인하는 최고위급의 봉인진이었다.

[마늘과 쑥을 먹으며 100일을 견디십시오.]

물론 이 봉인이 꼭 나쁜 것은 아니었다.

백 일 동안 마늘과 쑥을 먹으며 버틸 수만 있다면, 환인桓因의 축복을 받아 육체의 잠재력을 깨울 수 있으니까. 하지만 지금 내게는 그만한 시간이 없었다. 하늘에서 쏟아진 마늘과 쑥을 보며 한수영이 탄식했다.

"야, 아직 멀었어?"

"힘이 너무 강해서 통제하기 힘들어. 좀 기다려봐."

나는 심호흡을 하며 마력을 다스렸다. 척준경은 내 부름에 답해 힘을 빌려주기는 했으나 딱히 어떤 진언도 전하지 않았다.

자신 있다면 사용해보라는 듯, 힘 일부를 건넸을 뿐이다.

그 결과 나는 삼십 분째 꼼짝도 못 한 채 폭주하는 설화를 다스리느라 여념이 없었다. 투덜거리는 한수영을 보니 문득 짜증이 났다.

"이게 다 너 때문이야. 네가 날 방패로만 안 썼어도 이렇게 될 일은 없었잖아."

"나도 일부러 그런 거 아니야."

"그 말을 믿으라고? 너 하는 짓 보면 언제나……."

나도 모르게 꽤나 쌓여 있었던 모양인지 절로 잔소리가 나
왔다. 그렇게 몇 분쯤 지났을까. 서서히 인상을 굳히던 한수영
이 결국 빽 소리를 질렀다.

"아, 사과했잖아! 그래, 내가 너 방패로 좀 썼다. 어쩔래?"

이건 또 무슨 적반하장인가 싶었는데 갑자기 엉뚱한 존재
가 끼어들었다.

[성좌, '심연의 흑염룡'이 헛기침을 하며 끼어듭니다.]
[성좌, '심연의 흑염룡'이 화신 '한수영'은 당신을 방패로 삼은 적이
없다고 말합니다.]
[성좌, '심연의 흑염룡'이 당신의 죽음은 자신의 책임이라 말합니다.]

"야, 넌 닥치고 가만히 있어! 괜한 얘기 했다간……!"
"저게 무슨 소리야?"
"헛소리니까 신경 꺼."

[성좌, '심연의 흑염룡'은 화신 '한수영'이 당신의 흑염룡을 지켜주려
다 심장을 보호하지 못했다고 주장합니다.]

내 흑염룡?

"그러니까 그게……."

내 시선에 우물쭈물하던 한수영이 한숨을 쉬며 전말을 털어놓았다.

"그러니까, 전우치의 공격이 내…… 그곳으로 날아왔다 이거냐?"

"……그래!"

너무 어이가 없어서 중요한 상황이라는 것도 잊고 입이 벌어졌다.

한수영은 머뭇거리며 내 눈을 한 번 보고, 바닥을 한 번 보더니 입술을 질끈 깨문 뒤 말을 이었다.

"안 그래도 불쌍한 놈인데, 그…… 기능까지 잃으면 더 불쌍해지지 않을까 해서 지켜주려다가…… 살짝 방향이 뒤틀려서 그만."

"그래서 내 심장에 맞았다?"

"뭐, 그런 얘기지."

어처구니없는 이야기였다. 내 반응을 어떻게 받아들였는지, 한수영이 재빨리 첨언했다.

"딱히 이상한 생각은 안 했으니까 괜한 오해는 말고. 흑염룡이 자식이 꼭 지켜줘야 한다고 고래고래 소릴 질러서……."

[성좌, '심연의 흑염룡'이 당황하는 자신의 화신을 보며 흥분합니다.]

나는 가볍게 한숨을 쉬며 말했다.

"……고자가 되지 않게 지켜줘서 고맙다. 다음부턴 그냥 심장을 잘 지켜줘."

한수영은 고개를 끄덕였다. 잠시 어색한 공기가 흘렀다. 뭔가 심각하게 고민하던 한수영이 입을 열었다.

"근데 김독자, 궁금한 게 하나 있는데……."

"뭔데."

"왜 쟤가 네 그걸 '흑염룡'이라고 부르냐?"

※ ※ ※

'그 녀석…… 어릴 적엔 참 작았는데.'

이수경은 황량한 암흑성의 무저갱 평원을 바라보며 회상에 젖어 있었다. 여기까지 오는 데 얼마나 많은 시간이 걸렸던가. 쉬운 시나리오는 하나도 없었고, 모든 계획은 반쯤 어그러지거나 망가졌다. 불충분한 정보 탓에 몇 번이나 죽을 위기를 넘겼다.

'특히 니르바나를 만났을 때는 위험했지.'

환생자라니. 그런 존재가 세상에 존재할 것이라고는 한 번도 생각해본 적 없었다.

하긴 애초에 소설이 현실이 되었다는 것부터가 비정상이지만. 인기척에 등을 돌리자 전우치의 화신 조영란이 있었다.

"왕이시여."

"그런 호칭은 그만두세요. 만화같이 말하는 사람은 아들 하나로 족해요."

"……수경 씨."

눈빛이 착잡해 보였다. 그럴 만도 하다고, 이수경은 생각했
다. 조영란은 방랑자들 가운데 유일하게 자신의 사정을 모두
아는 사람이다.

"그 애와 다툴 필요는 없었습니다. 책을 쓴 이유를 솔직하게
말했다면……."

"싸우는 것보다 솔직해지는 게 더 어렵죠. 특히 부모 자식
간에는."

"진실을 받아들일 수 있는 나이입니다. 당신이 알던 열 살배
기 소년이 아니잖습니까?"

"내겐 그저 어린애예요. 서른 살이 되든, 마흔 살이 되든."

"그게 부모의 오만 아닐까요?"

이수경이 긴 속눈썹을 내리깔았다.

"처음에는 용기를 내보려고 했어요. 진실을 이야기해주려
했죠."

"……."

"하지만 눈을 보고 있으니…… 이제 와서 내가 그 애 인생
에 끼어드는 것 자체가 민폐 아닐까 하는 생각이 들었어요."

현실은 소설과 다르다. 상처받은 '인물'은 구원받을지 모르
지만, 상처받은 '인간'은 그리 쉽게 치유되지 않는다.

"진실을 알리는 게 그 애에게 정말 필요한 일인지 모르겠어
요. 어쩌면 나한테 필요했을지도 모르죠. 나쁜 엄마로는 남기

싫어서."

김독자가 자신을 지키기 위해 비뚤어졌듯, 이수경 역시 자기 나름의 사랑을 고수한 결과 이 지경이 되었다.

「화신 김독자는 가장 사랑하는 존재에 의해 죽게 될 것이다.」

이수경은 유상아에게 그 운명을 전해 들은 순간을 떠올렸다.
"그 애도 언젠간 당신을 이해할 겁니다."

아들을 살릴 방법을 알아내기 위해 이수경은 '시조의 어머니'에게 사흘 밤낮으로 치성을 드렸다.

SS급 아이템 세 개를 공물로 바쳤고, 그것으로도 모자라 자신의 수명 이십 년을 바쳤다. 그 대가로 〈올림포스〉가 숨겨두었던 한 줄의 운명을 훔쳐볼 수 있었다.

「다음 시나리오로 가지 않으면, 화신 김독자는 살 수 있다.」

이수경은 웃었다.
"병력은 모두 집결했나요?"
"예. 모두 모였습니다."

벌판 가장자리에 이수경이 이끄는 방랑자들의 세력이 모여 있었다. 모두 그녀 하나만 믿고 여기까지 온 사람들이었다. 이수경은 메인 시나리오창을 열었다.

〈메인 시나리오 #10 - 73번째 마왕〉

분류: 메인

난이도: SS

클리어 조건: 당신은 암흑성의 마지막 시나리오에 참가할 자격을 얻었습니다. 암흑성 3층으로 함께 올라갈 랭커 4명을 모은 후 최종 시나리오에 돌입하시오.

제한 시간: 30일

보상: 100,000코인

실패 시: 사망

* 현재 당신의 암흑성 랭킹은 2위입니다.
* 랭킹 10위 이내의 화신만이 당신과 함께 최종 시나리오에 도전할 수 있습니다.

이수경은 조영란을 흘끗 바라보았다. 현재 그녀가 확보한 10위 이내 랭커는 조영란과 이복순 두 명. 시나리오를 완수하고 암흑성 최종층에 도전하려면 아직 두 명이 더 필요했다. 조영란이 말했다.

"녀석들이 오는군요."

무저갱 평원 건너편에서 군세가 밀려오고 있었다. 낙원에서

오는 자들이었다. 선두에 그녀가 익히 아는 얼굴이 보였다. 이수경은 반대쪽 세력에서 나오는 그 인물을 향해 인사했다.

"유상아 씨. 오랜만이에요."

"아! 정말, 정말 다행이에요. 살아 계셨군요! 그런데 독자 씨는……?"

"그 얘긴 나중에."

이수경은 건너편의 인물을 하나씩 살폈다.

'왼쪽부터 이현성, 신유승, 정희원, 이지혜, 이길영인가.'

우직한 이현성과 다정한 신유승, 철부지 이지혜에 대해서는 김독자에게 들은 적이 있었다. 정희원 또한 '범람의 재앙'을 앞두고 잠깐 동행해서 안면이 있었다. 하지만 이길영에 대해서는 아는 바가 없었다. 아마 그녀의 아들이 원작과 무관하게 새로 영입한 인물이리라.

'원작 인물만 기용했으면 훨씬 편했을 텐데. 너답구나.'

어릴 적부터 김독자는 예측할 수 없는 행동을 많이 했다. 그 때문일까. 한때 이수경은 아이가 예술가가 되리라 믿었다.

"방랑자들의 왕."

목소리가 들려온 곳에 그녀가 기다린 인물이 있었다. 수감되어 있는 동안 아들에게 수없이 들은 인물. 이렇게 현실로 보게 되리라고는 상상도 못 한 존재.

"유중혁."

패왕 유중혁. 이 이야기의 주인공이, 그녀에게 물었다.

"왜 이곳에서 보자고 한 거지?"

"슬슬 시나리오의 마지막을 결정할까 해서."

유중혁은 이수경의 곁을 살피더니 물었다.

"너도 '사천왕'을 모으는 건가?"

"사천왕?"

"다음 시나리오로 가려면 네 명의 랭커가 필요하다. 알고 있을 텐데?"

"아…… 그래, 맞아. 나도 모으고 있어. 그걸 사천왕이라 부르나 보구나. 유치해라……."

이수경의 말에 유중혁의 눈썹이 꿈틀거렸다.

"심성이 뒤틀린 자로군."

"맹랑한 아이네."

두 사람의 눈빛이 허공에서 부딪치는 순간, 기파가 사납게 튀었다.

고오오오. 단지 시선을 교환한 것만으로도 이수경은 유중혁의 힘을 어렴풋이 느낄 수 있었다. 초월좌라고 했던가. 이 정도는 되어야 이야기의 주인공이겠지.

짧게 숨을 들이켠 이수경이 입을 열었다.

"너와 손을 잡고 싶어. 나를 도와 같이 랭커를 모아주면 좋겠어."

"……랭커를?"

"네 목표는 어차피 이 세계를 구하는 거잖니? 다음 시나리오를 클리어하려면 최대한 강력한 화신 라인업을 구성할 필요가 있겠지. 나는 너를 도와줄 수 있어. 내 성좌는 '시조의 어머니'니까."

'시조의 어머니'라는 말에 유중혁 눈빛에 잠깐 이채가 감돌았다. 하지만 정말로 잠깐이었을 뿐, 유중혁 입에서는 전연 뜬금없는 말이 나왔다.

"김독자는 어디 있지?"

"그 아이는 왜 찾아?"

"그쪽이 데리고 있다고 들었다."

"그러니까, 왜?"

자신의 제안 따위 아랑곳하지 않는 태도에 이수경은 불현듯 이상한 예감이 들었다. 오직 자식을 가진 어미만이 감지할 수 있는 불온한 예감이었다.

"설마 그 아이를 네 '사천왕'에 넣을 셈이니?"

"대답할 의무는 없는 것 같군."

"정말 그 애가 말한 그대로의 성격이구나."

일순 흔들리는 유중혁의 눈빛을 보며, 고민하던 이수경이 물었다.

"낙원에서 내 아들에게 업적을 나눠주었다고 들었어. 왜 그랬지?"

"놈이 강해지면 세계를 구할 확률이 높아지니까."

"아하, '이용하기 위해서' 그랬다는 거구나."

일부러 특정 단어에 방점을 찍으며 물었다. 그럴 줄 알았다는 듯이 안심한 어투로. 그런데 유중혁이 대답했다.

"김독자는 이 세계에 반드시 필요한 존재다."

"……"

"놈은 내 동료가 되어서 시나리오의 끝을 볼 것이다."

이수경의 표정이 서서히 굳었다.

'동료'라고? 기억 속에서, 어린 아들의 목소리가 떠올랐다.

―그 새끼, 완전 사이코패스예요.

―자기밖에 모르고. 목표를 위해선 무슨 짓이든 하는 놈이거든요.

"이상하네. 내가 아는 유중혁은, 절대 너처럼 말하지 않는데."

"그쪽 집안 사람들은 남에 대해 잘 아는 척 말하는 게 특징인가?"

유중혁이 검을 뽑았다. 이 이상의 대화는 필요 없다는 듯 강경한 태도였다.

"김독자를 내놔라. 그러면 살려주겠다."

이글거리는 유중혁의 눈을 보며 이수경은 아들의 목소리를 떠올렸다. 잔뜩 불만스럽다는 듯이 이야기하면서도, 어쩐지 들떠 있던 아들의 표정.

―하지만 그 녀석이 없으면 이야기가 진행이 안 돼요. 멸살법은 그런 소설이거든요.

순간, 섬전 같은 깨달음이 이수경의 머릿속을 스쳤다.

─이 이야기가 끝나지 않으면 좋겠어요.

「화신 김독자는 가장 사랑하는 존재에 의해 죽게 될 것이다.」

이수경은 비로소 '운명'의 진짜 의미를 깨달았다. 그녀 또한 한 사람의 독자이기에, 이런 종류의 비유와 상징에 익숙하기에 도달할 수 있는 통찰이었다.

"그렇구나."

모든 것을 깨닫고 이수경이 웃었다. 본래 이럴 생각은 아니었다. 하지만 예언이 그런 뜻이라면 계획은 여기서 수정되어야 했다.

"미안하지만 내 아들은 만나게 해줄 수 없어."

"왜지?"

"자식이 질 나쁜 친구와 어울린다면 그걸 통제하는 것도 엄마의 몫이니까."

팔주령을 꺼낸 이수경의 눈빛이 납처럼 차가운 빛을 띠었다.

"내 아들을 그만 현실로 돌려보내줘야겠어."

4

그 시각, 비형은 서울 관리국 지부에 있었다.

서울 돔의 '해방 시나리오'가 눈앞에 다가온 시기. 돔 내 모
든 도깨비는 시나리오 마무리를 준비하느라 분주했다. 관리국
복도를 거닐며, 비형은 새로 영입된 하급 도깨비들이 교관을
따라 줄지어 움직이는 모습을 보았다.

새로 태어난 도깨비들. 그들은 지부 교육센터에서 기초 교
육을 이수한 뒤 자신만의 채널을 할당받아 이야기꾼으로 거
듭난다.

"성좌들 흥미가 떨어질 때는 개입을 망설이지 마라. 정해진
메인 시나리오에는 직접 개입이 불가하니, 서브 시나리오를
통해 인물 간 갈등 양상을 격화하거나 상황을 위험하게 조성
하라."

"성좌들이 짜증 낼 상황을 만들면 안 된다. 나쁜 놈은 나쁜 놈으로, 착한 놈은 착한 놈으로. 인물 이분법을 확실히 하라. 그래야 성좌들이 분노를 풀 대상을 쉽게 정할 수 있다."

"항상 화신이 사건 중심에 있도록 유도해라. 단 메인이 될 화신을 눈여겨보고 그 화신 위주로 사건이 움직이게 만들어라. 이때 지나치게 작위적인 느낌을 주어서는 안 된다."

하급 도깨비들은 들려오는 교관의 지침을 메모하기 바빴다. 비형 또한 한때는 저들 중 하나였다. 저렇게 시나리오 진행 방법을 공부했고, 웃는 법과 말투 따위를 교육받았다.

너무 낯설지도, 너무 진부하지도 않게.

시나리오 진행에 절대 방해되지 않을 이야기꾼이 되기 위하여.

"옛날 생각이 나는가?"

곁을 돌아보자, 서울 지부장인 상급 도깨비 '바람'이 서 있었다. 바람은 하급 도깨비 쪽을 바라보며 턱수염을 쓰다듬었다.

"모순적인 광경이야. 매번 성좌에게 '사이다패스'니 어쩌니 하는 소리를 잘도 지껄이면서, 정작 도깨비는 정규 교육에서 저런 내용을 이수받다니."

"상급 도깨비께서 하시기엔 다소 부적절한 데가 있는 발언이군요."

그 지침을 만든 게 당신이잖아. 비형은 속으로 그런 말을 삼켰다. 바람이 쓴웃음을 지었다.

"어쩔 수 없지. 그래도 아직은 저런 시나리오가 잘 팔리거든."

"예외도 있을 텐데요."

"있기야 하지. 하지만 그 '예외'가 성립하는 것도 저런 평범한 시나리오들이 버젓이 욕을 먹으며 버티고 있기 때문일세."

몇몇 하급 도깨비가 스크린 앞에 모여 서울 돔에서 진행되고 있는 시나리오를 살피고 있었다. 서울 돔에서 가장 큰 채널에 소속된 화신들 이야기가 흘러나오고 있었다.

—죽이는 수밖에 없겠군.

—유중혁 씨! 안 돼요!

전장 한쪽에서는 유중혁과 이수경이 암흑성 2층에서 대치 중이었고.

—젠장, ■■에서는 이런 ■■■ 안 나오지 않냐?

—나와. 네가 모를 뿐이지.

다른 한쪽에서는 기문진법에 갇힌 김독자와 한수영이 알 수 없는 이야기를 나누고 있었다. 비형은 속으로 침음했다.

'내가 필터링되는 정보는 대놓고 말하지 말라고 그렇게나 경고했는데, 젠장.'

상급 도깨비 바람이 말했다.

"요즘 자네 채널이 인기가 많더군. 서울 지부에서는 어딜 가나 모두 자네 채널 이야기뿐이야. 특히 저 화신……."

"욕도 많이 먹습니다."

"저 정도면 양호하지. 어쨌든 궁금증을 유발하지 않나. 요즘 하급 도깨비가 존경하는 도깨비 1위가 자네란 건 알고 있나?"

"그것보다, 저를 부르신 이유를 알고 싶습니다."

다소 무례하게 보일 수 있는 언행이지만, 비형으로서는 달리 방도가 없었다. 당장 채널로 돌아가지 않으면 곤란한 상황이었기 때문이다. 바람이 말이 없자 비형이 다시 한번 채근했다.

"지금 아홉 번째 시나리오가 마지막 국면으로 접어들고 있습니다. 죄송하지만 슬슬 채널로 다시 돌아가봐야……."

"바로 그것 때문에 자넬 불렀네."

바람의 진지한 표정을 마주하고서야, 비형은 뭔가 일이 잘못되고 있음을 깨달았다.

─쿠구구구구!

스크린 속에서 폭음이 울려 퍼지며 본격적인 혈투가 시작되었다.

강력한 배후성을 지닌 화신이 대거 전투에 참전해 무분별하게 동조율을 올려댔다. 곳곳에서 개연성 후폭풍의 전조가 보이기 시작했다. 저만한 강도의 전조가 지속되면, 분명 이계의 신격들이 개입할 당위를 얻고 말 것이다. 그렇다면 김독자의 안위도 보장할 수 없게 된다.

마음이 급해진 비형이 자리를 뜨려는 순간, 바람이 차가운 목소리로 말했다.

"성좌들이 자네의 개입을 원치 않네."

현재 비형의 채널은 서울 돔에서 가장 영향력이 크다. 그런데 비형을 서울 지부에 잡아두었다는 건, 이야기하는 바가 매우 명약관화했다.

"서울 지부가 언제부터 성좌 눈치를 봤습니까?"

"늘 보고 있지. 하급 도깨비 교육 지침만 봐도 알지 않나."

"그건 표면상으로 그런 것 아닙니까? 주요 시나리오 정책에서는……!"

"다수의 성운이 이번 시나리오에 불만이 있네."

다수의 성운. 비형은 누구를 가리키는지 바로 알아챘다.

〈올림포스〉와 〈베다〉. 그리고 〈파피루스〉…….

스타 스트림에서도 영향력이 큰 성운들이, 이번 시나리오의 진행에 간섭하고 있었다.

왜? 사실 비형도 이유는 알고 있었다.

"저 화신 때문이지."

아무것도 모르는 김독자는 여전히 한수영과 기문진법 안에서 실랑이를 벌이는 중이었다.

"고작해야 화신 하나입니다. 시나리오 전체엔 영향을 줄 수 없습니다."

"고작해야 화신 하나. 정말 그렇게 생각하는가?"

"……."

"아니, 이젠 화신도 아니지."

열 번째 시나리오가 끝나기도 전에, 배후성 없는 화신이 성좌가 되었다. 시나리오 난이도를 고려하면 있을 수 없는 일이었다.

"저 녀석은 괴물이 될 걸세. '고려제일검' 사태를 잊은 건 아니겠지? 그런 규격 외 존재가 또다시 나타나서는 곤란해."

고려제일검 척준경.

한반도 최강의 위인급 성좌가 나타난 사건. 비형 또한 당시 일에 관해 알고 있었다. 시나리오 균형에 맞지 않는 천부적인 재능 때문에 수많은 원성을 산 존재. 막대한 개연성 손실을 감수하고 시나리오에서 배제했더니, 오히려 엉뚱한 차원에서 살아 돌아와 스스로 '성좌'가 된 존재.

"고려제일검은 특별한 경우였습니다. 성좌 김독자는 그자보다 더 빠른 속도로 성좌가 되긴 했지만, 잠재력 자체는 높지 않습니다. 잠재력이라면 벌써 초월좌에 오른 유중혁이라는 화신이 더……."

"알고 있네. 그쪽도 심상치는 않지. 사실 고려제일검과 더 비슷한 것은 유중혁이니까. 하지만 그렇기에 김독자가 더 위험한 걸세."

비형은 답답한 마음에 소리쳤다.

"성좌들이 가지는 불만이야 어느 정도 이해합니다. 김독자가 자기 세력에 들어오지 않으니 짜증이 났겠죠."

"……"

"하지만 그들도 이미 조처를 한 상황 아닙니까? 열 번째 시나리오가 채 지나기도 전에 [운명]을 발호하는 경우가 어디 있습니까?"

"그 화신을 옹호하는군."

"옹호가 아닙니다. 시나리오의 불공정한 처우에 관해 말씀드리는 겁니다."

"자네도 그런 말을 할 처지는 아닐 텐데."

비형은 흠칫 놀랐으나 애써 태연한 척했다. 상급 도깨비 바람이 웃으며 손사래를 쳤다.

"됐네. 허물 잡을 생각으로 부른 건 아니니까."

그 말은 곧, 그럴 생각이라면 얼마든 허물을 잡을 수 있다는 협박처럼 들리기도 했다. 비형이 머뭇거리다 물었다.

"그럼 왜……."

"똑똑한 자네라면 알 텐데. 애초에 이상하다고 생각해본 적 없나? 왜 성좌들이 벌써 [운명]이라는 과도한 조치를 시행했는지."

"……"

"단순히 미래가 궁금했다면 예언자와 거래해서 [미래시]로 시나리오 경과를 엿보면 되네. 그리고 대상이 어떻게 행동할지 예측한 다음, 적당히 개연성 눈치를 보면서 야금야금 미래를 바꿔나가면 되지. 그런데 이번에는 그렇게 하지 않았어. 왜일까?"

비형도 미처 생각해본 적 없는 부분이었다. 미래를 강제하는 힘인 [운명]은 그만큼 성운에도 큰 부담을 준다. 김독자를 제외하고도 강력한 화신은 많다. 그런데 왜 김독자만 [운명]을 강제당했을까.

"설마……?"

성운들이 [운명]을 발호했다는 것은, 어쩌면 그럴 수밖에 없는 상황이라는 뜻. 즉…….

상급 도깨비 바람이 고개를 끄덕였다.

"스타 스트림의 누구도 성좌 김독자의 미래를 볼 수 없었다는 뜻이겠지."

"어떻게 그럴 수 있습니까?"

"나도 모르지. 확실한 것은, 생각보다 많은 성좌가 김독자가 ■■에 도달할까 두려워한다는 거야. 흠, 아직 이건 필터링이군. 그러니까…… 이 모든 것의 '마지막'에 말이지."

바람은 스크린에 시선을 고정했다.

"자네가 해야 할 일이 있어. 이번 일이 잘 끝나면, 자네를 상급 도깨비 심사위에 추천하겠네."

무려 상급 도깨비 진급 심사가 걸린 일. 바람이 시킬 일이 무엇인지 짐작되기 시작했다. 착잡한 눈으로 화면을 보던 비형은 자기도 모르게 품속 알을 매만졌다.

※ ※ ※

"야, 잘 좀 해봐."

"알았어."

흑염룡 사건 때문인지 한수영과의 분위기가 조금 미묘해졌다. 한수영이 계속 쓸데없는 시비를 걸어대는 이유는 녀석 역시 어색한 기류를 자각하고 있기 때문이겠지.

[성좌, '심연의 흑염룡'이 흐뭇한 미소를 짓습니다.]

[성좌, '악마 같은 불의 심판자'가 '심연의 흑염룡'에게 투덜거립니다.]

척준경의 힘을 소화하는 데는 예상보다 훨씬 오랜 시간이 걸렸다. 오른 팔뚝 위에 휘갈긴 고대어 같은 글씨가 도드라졌다 사라지기를 반복했다. 받은 설화의 힘을 조정하며 진땀을 뺀 지 벌써 네 시간째. 지금쯤 어머니는 유중혁과 만났을 것이다. 바닥의 쑥을 뜯어 야금야금 먹어보던 한수영이 말했다.

"근데 네 어머니, 내가 보기에는 그렇게 나쁜 사람 같진 않던데."

"……쑥이나 마저 뜯어 먹어."

"뭐, 내가 남 가정사에 참견할 계제는 아니다만…… 어쨌든 자식 챙기겠다는 거 아냐."

"챙기는 것도 종류가 있지."

"세상에는 자식한테 아무 관심도 없는 부모도 많아."

한수영의 목소리는 무심했기에 더 어둡게 들렸다. 나는 뭐라 쏘아붙이려다 참고는 한숨을 내쉬었다.

"안 그래도 어머니가 네 얘기 하더라. 내가 너랑 사귀는 줄 아나 보던데."

"어머니께서 여자 보는 눈 좀 있으시네."

"근데 너보단 유상아 씨가 더 낫다더라."

"……그래서 그 아줌마 언제 죽일 건데?"

우리는 마주 보며 피식 웃었다. 새삼 한수영의 캐릭터가 얼마나 확실한지 깨닫는다. 요즘은 이 녀석이 다른 사람보다 더 등장인물 같다. 킥킥대던 한수영이 웃음을 그쳤다.

"이렇게 말하고 있으니 우리도 꼭 등장인물 같네."

마치 내 속을 읽은 듯한 말에 왠지 가슴 한구석이 선뜩했다.

한수영은 모르겠지만, 그녀는 언젠가 '등장인물'이 될 것이다. 이성국이 그랬고 정민섭이 그랬던 것처럼. 나는 등장인물인 사람도 아닌 사람도 좋아하기에, 그게 나쁜 일인지 좋은 일인지는 잘 모르겠다. 다만…… 그 '언젠가'를 생각하면 알 수 없는 기분이 된다.

왜 나는 이 녀석이 등장인물이 되지 않기를 바라는 것일까.

"어? 뭔가 변했는데?"

한수영의 말에 오른손을 내려다보았다. 척준경의 설화가 손등에서 희미한 빛을 뿜고 있었다. 설화가 드디어 안정세에 접어들기 시작했다. 나는 고개를 끄덕였다.

"준비해. 탈출할 거니까."

나는 힘이 흐트러지지 않게 조절하면서 '부러지지 않는 신념'을 뽑았다.

척준경의 설화를 빌리는 순간, 머릿속에서 그가 살아온 궤적이 파노라마처럼 흘러갔다.

「일검에 천 명을 베고.」

「이검에 태산을 베며.」

「삼검에 바다를 가른다.」

척준경의 삼검식三劍式이었다. 살아생전 같은 상대에게 세 번 이상 검을 휘둘러본 적이 없다 하여 붙여진 기술명.

[당신이 감당할 수 없는 격이 오른팔에 깃듭니다.]

'팔주령'이 건 [백일 봉인]에 순식간에 금이 가기 시작했다. 겨우 팔주령 하나만 가지고 만든 불완전한 봉인으로는 척준 경의 힘을 억제할 수 없다. 진짜 [백일 봉인]은 천부삼인 세 개를 다 모은 후에야 효력을 지니니까.

[폭발적인 설화의 흐름이 '기문진법'의 공간을 일그러뜨립니다.]
[폭발적인 설화의 흐름이 '백일 봉인'의 주박을 깨뜨립니다.]

나는 넘실거리듯 솟아오른 [백청강기]를 그대로 허공에 쏟 아부었다.

제일식, 일검참천一劍斬千.

궤적이 허공을 가르자, 그어진 선을 따라 공간이 통째로 무 너졌다. 기문진법도 봉인도, 허상조차 베는 압도적인 파괴력 앞에서는 무의미했다.

수만 년에 한 명 나올까 말까 한 위대한 천재가 평생에 걸쳐 쌓아 올린 검술. 오직 파괴만을 위해 고안된 가장 이상적인 베기. 완전한 힘의 진가를 본 것도 아닐진대, 오래전 근력 100레벨을 달성했을 때와는 또 다른 해방감이 차올랐다.

이것이 별들이 가진 힘이다.

일거에 무너지는 기문진법 뒤로 현실의 풍경이 드러나기 시작했다. 완전히 미쳐버린 검술이다. 키리오스의 [전인화]를 얻었을 때만큼이나 욕심난다.

이걸 내 것으로 만들 수 있다면 얼마나 좋을까.

'책갈피'가 '등장인물'에게만 적용된다는 사실이 이렇게 아쉬울 수가 없다.

[격의 상승으로 인해 '책갈피' 스킬의 업데이트가 진행됩니다.]

[새로운 기능이 활성화됐습니다.]

……어?

[등장인물 '고려제일검'에 대한 이해도가 아주 미미하게 증가합니다.]

뭐? 나는 들려온 메시지에 깜짝 놀랐다.

지금까지 '성좌'에 대한 이해도가 증가한 적은 없었는데? 혹시나 해서 [책갈피]를 열어보았지만, 딱히 척준경의 수식언이 목록에 추가되어 있지는 않았다.

'아주 미미하게'라는 수사 때문일지도 모르겠다. 아마 1퍼센트도 안 되는 수치가 올랐다는 거겠지. 그래도 기대감이 생긴다. 이해도가 계속 오르다 보면 언젠가 성좌들 기술도 흉내 낼 수 있는 거 아닐까?

"……이게 뭐야?"

한수영의 목소리에 시선을 돌리자, 후폭풍의 전조로 하얗게 물든 하늘이 불온한 기운을 풍기며 나를 내려다보고 있었다. 백야였다. 너른 하늘만큼 넉넉하게 펼쳐진 벌판 위로, 충돌한 두 군벌이 너부러져 있었다. 하지만 그들을 죽인 것은 상대방이 아니었다.

[모두…… 꿇어라.]

성좌의 진언. 대체 개연성이 얼마나 막장으로 치닫고 있기에 저런 게 막 들려올까. 격을 감당하지 못한 다수의 화신들이 고통 속에 몸부림쳤다. 하지만 배후성의 가호를 받는 자, 그리고 강대한 정신력의 소유자는 굴하지 않았다. 한수영도 그중 하나였다.

"……대체 저딴 게 왜 들리는 건데?"

나는 침음하며 인상을 찌푸렸다. 이럴 수도 있다고 생각은 했지만 좀 너무하지 않은가. 한수영이 답답하다는 듯 외쳤다.

"개판이네. 지금 다 같이 죽자는 건가?"

동조율을 무분별하게 끌어올린 화신이 한둘이 아니었다. 암흑성 시나리오의 개연성이 한계치까지 소진되고 있었고, 전장 곳곳에서 폭죽이라도 쏜 듯이 후폭풍의 스파크가 난무했다.

―김독자, 듣는 티 내지 말고 잘 들어. 이대로라면 넌 죽어.

어디선가 들려오는 비형 목소리를 들으며, 나는 폐허가 된 전장을 바라보았다.

―'운명'에서 벗어날 방법은 하나뿐이야. 너를 보호해줄 세력을 찾아. 그러지 않으면……!

치이잇, 하는 소리와 함께 목소리가 끊어졌다. 누군가가 비형마저 차단하는 것이다. 그와 동시에, 내게 수백 명의 시선이 집중되었다. 위인급은 물론이고 일부 설화급 성좌까지, 화신과의 동조율을 극대화한 존재들이 나를 노려보고 있었다.

찌릿찌릿한 공기를 느끼며 침을 삼켰다. 처음으로 척준경의 진언이 들려왔다.

[두려운 모양이군.]

"아뇨. 오히려 재밌어졌습니다."

진심이었다.

[다수의 성좌가 당신을 바라봅니다!]

[일부 성좌가 당신의 이름을 연호합니다!]

[연호 보너스로 2,000코인을 획득했습니다.]

척준경이 다시 한번 말했다.

[운명의 벽은 높다.]

"높다 한들 벽이죠. 여차하면 부수면 되고."

내가 사랑하는 존재가 누구인지. 그리하여 나를 죽일 이가 누구인지. 그런 건 모르겠다. 하지만 내가 내 [운명]을 모르듯, 놈들도 나를 모르기는 마찬가지다.

"갑시다."

나는 전장을 질주했다. 이번에는 힘을 숨기지 않았다.

"5번 책갈피, '키리오스 로드그라임'을 선택하겠다."

책갈피 발동과 동시에 [전인화]와 [소형화]를 사용했다.

[귀환자의 기술이라. 재미있군.]

척준경의 힘으로 전장을 쓸어버릴 수도 있을 것이다. 하지만, 남발해서는 안 된다. 삼검식 중 일검을 사용한 것만으로도 오른팔이 거의 넝마가 되어버렸으니까.

나는 '도깨비 보따리'에서 구입한 최상급 체력 회복약을 마구 삼키며 전장을 내달렸다.

"모두 비켜!"

내가 지나간 곳에 백청의 궤적이 그려졌다. 귀환자 키리오스의 힘. 성좌의 격에 다다라 10레벨을 돌파한 [전인화]의 힘이 '무저갱 평원'의 전장을 희고 푸른 파랑으로 물들였다.

"으아아아악! 뭐야!"

해일이 반으로 갈라지듯이, 엉겨 붙어 싸우던 화신들이 비명을 지르며 양쪽으로 흩어졌다.

"뭐 때문에 싸우는지 모르겠지만, 이쯤들 하시죠."

아홉 번째 시나리오를 해결하기 위해 랭킹을 올리는 건 좋지만, 이런 식으로 서로 소모전을 벌여봤자 좋을 게 없었다.

"가, 가장 못생긴 왕이다! 죽었다고 들었는데!"

화신 중에는 나를 기억하는 자도 있었다.

"누군지 알았으면, 대충 상황 파악들 되셨죠?"

몇몇 화신이 무기를 놓고 물러났고, 전의가 꺾인 이들은 뒷 걸음질을 쳤다. 눈을 빛내며 나를 보는 자도 있었다.

[상당수의 화신이 당신에게 경의를 품고 있습니다.]

"여덟 번째 시나리오 때는 감사했습니다. 부활하셨다는 소 문이 진짜였군요."

'최강의 희생양' 때 내가 희생했다는 사실을 떠올린 자도 있 었다. 가볍게 고개를 끄덕여주자, 그들은 기꺼이 읍을 하고는 물러났다.

[당신의 부활 설화가 널리 퍼집니다.]

[당신의 다섯 번째 설화에 '중재하는 메시아'의 업적이 추가됩니다.]

아무래도 한쪽은 '낙원'에서 온 세력인 것 같은데. 아마 유중 혁과 우리 일행도 포함되어 있겠지. 그렇다면 반대쪽은······?

"흘흘. 다시 만났구먼 젊은이. 그 진법을 대체 어떻게 빠져 나왔지?"

역시 이쪽이 '방랑자들'이었구나. 나는 걸어오는 이복순을 향해 물었다.

"왜 서로 싸우는 겁니까?"

"왜긴, 너 때문이지."

이복순. 성좌 '무당왕'을 배후성으로 가진 할머니.

"너는 다음 시나리오로 가서는 안 된다."

"……어머니가 그렇게 말하던가요?"

이복순은 대답하지 않고 달려들었다. [노강자] 스킬을 통해 근육 부피가 급격하게 증강한 할머니는, 전차처럼 주변 화신들을 밀어붙이며 돌진했다.

[성좌, '고려제일검'의 가호로 30분 동안 모든 능력치가 10레벨씩 상승합니다.]

[당신의 모든 능력치가 일시적으로 인간의 한계를 초월합니다.]

나는 노인을 공경하는 편이라 말할 수는 없어도 어느 정도 예의범절은 지키는 편이었다. 하지만 이번만큼은 예외다.

"죄송하지만 이번엔 안 봐드립니다 할머니."

"오시게! 신령님들!"

[성좌, '무당왕'이 자신의 가호를 내립니다!]

[등장인물 '이복순'이 성흔 '내림굿 Lv.4'을 발동합니다!]

내림굿. 위인급 성좌의 힘을 빌려오는 까다로운 성흔. 어떤 성좌의 가호를 등에 업을지 긴장하고 있는데, 갑자기 내 안에서 웅혼한 기운이 꿈틀거렸다.

[성좌, '고려제일검'이 인상을 찌푸립니다.]
[성좌, '무당왕'이 갑자기 귀찮아졌다며 딴청을 부립니다.]

[등장인물 '이복순'의 성흔 '내림굿 Lv.4'이 취소됩니다!]

"으엉?"

당황한 이복순이 눈을 끔뻑였다. 다행히 이번에는 차차웅의 귀찮음이 나를 도왔다. 진짜 귀찮아서인지 척준경과 부딪치기 싫어서인지는 모르겠지만, 어느 쪽이든 내게는 잘된 일이었다.

"아니, 이게—"

차차웅의 도움이 없다면, 지금 공격은 오롯이 이복순 개인이 쌓은 설화의 힘이다. 그럼 내가 밀릴 리 없다. [전인화]를 사용한 데다 모든 능력치가 100레벨을 돌파하자, 어마어마한 괴력이 전신에서 뿜어졌다.

내 주먹과 정면으로 부딪친 이복순이 피를 토하며 허공을 날았다.

"김독자를 막아!"

방랑자들의 세력은 예상을 뛰어넘었다. 이 정도 규모를 가지고서 니르바나의 '구원교'에 패퇴했다는 게 믿기지 않을 정도였다. 그런데 잘 보니 방랑자들 사이에 이상한 것도 섞여 있었다.

그르르르!

탁기에 오염되어 마인으로 변한 인간들. 불행인지 다행인지, 나는 저 설화를 알고 있었다. 한수영도 짓씹듯 중얼거렸다.

"빌어먹을, 누가 랭킹 3위의 설화를 얻었나 보네."

암흑성 랭킹 3위. '망자들의 왕' 데이비츠.

아무래도 방랑자들의 세력 쪽에 데이비츠를 해치운 존재가 있는 듯했다. '망자들의 왕'은 암흑성 전장에서라면 '절망의 낙원' 못지않게 강력한 힘을 발휘하는 설화였다. '망자들의 왕'은 죽은 인간을 언데드로 만들어 싸우게 하기 때문이다.

"달려 김독자! 여긴 내가 뚫는다!"

열댓 개로 증식한 한수영의 아바타가 동시에 오른손 붕대를 풀었다.

녀석의 손에 집약된 검은 마력이 이내 새카맣게 타오르는 불길로 뒤바뀌어 전장을 휩쓸었다. 나는 한수영이 만든 길을 따라 그대로 달렸다. 마인 무리를 제치고, 달려드는 방랑자들 몇을 떨쳐냈다.

'망자들의 왕'을 사용 중인 조영란이 보였다.

역시 이 여자가 설화의 주체였다. 조선제일술사에, 기문진법에, 망자들의 왕까지. 어머니는 정말 다재다능한 수하를 두었다. 있는 대로 마력 회복 물약을 들이켜며 전투에 임하던 그녀는 내 모습을 보더니 깜짝 놀랐다.

"어떻게 기문진법을…… '팔주령'의 봉인까지 걸려 있었을 텐데?"

"고생 좀 했죠."

이를 꾹 깨문 조영란이 이내 마력을 집약하여 도술을 준비했다. 아마 현재 암흑성 랭킹 3위는 이 사람인 모양이다.

"그만 물러서세요. 해치고 싶지 않으니까."

"그럴 수는 없……!"

다시금 기문진법을 사용하려는 기미가 보여서, 나는 결국 숨겨뒀던 기운을 발출했다. 그러자 묶여 있던 척준경의 격이 한꺼번에 풀려나왔다.

[성좌, '조선제일술사'가 크게 당황합니다.]

기문진법의 도술이 한꺼번에 깨지며 조영란의 입에서 피거품이 울컥 쏟아졌다. 그녀의 등 뒤에서 스파크가 튀더니 이내 목소리가 들려왔다.

[이, 이 기운은……! 당신이 왜 그곳에 있는 거요!]

급기야 전우치조차 진언을 쏟아냈다. 그러자 척준경이 대답했다.

[꺼져라.]

[하, 하지만 당신은 그자의 배후성도 아닌……!]

[두 번 말하지 않겠다.]

[큭…….]

극심한 격 차이에 짓눌린 전우치가 순식간에 모습을 감추었다. 배후성과 동조가 해제되자 개연성 여파를 감당할 수 없게 된 조영란이 비틀거렸다. 그녀가 '망자들의 왕'을 유지할 수 없게 되자 전장의 균형도 덩달아 무너지기 시작했다.

"아, 안 돼. 안 된다, 김독자!"

나는 조영란을 무시하고 달렸다. 척준경의 가호가 있으니 쏟아지는 공격도 두렵지 않았다. 종합 능력치 세 자리와 두 자리의 차이는 이토록 크다.

오 분 정도를 내달리자 마침내 전장의 중심부가 드러났다. 이 전장에서 가장 강력한 스파크를 터뜨리고 있는 장소. 한밤임에도 개연성의 전조로 인해 백야가 찾아온 벌판에서 내가 아는 사람들이 서로 칼을 겨누고 있었다. 분신에게 뒤를 맡겨놓고 달려온 한수영이 입을 벌렸다.

"너네 엄마 괴물이네."

나도 놀랐다. 설마 어머니가 저 정도일 줄이야. 분명 아는 정보는 내가 더 많을 텐데……

어머니는 유중혁과 다른 동료들의 공격 속에서도 대등한 전투를 벌이고 있었다. 초월좌를 상대로 저만큼 싸울 수 있는 화신은 내가 알기로 없다. 어머니의 등 뒤에서 거대한 곰의 그림자가 일렁였다.

[가엾은 후손들이여…… 나는 싸움을 원하지 않는다…….]

피스 랜드에서 야마타노오로치가 저런 형태로 강림한 것을 봤다. '시조의 어머니'는 내 어머니에게 자신의 그림자를 강림시킨 것이다. 한수영은 피스 랜드의 악몽이 떠오르는지 고개를 가로저었다.

"어떻게 저런…… 개연성이 부족할 텐데?"

"팔주령 때문이야."

어머니의 손에서 환하게 빛나는 천부삼인 '팔주령'. 부족한 개연성을 저 강력한 성유물이 대체하는 것이다.

"싸우기 싫다면서 자꾸 때리는 건 뭔데! 으아앗!"

거대한 곰 그림자가 한바탕 벌판을 휩쓸자 이지혜와 이현성의 신형이 밖으로 튕겨 나갔다. 정통으로 맞으면 그대로 으깨져버릴 파괴력. 잘못 달려들었다간 낭패만 볼 상황이었다.

"독자 씨!"

유상아가 제일 먼저 나를 알아보았고, 다른 일행도 반색하며 내 쪽으로 물러섰다. 정희원이 먼저 소리쳤다.

"독자 씨, 어머님이랑 대화 좀 해봐요!"

"형, 진짜 형네 엄마예요? 유승이가 아까……."

"독자 씨, 위험합니다. 이대로 가다가는……."

한 사람씩 말해도 모자랄 판에 한꺼번에 말이 쏟아지니 대답할 겨를이 없었다. 마지막으로 다가온 유중혁이 말했다.

"부모나 자식이나 똑같이 생겨먹은 집안이군."

나는 애써 고개를 끄덕이며 말했다.

"죽이진 마. 살려둘 필요가 있는 사람이야."

"저 여자는 협력할 생각이 없어."

나는 피로 흠뻑 젖은 어머니를 바라보았다. 어머니가 흘린 피인지 타인의 피인지는 알 수 없었다. 하지만 어머니 또한 한 계임은 명백해 보였다. 간당간당한 개연성으로 어떻게든 승부를 이어가고 있지만, 체력은 이미 바닥났을 것이다. 당연한 결과였다.

그녀는 혼자이고, 이쪽에는 유중혁이 있었으니까.

피스 랜드 때였다면 모를까, 초월좌가 된 유중혁은 차원이 다를 정도로 강하다. 아무리 설화급 배후성이라 해도 그림자를 현현하는 정도로는 무리다. 최소 진체의 일부가 강림하지 않는 한, 초월좌를 제압하기란 쉽지 않을 것이다. 하지만 어머니에게 그만한 개연성은 남지 않은 듯했다.

[성좌, '악마 같은 불의 심판자'가 침을 삼킵니다.]
[성좌, '긴고아의 죄수'가 당신의 선택에 주목합니다.]
[성좌, '심연의 흑염룡'이 당신의 만행을 좋아합니다.]

나는 일행들을 내버려두고 어머니에게 다가갔다.
"이제 그만두세요."

['제4의 벽'이 희미하게 흔들립니다.]

"대체 왜 그렇게 나를 막는 건데요?"
배후성 그림자에 묻혀 어머니 얼굴은 잘 보이지 않았다.
간신히 눈과 입만 드러난 모습. 닿을 듯한 거리에 있어도 결코 닿지 못하는 존재. 교도소에 있을 때도, 그리고 지금도. 언젠가부터 이것이 우리의 거리가 되었다.

이 사람은 무엇 때문에 이렇게까지 하는 걸까.

온몸이 피투성이가 되면서까지 대체 왜.

동료들이 나를 보고 있었다. 부디 내가 올바른 선택을 하길 바라는 듯한 눈빛들. 나는 한숨을 쉬며 입을 열었다.

"한 번. 딱 한 번만 들어줄 테니까, 말해봐요."

그 말이 내 입에서 나왔다는 사실에, 스스로 놀라면서.

"제대로 이야기를 해보시라고요."

나 자신도 진심인지 아닌지 알 수 없는 말을, 쥐어짜듯 내뱉었다. 어머니의 눈빛이 흔들렸다.

"언제까지 이렇게 있을 수는 없잖아요? 혼자만 알고 있지 말고, 나한테도 말해달라고요. 대체 왜 날 막는지! 어머니가 여기까지 온 이유는 뭔지! 뭐라도, 뭐라도 좋으니까!"

툭 치면 울음이 쏟아질 것 같은 눈을 보는 순간, 나는 지금까지의 모든 이야기가 줄곧 이어져 있었음을 깨달았다.

그녀의 자식이기에 알 수 있었다. 어머니가 나를 막는 이유는 에세이를 쓴 이유와 같다는 것을. 나는 상처받을 것이고, 부서질 것이고, 망가질지도 모른다. 하지만 살아남을 것이다.

"말해줘요."

길었다는 생각을 한다. 어머니가 하려는 말은, 내가 이미 예상한 이야기일 것이다. 성좌들의 암시가 그토록 무수히 있었는데 전혀 예상하지 못하는 것이 더 이상한 일이다.

그럼에도 나는 어머니 입에서 직접 이야기를 들어야 했다. 내 삶을 완전히 바꿔놓더라도, 또다시 벽을 흔들어놓더라도 들어야 했다.

그것이 내 이야기이고, 어떤 이야기는 페이지를 빠뜨리면 뒷부분을 이해할 수 없기 때문이다.

이윽고 어머니의 입술이 열렸다.

하지만 이 빌어먹을 시나리오 안에서, 우리 모자의 이야기는 우리만의 것이 아니었다.

[성운, <베다>가 당신의 운명을 바라봅니다.]

[성운, <올림포스>가 당신의 운명을 바라봅니다.]

[성운, <파피루스>가 당신의 운명을 바라봅니다.]

우리를 위한 신파는 허락되지 않는다. 성운들의 메시지가 떠오르며 허공에서 강렬한 스파크가 내리쳤다. 머리를 양손으로 감싼 어머니가 비명을 지르기 시작했다. 나는 고함을 지르며 내달렸다.

뻗은 손이 어머니에게 닿으려는 순간, '시조의 어머니'의 그림자가 나를 붙잡았다.

[성좌 김독자. 그대는…… 이곳을 지나갈 수 없다.]

'팔주령'에 쩌저적 금이 가더니 검은 탁기가 용솟음쳤다. 하늘이 찢어질 듯 맹렬한 폭음이 울리더니 천공 전체가 회오리치기 시작했다. 소용돌이 중심부에서 포털이 열리고 있었다.

그레이트 홀. 과도하게 뒤틀린 개연성이, 결국 모든 것을 파멸할 존재를 소환하고 말았다.

"보지 마! 모두 눈 감아요!"

홀 사이로 꿈틀대는 촉수를 발견한 순간 나는 소리쳤다. 성좌인 나나 초월좌인 유중혁이라면 모를까, 평범한 화신은 저 존재를 보는 것만으로 정신이 붕괴해버릴 것이다.

"……이계의 신격."

유중혁도 표정이 굳어졌다.

그레이트 홀 너머로 넘실거리는 촉수를 보는 순간 확신했다.

저것은 '이계의 신격'이다. 무려 '시조의 어머니'급 존재가 자기 그림자를 제물로 불러낸 신격. 하늘이 갈라진 자리에서 번개가 쳤고, 일그러진 시공간이 고통스럽게 비명을 질렀다.

피스 랜드 때와 비슷했지만 소환되는 녀석의 급이 달랐다. 지금 소환되는 것은 신격의 진체였다. 이 정도 규모라면 적어도 삼분의 일가량이 소환될 것이다.

신격의 진체.

성좌의 그림자 따위와는 비교도 되지 않는 재앙이다.

"유중혁! 지금 막지 않으면—"

"이미 늦었다. 너나 내가 감당할 수 있는 수준을 넘었어."

하늘을 바라보는 것만으로 전신이 부르르 떨렸다. 성좌의 격을 갖춘 내가 그 정도였다.

['제4의 벽'이 강하게 활성화됩니다!]

[제4의 벽] 덕분에 조금씩 떨림은 가라앉았지만, 두려움은

변하지 않았다.

지금 저 그레이트 홀 너머에 있는 존재는 나와 유중혁이 힘을 합쳐도 이길 수 없었다. 깊은 무력감 속에서 깨달았다. 지금부터의 싸움은 화신들 몫이 아님을.

"끄아아아아아!"

심지어 위인급 배후성을 가진 화신조차 존재의 일부를 보는 순간 칠공에서 피를 흘리며 절명했다. 나와 유중혁은 웅크린 일행들을 보호하며 물러났다. 유중혁마저 눈빛이 어두워지고 있었다. 나는 반발하듯 말했다.

"걱정 마. 저런 녀석이 강림했는데 성좌들이 가만히 있을 리 없잖아."

별자리의 연회 때도 그랬듯, 성좌와 이계의 신격은 서로 사이가 좋지 않다. 시나리오 균형을 해치는 신격이 진체의 일부로 강림한 마당에 다른 성좌가 개입하지 않을 턱이 없었다.

제천대성이라든가, 우리엘이라든가, 조금 못 미덥지만 흑염룡 녀석도…….

그러나 진체가 상당 부분 넘어왔는데 성좌들은 아무 반응도 보이지 않았다. 유중혁이 짓씹듯 말했다.

"……이번 생은 여기까지인지도 모르겠군."

이계의 신격이 강림했는데 누구도 도우러 오지 않는다고?

[일부 성좌가 '이계의 신격'의 강림에 경악합니다!]

[상당수의 성좌가 일부 성운의 횡포에 불만을 표출합니다!]

……뭐?

[성좌, '긴고아의 죄수'가 성운 <파피루스>에게 적의를 표출합니다.]
[성좌, '심연의 흑염룡'이 성운 <베다>에게 송곳니를 드러냅니다.]
[성좌, '악마 같은 불의 심판자'가 성운 <올림포스>의 만행에 분개합니다!]

그제야 나는 깨달았다.
그렇구나. 이 빌어먹을 상황은.

[한반도의 모든 성좌들이 당신이 어떤 성운을 고를지 궁금해합니다.]

모두 나 때문에 벌어진 일이었다. 메시지가 차례로 떠올랐다.

[다수의 성운들이 당신이 자신들의 설화를 계승하길 원합니다.]
[해당 설화를 계승하게 되면, 당신의 존재는 강제로 해당 성운에 귀속됩니다.]
[성운, <올림포스>가 당신이 '번개의 사육제'를 계승하길 원합니다.]
[성운, <베다>가 당신이 '뇌전의 인도자'를 계승하길 원합니다.]
[성운, <파피루스>가 당신이 '태풍 늑대의 주인'을 계승하길 원합니다.]
(…)
[성운들이 당신에게 마지막 선택을 제안합니다.]
[한반도의 모든 성좌가 당신의 선택을 지켜봅니다.]

나는 허탈한 웃음을 지었다. 이래서 성좌들을 좋아할 수가 없다.

번개의 사육제.
뇌전의 인도자.
태풍 늑대의 주인.

모두 자신의 친인척을 살해하는 역사를 가진 성좌들의 설화였다. 동시에 각 성운에서도 강력하기로는 손에 꼽는 설화이기도 했다. 아마 저 설화를 계승한다면, 나는 성운들의 개연성을 빌려 이계의 신격을 격퇴할 수 있을 것이다.

그리고 어머니는 여기서 죽겠지.

유중혁이 어떻게 할 거냐는 듯 내 쪽을 보고 있었다.

"유중혁. 전에 같이 성운 만든 거 기억하지? 김독자 컴퍼니."

단순히 어머니를 구하기 위해서가 아니다.

성운에 소속되면 모든 것이 끝이다. 지금의 내 격으로는 놈들과의 불공정 계약을 이겨낼 방법이 없고, 그렇게 되면 나는 영원히 이야기의 결말에 도달하지 못한다.

"아직도 그딴 이름을 쓰고 싶어하는군."

인상을 찌푸린 유중혁이, 내 옆으로 성큼 다가와서 검을 뽑았다.

"성운 이름은 내가 정한다."

어쩌면 유중혁 나름의 농담일지 모른다는 생각에 피식 웃음이 났다.

바로 옆에서 느껴지는 초월좌의 기운. 내 가늠자를 한참이나 뛰어넘은 존재가 눈앞에 현현되고 있음에도, 이상하게 안심이 되었다. 시나리오가 시작된 후 처음으로 같은 지평선에 섰다는 느낌 때문인지도 모르겠다.

나는 밤하늘의 별들을 향해 선언했다.

"나는 네놈들 따위가 내린 운명에 굴하지 않아."

그 숨죽인 시선들을 향해 검을 겨누었다.

"내 이야기는 내가 정한다."

어디선가 웃음소리 같은 것이 들렸다. 하찮은 벌레의 선언을 비웃는 듯한 우주의 속삭임.

─불행한 성좌여.

─너는 네 손으로 아버지를 죽일 것이고.

─어머니를 파멸시킬 것이며.

─소중한 것들의 몰락을 지켜보게 될 것이다.

나는 강림 중인 이계의 신격을 바라보았다. 저 강림이 끝나면, 암흑성 2층은 완전히 지워질 것이다. 피스 랜드 때와는 상황이 달랐다. 이곳에는 제자가 위기에 빠졌다고 달려와줄 새침데기 사부 따윈 없었다.

그 대신 지금 내 안에는 나만큼이나 [운명]이라는 말에 진저리를 치는 한 성좌가 함께 있었다.

[몇백 년이 지나도 하는 짓이 변하질 않는구나. 썩어 처먹을 새끼들.]

내 안에 빙의한 척준경이 존재감을 풀어내기 시작했다. 위인급 최강인 척준경이 이계의 신격에 대적할 수 있을지, 거기까지는 나도 모른다. 하지만 지금은 믿는 수밖에 없었다.

척준경은 '이계의 신격'에 절반쯤 먹힌 '시조의 어머니'에게 소리쳤다.

['시조의 어머니'시여! 왜 이계의 신격과 거래한 겁니까?]

깊고 웅혼한 분노가 담긴 목소리였다.

[언제부터 〈홍익〉이 그토록 싸구려가 되었습니까?]

그러자 놀랍게도 '시조의 어머니'가 답했다.

[이계의 신격과 거래하지 않았다.]

[그럼 이 상황은 대체 뭡니까?]

[다른 수가 없었다. 한반도의 시나리오를 지키려면 이 수밖에 없었다. 저 화신은…… 이곳에 있어야 한다. 저자가 한반도로 돌아와서는 안 된다. 그러지 않으면 다른 성운들이…….]

[다른 성운과 거래했습니까?]

대로한 척준경이 소리쳤다.

[아직도 그 작은 땅덩이에 집착해서, 이젠 후손마저 배반하는 겁니까?]

[너는 모른다…….]

[대체 이게 무슨 추태입니까? 창세신은 모두 어디로 갔습니까! 왜 일이 이 지경이 되도록 코빼기도 보이지 않는 겁니까?]

[창세신들께서는······.]

그러나 '시조의 어머니'의 말은 이어지지 못했다. 다음 순간, 내 안의 척준경이 하늘을 노려보는 것이 느껴졌다.

[설마······?]

밤하늘은 대답하는 대신 다음과 같은 메시지를 보냈다.

[특정 성운들이 '고려제일검'을 돕는 성좌는 누구든 앞으로 자신들의 적으로 간주하겠다고 선언합니다.]

마법처럼 밤하늘의 간접 메시지들이 고요해졌다. 간간이 우리엘과 제천대성의 간접 메시지가 들렸지만, 그들 역시 이해관계나 특수한 이유 때문에 개입할 수 없는 듯했다.

척준경은, 나의 눈으로 그런 밤하늘을 말없이 응시했다.

그 침묵에 섞인 폭발적인 감정을 나는 고스란히 느낄 수 있었다. 척준경의 격노와 슬픔. 한과 설움. 그리고······ 결단까지.

[너는 자부심을 가져도 좋다.]

척준경이 내게 말했다.

[이 빌어먹을 세계의 가장 높은 곳에 있다는 자들이 고작 너 하나를 두려워하고 있으니.]

"······이제 죽게 생겼는데 자부심이 무슨 소용입니까."

[너는 죽지 않는다.]

단지 말뿐이었지만, 성좌에게는 그 '말'이 곧 존재였다. 넘실거리는 운명의 파도. 그 파도를 거스르는 부표를 꽂듯, 척준

경이 쌓아온 모든 설화가 내 존재에 뿌리를 내리는 것이 느껴
졌다.

　[내가 너를 죽게 하지 않을 것이다.]

5

　　온몸에서 척준경의 설화가 용솟음치자 스타 스트림 곳곳에 흩어진 척준경의 이야기가 들려오기 시작했다. 좋은 설화는 읽는 것만으로도 존재의 격을 높여준다.

[설화, '용의 피를 이은 자'를 알게 됐습니다.]
[설화, '일검에 군세를 물린 자'를 알게 됐습니다.]
[설화, '전장의 학살자'를 알게 됐습니다.]
(…)

「놈은 태생부터 장사야. 용의 핏줄을 타고 태어났다고.」
「"척준경이다! 척준경이 나타났다!"」
「"그가 홀로 삼십육 명의 적장을 베었습니다."」

척준경의 출생 무렵부터 지금까지. 세간에는 '시나리오'로 알려지지 않았으나, 실은 '시나리오'의 일부였던 역사가 들려왔다.

[설화, '시나리오의 유배자'를 알게 됐습니다.]

「"놈은 너무 강해. 시나리오에서 유배시켜라. 할 수 있는 모든 수단을 동원해서 다른 세계로 보내버려."」

흘러가는 역사를 보며 나는 척준경처럼 분노했고, 슬퍼했고, 기뻐하거나 좌절했다. 한바탕 감정의 굴곡을 겪고 나자, 그 굴곡은 곧 척준경의 얼굴이 되고 탄탄한 몸이 되었다. 한 번도 본 적이 없음에도 나는 이제 누구보다 척준경을 잘 알 것 같았다.

이 이야기가 바로 척준경이었다.

"왜 이렇게까지 저를 도와주시는 겁니까?"
[글쎄. 어째서일까.]
척준경은 빙의의 대가로 간평의 별자리 다섯 개를 가져갔다. 하지만 고작 별자리 다섯 개와는 비교도 할 수 없는 것을 내게 내주었다.
어떤 성좌도 자신의 설화 밑천을 전부 화신에게 공개하지는 않는다. 게다가 척준경은 내 배후성도 아니었다.

[나도 너와 같았다.]

척준경의 설화 중 하나가 머릿속으로 흘러들었다.

[설화, '운명과 맞서 싸우는 자'를 알게 됐습니다.]

「"놈에게 [운명]을 씌워라. 녀석은 여기서 죽어야 한다."」

떠도는 성좌들 목소리에 아연해졌다. 척준경이 억울한 일을
겪었다는 것은 알고 있었다. 하지만 설마 나와 똑같이 [운명]
때문인 줄은 몰랐다. 오래전, 척준경 또한 성좌들에게 나와 같
은 짓을 당한 것이다.

[설화, '운명과 맞서 싸우는 자'가 시작됩니다!]

척준경의 설화와 같은 설화. 척준경이 웃었다.

[지금 네가 업은 운명과 같은 크기는 아니었다. 내게 그 빌
어먹을 짓을 한 성운은 하나뿐이었으니까.]

척준경이 나의 눈으로 세계를 보며 말했다.

[그때 나는 〈홍익〉의 도움으로 살아남았다. 하지만 지금도
종종 생각한다. 그때 어떤 성운의 도움도 받지 말아야 했다고.]

웅혼한 척준경의 기상이 품속에서 터져나왔다.

[내가 너를 돕는 것은 그 때문이다.]

그는 나의 손으로 검을 쥐었고, 나의 발로 기수식을 취했다.

그아아아아아…….

'시조의 어머니'를 거의 삼켜버린 이계의 신격이 포효를 터뜨렸다. 척준경도 그에 맞춰 기운을 발출했다. 내 손에 쥐어진 '부러지지 않는 신념'이 거센 울음을 토했다.

[좋은 검이군.]

그 말에 호응하듯 흔들리는 검신. 마력이 밑 빠진 독의 내용물처럼 줄어들더니 순수한 에테르의 입자가 검극에 모여들기 시작했다.

기이이이잉! 무려 10미터가 넘는 에테르 블레이드. 나는 가공할 힘에 전율하면서도 주의를 놓지 않기 위해 애썼다.

[잠시 빌리겠다.]

내 몸에 완전히 빙의한 척준경이 '부러지지 않는 신념'을 양손으로 쥔 채 내달리기 시작했다.

종합 능력치 100레벨의 스펙으로도 감당할 수 없는 과부하. 전신의 뼈마디가 삐걱거렸고, 내딛는 지면이 폭발하며 거대한 크레이터를 만들었다.

이런 힘이라면 무엇이든 벨 수 있겠다는 자신감이 넘쳤다. 그러나 훌쩍 도약해 적을 확인하는 순간, 나는 옅은 절망감에 휩싸였다.

'인간' 세계에서 살아온 내가 느끼는 감정이었다.

저렇게 거대한 것을, 죽일 수 있을까.

그레이트 홀 너머로 나타난 이계의 신격은 크기만으로도 상상을 초월했다. 지름이 족히 1킬로미터는 될 듯한 몸통. 그 몸통에 들러붙은 열두 개의 다리 하나하나가 지름이 수십 미터는 되는 듯했다.

아직 오분의 일도 채 넘어오지 않은 상태가 저 정도 크기였다. 저런 놈이 다 넘어온다면 대체 누가 죽일 수 있단 말인가.

내 절망을 읽었는지 척준경이 웃었다.

[나는 척준경.]

세상을 향해 들으라는 듯.

혹은 '스타 스트림' 전체에 선언하는 듯한 말이었다.

[한반도 최강의 무장武將이다.]

그리고 검이 움직였다. 분명 내가 하고 있는데 스스로 무엇을 하는지 알 수 없는 순간이 있다. 내게는 척준경의 검술이 그랬다.

제이식, 이검참산二劍斬山.

척준경의 이검이 움직였다. 인간을 베기 위한 검이 아니었다. 괴수를 베기 위한 검도 아니었다.

말하자면, 자연自然을 베기 위한 검이었다.

10미터 넘는 칼날이 연달아 두 번을 내리그었다. 거대한 내장 같은 것이 터지는 소리가 났다.

줄줄 흐르는 것은 피라기보다는 어둠에 가까워 보였고, 어둠이라기보다는 아주 작은 활자活字에 가까워 보였다. 나는 그 것이 이계의 신격이 가진 이야기임을 깨달았다.

이계의 신격도 결국 존재 방식은 성좌와 같은 것이다.

그아아아아아아아!

비명과 함께, 신격의 촉수가 몸통에서 분리되어 지상으로 낙하하고 있었다. 초대형 빌딩이 끊어지는 듯한 광경이었다.

경악한 화신들이 사방팔방으로 대피했고, 나는 다른 의미로 경악했다.

인간이 저런 것을 자를 수가 있구나. 인간으로 태어나, 인간 을 까마득히 넘어선 한 존재에 대한 경외. 그러나 경악에 이어 끔찍한 통증이 찾아왔다.

"허, 허억…… ㅋㅇㅇㅇㅇㅇ읏."

신음을 참을 수 없을 만큼 끔찍한 고통.

전신에 몰아치는 후폭풍의 격류. 나는 수십 만 볼트에 감전 된 사람처럼 몸을 부들부들 떨며 침을 흘렸다.

검을 휘두른 손은 뼈 마디마디가 작살났고, 정신은 압착기 에 짓눌린 듯이 쪼그라들었다. 강력한 힘에는 커다란 책임이 따르고, 이 세계에서 그 책임의 이름은 개연성이다. 나는 아직 책임을 질 준비가 되어 있지 않았다.

[성좌, '고려제일검'이 당신을 바라봅니다.]

척준경이 개연성을 나눠서 견뎌내고 있지만, 그의 힘을 감당하기에는 내 존재가 너무 연약했다. 척준경이 탄식했다.

[생각보다 약골이구나! 성좌가 되었기에 이 정도는 감당할 수 있는 줄 알았건만…….]

당신이 무식하게 강한 거라고 말해주고 싶었으나 말문이 떨어지지 않았다.

"커헉! 허억! 허억!"

나는 음식물 대신 전류를 마구 토해냈다. 몇 분간 바닥에 주저앉아 숨을 몰아쉰 후에야 간신히 개연성의 폭풍에서 벗어날 수 있었다.

겨우 고개를 들자 척준경이 만든 풍경이 보였다.

산을 베는 검.

척준경은 방금 공격으로, 열두 개의 다리 중 두 개를 넝마로 만들었다. 말하자면 두 개의 산을 베어버린 셈이었다. 그러나 여전히 남은 산은 열 개가 넘었고, 심지어는 몸통도 남아 있었다. 척준경의 목소리가 어두웠다.

[……부족하군. 처음으로 삼검 이상을 쓰게 되는지도 모르겠다.]

"삼검 다음도 있습니까?"

[아직 써본 적은 없다만…… 지금 네 상태로 봐서는 내가 삼검을 쓸 수 있을지도 의문이다.]

나는 이를 악물었다. 이계의 신격의 소환 속도가 빨라지고 있었다. 이미 개연성의 저울이 거의 맞춰졌을 텐데도 계속 이 세계로 진체 소환을 반복하는 것을 보면, 방금 일격으로 단단히 화가 난 모양이었다.

"저 녀석과 협상할 수는 없겠습니까?"

[협상? 저놈들과 무슨 협상을 한단 말이냐.]

"저들도 신격이니까……."

내 말의 진의를 눈치챈 척준경이 말을 끊었다.

[네 어미를 구하려는 것이라면 포기해라. '시조의 어머니'조차 그림자를 먹힌 상황이다. 네 어미의 영혼이라면 진즉에 흩어져버렸을 것이다.]

"아직일 겁니다. 저 이계의 신격은 그런 식으로 포식하는 존재가 아니니까요."

[저 신격을 안다는 듯한 말투구나.]

척준경은 모른다. 내가 정말로 저 이계의 신격을 알고 있다는 사실을.

나는 녀석의 외형을 다시 한번 살펴보았다.

열두 개의 거대한 촉수, 짙은 안개에 뒤덮여 잘 보이지 않는 몸체.

거대한 운하를 연상시키는 그 몸통은, 보는 것만으로도 우주적인 경외를 불러일으켰다. 틀림없다. 저놈은 유중혁이 136회차에서 맞서 싸운 바로 그 신격이다.

쿠구구구구!

내가 주저앉아 호흡을 고르는 사이, 앞으로 나선 유중혁이 또 다른 촉수를 상대로 싸우고 있었다.

초월좌의 힘에 [거신화]까지 사용하자 유중혁의 외형은 거의 반신¥神이 강림한 것처럼 보였다. [파천강기]의 힘이 [파천검도]의 궤적을 타고 촉수 위에 작렬하자, 육중한 촉수가 고통스러운 듯 꿈틀거렸다.

콰직! 콰지직!

오직 자신의 힘만으로 유중혁은 이계의 신격에게 상처를 입히고 있었다.

척준경에 비하면 아직 한참 모자란 수준이지만, 척준경은 진심으로 감탄한 눈치였다.

[전성기의 나를 떠올리게 하는구나. 저 정도 재능이라면 머지않아 나를 따라잡을지도 모르겠군.]

유중혁은 반격을 피하며 촉수 하나를 삼분의 일 정도 곤죽으로 만들었다. 전력을 쏟아부은 일격이었지만, 거기까지가 한계였다. 훌쩍 물러난 유중혁이 이를 갈며 숨을 토했다.

"김독자, 저놈은 '꿈을 먹는 자'라는 녀석이다. 지난 회차에서 만난 적이 있다. 잡아먹히면 놈의 아공간 속에서 평생 설화를 적출당하게 된다. 절대로 저놈의 입속에는 들어가지 마라."

이미 아는 정보지만, 나는 의뭉스레 고개를 끄덕여주었다.

유중혁과 내가 정신없이 회복약을 들이켜는 사이, 이계의 신격의 소환 속도는 더 빨라지고 있었다. 이제 놈의 진체는 거의 삼분의 일 정도 소환되었다.

그와아아아아!

소환된 촉수들이 난동을 부리기 시작하자, 주변 수백 미터가 순식간에 폐허가 되어버렸다. 비명을 지르던 화신들이 촉수에 깔려 참혹하게 죽어갔다.

'꿈을 먹는 자'는 '위대한 옛 존재'급 신격은 아니지만, 그래도 우주적 신격이다. 지구의 설화급 성좌조차 힘을 합치지 않으면 상대할 수 없다. 척준경이 어두운 목소리로 말했다.

[완전히 강림하게 되면 내 힘으로도 무리다. 지금 공격해야 한다.]

상황은 우리에게 조금도 유리하지 않았다. 척준경이 다시 설화를 끌어올리는 순간, 몰아친 스파크가 내 심장을 옥죄어 왔다.

[빌어먹을 개연성은 한 번도 도와주질 않는군.]

이계의 신격이 소환되는데도 내가 사용할 수 있는 개연성은 이게 전부였다. 뜻하는 바는 간명했다. 누군가가 우리에게 할당된 개연성을 대신 사용하고 있다는 것.

그게 누구일지 구태여 묻는 것은 어리석었다.

나는 피가 흐르도록 입술을 깨물며 외쳤다.

"그래도 해야 합니다. 삼검식을 쓰십시오!"

[자칫하면 네 존재가 사라질 수도 있다.]

"기회는 이번 한 번뿐입니다. 유중혁, 이번에는 너도 힘을 합쳐."

유중혁이 고개를 끄덕였다. 나는 회복된 오른팔로 다시 한 번 '부러지지 않는 신념'을 쥐고 달리기 시작했다.

츠츠츠츠츠! 달리는 걸음마다 개연성의 스파크가 몰아쳤다. 버틸 수 있을까? 모르겠다. 이번에는 정말로, 존재가 폭풍

속에 짓이겨질지도 모른다.

하지만 해야 했다. 늘 그렇게 해왔으니 이번에도 해야 한다.

"커허헉……."

그러나 열 걸음을 채 달리기도 전에 개연성이 다시 한번 발목을 잡았다.

이번에는 아까보다 훨씬 더 반동이 컸다. 역시 나 혼자로는 무리다. 도움이 필요하다. 하지만 지금 누가 나를 도울 수 있다는 말인가.

절대왕좌 때와는 달랐다.

지금 나를 돕는 성좌는 반드시 거대 성운들과 적이 되고 말테니까.

[성좌, '해상전신'이 당신을 바라봅니다.]

나를 옥죄던 스파크의 양이 조금씩 줄어들었다.

충무공 이순신.

한반도의 위인급을 이끄는 그가 내 개연성에 힘을 보탰다. 척준경은 약간이지만 감동한 투였다.

[충무공. 세간에서는 나보다 그대가 설화급에 더 가깝다는 이야기가 있었지.]

[성좌, '해상전신'이 가볍게 고개를 끄덕입니다.]

[뭐, 좋다. 그 얘긴 차차 하기로 하고…… 그보다, 더 없는가? 저 버러지 같은 신격에 맞설 용기 있는 성좌가 더 없느냔 말이다!]

그러나 하늘은 잠잠했다. 유일하게 움직인 충무공을 제하고는 누구도 나의 개연성을 함께 부담하지 않았다. 노한 척준경이 일갈을 터뜨렸다.

[대머리! 너도 빨리 와서 도와라! 그러고도 네놈이 의병이냐!]

[성좌, '대머리 의병장'이 고개를 숙입니다.]

[빌어먹을 애꾸 놈은 어디서 뭘 하는 것이냐!]

[성좌, '외눈 미륵'이 자신의 안대를 불끈 쥡니다.]

자신의 개연성이 소모되고, 격이 손상되는 것도 마다하지 않은 채 척준경은 세상을 향해 외쳤다.

[네놈들은 이런 상황에서도 알량한 수식언 속에 숨어 있는 것이냐? 그러고도 네놈들이 '성좌'란 말이냐? 의병? 미륵? 왕? 네놈들은 그 이름 안에 머무를 자격이 없다!]

[한반도의 성좌들이 '고려제일검'의 말에 침음합니다.]

그러나 여전히 움직이는 성좌는 없었다. 그때, 멀리서 비틀거리는 인물이 보였다. 가쁜 숨을 몰아쉬며 이쪽을 향해 손을 뻗는 여자.

민지원이었다. 다행히 살아 있구나 싶은 생각이 드는 순간.

[성좌, '매금지존'이 당신을 바라봅니다.]

메시지가 들려오기 시작했다.

[신라 출신의 성좌들이 당신의 개연성을 함께 부담합니다.]

내가 도와주었던 신라의 약소 성좌들이 나를 바라보고 있었다. 턱없이 미미한 수준의 도움이지만 그럼에도 그들 역시 성좌였다.

[성운, <베다>가 '매금지존'에게 분개합니다.]

츠츠츠츠츳!

[성좌, '매금지존'이 과도한 개연성을 소진하여 깊은 잠에 빠집니다.]

성좌가 눈을 감는다는 것은 존재에 커다란 손상을 감수했다는 뜻. 그러나 '매금지존'의 의지는 한반도의 다른 성좌에게 영향을 끼친 듯했다.

찌릿, 하는 느낌이 들더니 시선이 하나둘 내게 모이기 시작했다.

[성좌, '대머리 의병장'이 에라 모르겠다며 당신을 바라봅니다.]

시작은 사명대사였다.

[성좌, '외눈 미륵'이 눈을 반만 뜬 채 당신을 바라봅니다.]
[성좌, '흥무대왕'이 욕설을 퍼부으며 당신을 바라봅니다.]
[성좌, '조선제일술사'가 한숨을 내쉬며 당신을 바라봅니다.]

나를 뒤덮던 스파크가 순식간에 줄어들었다. 몰개연이, 비로소 개연으로 바뀌고 있었다.

[성운, <올림포스>가 '해상전신'을 적으로 선포합니다.]
[성운, <파피루스>가 한반도의 성좌들에게 격노합니다.]
(…)

고작 나 하나 때문에 한반도 전체가 전운으로 뒤덮이고 있었다.

척준경이 웃었다.

[내가 이래서 이 땅을 저주하면서도 떠날 수가 없지. 몇 명

만 돼지면 되는 걸 다 같이 죽자고 덤벼들다니……]

모여드는 성좌들의 시선 속, 척준경의 설화가 내 오른손에서 환하게 빛났다. 바다처럼 거칠게 일렁이는 설화의 파랑.

[이만하면 최소한의 준비는 된 것 같군.]

마침내 척준경의 삼검식이 준비되었다.

6

    나는 '부러지지 않는 신념'을 꽉 쥐었다. 팽창한 근섬유 하나하나에 강대한 설화의 힘이 깃들었다. 용의 피가 흐르는 것처럼 심장이 뜨겁게 달구어졌다.

    [힘이 쌓일 동안 움직여라. 틈을 만들어야 한다.]

    유중혁이 먼저 앞으로 나섰다.

    "내가 최대한 시간을 끌겠다."

    아까보다 훨씬 활발해진 촉수의 움직임에 지상은 완전히 폐허가 되어버렸다. 우리는 최대한 놈의 거체를 일행들에게서 떨어뜨리기 위해 달렸다.

    평소답지 않게 기합까지 내지른 유중혁이 전방을 향해 마력을 발출했다. 나는 그 틈을 타서 '꿈을 먹는 자'의 배후로 돌아갔다. 최대한 촉수의 방해 없이 본체를 타격할 수 있는 위치를 찾기 위해서였다. 몸통 지름만 1킬로미터가 넘는 거체여서 어디가 약점인지 찾는 것도 일이었다.

그동안에도 척준경의 힘은 고스란히 쌓이고 있었다. 일검식과 이검식도 충분히 강했는데, 이제까지와는 비교도 할 수 없는 강대한 거력ㅌㄲ이 오른팔로 모여들었다.

정말 이게 '위인급 성좌'의 힘이 맞는지 의심스러울 정도였다.

[……젠장, 역시 이 육체로는 이만큼이 한계로군. 개연성의 지원을 받아도 이 정도인가.]

힘의 축적이 거의 끝났는지 척준경이 투덜거렸다.

[기고만장하지 마라. 이 정도 힘으로도 저 촉수를 모두 베고 본체에 타격을 줄 수 있을지는 모르니까.]

"그렇겠죠. 상대가 이계의 신격이니까요. 뭔가 작전은 있으십니까?"

나는 조금 기대하며 물었다. 그토록 호언했으니 뭔가 대책이 있을 거라 생각했다. 잠시 생각하던 척준경이 대답했다.

[일단 삼검식을 먹여보고, 놈이 제풀에 지쳐 돌아가길 바라는 수밖에 없겠지.]

"……절 지켜주겠다고 하지 않으셨습니까?"

[넌 지켜준다. 내 이름을 걸고 약속했으니.]

"한반도 최강의 무장이 천운에 기대고 있는 상황인데요?"

순간 '부러지지 않는 신념'의 마력이 폭발적으로 샘솟아서 움찔 놀라고 말았다. 화가 난 건가?

그러나 척준경의 기세는 평온했다.

[나는 '지평선의 악마'와 알고 있다.]

지평선의 악마. 그 이름에 나는 혈전을 벌이는 유중혁 쪽을 흘끗 살폈다. 아무래도 이쪽 대화를 들을 여유는 없는 듯했다. 척준경이 계속해서 말했다.

[녀석에게 부탁해서 너를 다른 세계로 보내주마. 9번 시나리오는 구역 이탈제한이나 시간제한이 없으니, 다른 곳으로 피신하면 한동안은 살아갈 수 있을 것이다. 물론 그 후는 네가 알아서 해야겠지만.]

"대체 어떤 악마이기에 그런 힘을 가진 겁니까?"

[악마라기보다는 신에 가까운 놈이지. 자세한 건 알 필요 없다. 놈과 만나지 않기를 기도하는 편이 나을 것이다.]

설마 척준경이 지평선의 악마와 아는 사이일 줄이야…….

모른 척은 했지만 나 역시 그 이름을 알고 있었다.

지평선의 악마는 41회차의 신유승을 이곳으로 보낸 장본인이자, 도깨비에게 '재앙'을 공급한 유통책이니까.

척준경은 대체 어떻게 그 악마와 알고 있을까. 아무래도 척준경이 시나리오에서 유배되었을 때 도움을 준 존재가 아닐까 싶었다.

"혹시 다른 사람들도 그런 식으로 피신시켜주실 수 있습니까?"

[그렇게 많은 개연성은 허락되지 않는다. 도깨비 놈들이 가만히 두고 볼 리도 만무하고.]

"하지만, 그럼 여기 남은 사람은 모두 죽습니다."

내가 이 세계에서 달아나면 이곳 사람들은 모두 '꿈을 먹는 자'에게 삼켜져 설화를 빨리는 이야기 기계가 되고 말 것이다. 척준경이 혀를 찼다.

[거기까진 내가 알 바 아니지. 다른 놈들 걱정하지 말고 네 목숨이나 잘 챙겨라. 어차피 인생은 혼자다.]

역시 척준경. 배신을 밥 먹듯이 당하며 살아와서 인생 철학도 몹시 염세적이다.

쿠콰콰콰!

[빈틈이다! 달려라!]

나는 [전인화]의 속도를 최대치로 발휘하며 공간을 박차고 날았다. 두어 개의 촉수를 지나쳤지만, 여전히 대여섯 개가 촘촘하게 앞을 가로막고 있었다. 더 가까이 접근하는 것은 위험했다.

결착을 지을 장소는 여기였다.

"고려제일검. 제게 생각이 있습니다."

[생각? 무슨 생각? 헛소리 말고 집중해라!]

"솔직히 삼검식으로 놈을 죽이기 힘들다는 거 아시지 않습니까."

스쳐 지나간 촉수에 바로 아래쪽 지반이 통째로 가라앉았다. 아무리 척준경의 가호가 있다 해도 저런 것에 직격당하면 분명 즉사다. 그런데 촉수보다 척준경의 기세가 먼저 나를 죽일 판이었다.

내 격을 짓누르는 척준경의 힘에 반발하듯 외쳤다.

"도발하려 던진 말이 아닙니다. 현실적으로 생각해보자는 겁니다!"

척준경이 일순 기세를 늦추었다.

[……그래서? 네놈에겐 방법이 있다는 거냐?]

"있습니다. 당신이 도와주시기만 하면 이계의 신격을 죽일 수 있을지도 모릅니다."

척준경이 어이없다는 듯 웃었다.

[이계의 신격을 죽인다? 지금 네가 무슨 말을 하는지 알고는 있는 거냐? 놈은 이계의 신격이다. 빌어먹을 〈올림포스〉나 〈베다〉의 얼간이들도 꺼리는 존재란 말이다.]

"다른 신격이었다면 저도 이렇게 말하지 않았을 겁니다. 하지만 '꿈을 먹는 자'라면…… 가능할지도 모릅니다."

[들어나 보지. 그 잘난 방법이 무엇인지.]

"어떻게든 놈의 진체에 상처를 내고 그 안에 저를 던져 넣으십시오."

척준경은 당황한 듯 잠시 말이 없었다. 거대 촉수가 다시 한 번 날아왔다.

[그런 짓을 하면 너는 죽는다. 그건 놈에게 통째로 먹히는 짓이다. 아까 저 눈썹 짙은 놈 이야기를 못 들은 것이냐? 놈에게 먹히게 되면—]

"저는 살아남을 겁니다."

내가 듣기에도 당찬 확신이었다.

이계의 신격에게 먹히고서 생존을 확신하다니, 필멸자는 물론이거니와 어떤 성좌라도 그런 생각은 할 수 없다. 척준경은 몹시 격앙된 것처럼 기세를 부르르 떨더니 입을 열었다.

[뭔가 수가 있는 것이냐?]

"100퍼센트라고 말씀드릴 수는 없지만요."

물론 척준경의 소개로 지평선의 악마를 만나 도움받을 수도 있을 것이다. 하지만 혼자 살아남아봤자 내게 남는 것은 없다. 그건 지금까지 내가 쌓아온 모든 것을 부정하는 일일 뿐이다.

그러니 내가 선택할 방법은 이것밖에 없다.

[크흐……]

꼭 침음처럼 들리던 척준경의 외마디는 이내 거대한 웃음으로 변했다. 드넓은 평원을 다 메울 듯한 웃음소리였다.

[오래 살고 볼 일이구나. 너 같은 놈의 말을 믿고 신격에 대항하는 날이 오다니.]

쿠구구구구!

마침내 '꿈을 먹는 자'의 상반신이 소환되기 시작했다.

어두운 하늘 속에서 놈의 첫 번째 눈이 모습을 드러냈다.

주변을 볼 수 있게 된 '꿈을 먹는 자'의 시선이 지상에 내리꽂혔다. 지금껏 어떤 시선을 받았을 때보다 압도적인 전율이 차올랐다.

저것과 싸우면 반드시 죽는다. 내가 무엇을 어떻게 해도, 저것을 이길 수는 없다. 척준경이 말했다.

[멍청한 성좌야.]

"예."

[나는 네놈이 마음에 든다. 그러니 죽지 마라.]

나는 고개를 끄덕이며 달렸다. 촉수의 산을 넘고, 하늘 높은 곳까지 뛰어 치솟았다. [전인화]를 발출하는 내 신형이 지나갈 때마다 밤하늘에 시리도록 푸른 빛의 선이 남았다.

[오거라, 이계의 신격이여!]

척준경이 내 손으로 검을 쥐었다. 척준경의 모든 설화가 집약된, 삼검식의 마지막 초식이 발현되고 있었다.

[나 척준경이, 네놈을 베겠다!]

에테르 블레이드가 더 길어졌다. 10미터이던 칼날이 20미터로. 20미터이던 칼날이 30미터로. 내 마력의 역량을 초월해 버린 그 힘이 이야기를 넘어 이곳에 강림하고 있었다.

제삼식, 삼검참해三劍斬海.

선을 긋는 순간, 나는 알았다. 이것은······.

「드넓은 바다 위, 한 사내가 밀려드는 해일 앞에 서 있었다.」

머릿속에 바다와 마주 선 척준경의 모습이 떠올랐다. 동틀 무렵부터 황혼이 질 때까지 종일 바다를 바라보던 척준경.

그 바다를 생각하고, 전체를 헤아리고, 아득한 수평선이 마침내 하나의 '대상'으로 보일 때까지 궁구한 그 모든 시간.

하나의 선이 시공간의 균형을 일그러뜨리며 그어졌다. 파도가 갈라지며, 드넓게 퍼진 거해의 파랑이 쪼개지는 듯한 환영이 보였다.

「이것은 바다를 상대하기 위해 만들어진 검.」

[성좌, '해상전신'이 '고려제일검'의 힘에 감탄합니다!]
[성좌, '심연의 흑염룡'이 인간 성좌의 힘에 순수하게 경탄합니다!]
[성좌, '긴고아의 죄수'가 '고려제일검'에게 큰 흥미를 갖습니다!]

공기를 폭발시키며 직진한 검은 어느 순간 소리마저 삼켜버렸다. 나는 정신이 통째로 믹서에 갈리는 듯한 고통 속에서, 검을 휘둘렀다.

일검, 이검, 삼검.

그렇게 세 번의 검을 휘두르고 나자, 의식의 퓨즈가 통째로 끊어졌다.

정말, 잠깐이었다.

[……려라!]

척준경이 나를 불렀다.

[정신 차려라! 멍청한 성좌야!]

숨을 컥컥대며 간신히 눈을 뜨자 허공 위에 넘실대는 몇 가닥의 촉수가 보였다. 더는 내가 기억하던 모습이 아니었다.

열두 개의 촉수 중 무려 일곱 개가 넝마가 된 채 바닥에 떨어져 있었다.

위인급 성좌 척준경.

그가 단신의 힘만으로 신격의 촉수 중에 절반을 잘라낸 것이다.

그럼에도 척준경은 분하다는 듯 이를 갈았다.

[……힘이 부족해서 깊은 상처는 내지 못했다. 바다를 베는 검으로도 놈을 벨 수는 없구나.]

"아뇨, 충분합니다. 충분히 성공했어요."

척준경은 성공했다. 잘려나간 촉수 너머에, 가로로 그어진 거대한 상흔이 보였기 때문이다. 척준경의 삼검식은 촉수의 바다를 베어내고 놈의 본체에 상처를 입혔다. 놈의 크기에 비하면 작은 상처지만 나 하나가 들어가기에는 충분했다.

'꿈을 먹는 자'에게서 고통에 겨운 울음이 터져나왔다.

그아아아아아아아!

저곳으로 달려가야 한다. 바로 지금. 놈의 상처가 아물기 전에, 녀석의 상처 속으로 비집고 들어가야 한다.

그래야 이 시나리오를 마무리할 수 있다.

[성운, <베다>의 성좌들이 당신의 역경에 조소를 흘립니다.]

그래야만 저 망할 성운들에게 한 방 먹여줄 수 있다. 그런데.

[성운, <파피루스>의 성좌들이 당신의 시나리오를 보며 축배를 듭니다.]

다리가 움직이지 않았다. 아무리 힘을 줘도 꿈쩍도 하지 않는 다리.

아니, 힘이 들어가는지조차 느껴지지 않았다. 무슨…….

[성좌, '가장 어두운 봄의 여왕'이 애석한 눈으로 당신을 바라봅니다.]

발 쪽을 보고서야 내가 어떤 상태인지 깨달았다.

무릎 아래로, 다리가 보이지 않았다.

기계에 압착된 듯 깨끗하게 사라진 다리. 절단면에서 계속 피가 흘러나왔다. 아마 삼검식을 쓰며 촉수에 깔려버린 모양이었다.

빌어먹을.

거의 다 와서 이런 상황이라니. 그 와중에 [전인화]마저 사용 시간이 끝났다. 멀리서 신격의 상처가 조금씩 수복되는 모습이 보였다. 다리를 잃은 상태로는 도저히 도약할 수 없는 거리였다.

"김독자."

고개를 돌려 보니 온몸이 피투성이가 된 유중혁이 있었다. 비틀거리며 다가온 유중혁은 조용히 멱살을 붙들어 나를 일으켜 세우더니 어깨에 들쳐 멨다. 유중혁이 신격의 상처를 보며 물었다.

"저기에 던지면 되는 건가?"

"······할 수 있겠냐?"

대답은 하지 않았다. 단지 행동으로 보여줄 뿐이었다.

유중혁은 허공을 계단처럼 올랐다. 날아드는 촉수들을 밟고, 때로는 [허공답보]로 자신의 마력장을 밟으면서. 유중혁의 몸에서도 조금씩 삐걱대는 소리가 들렸다. 녀석의 육체도 이미 한계였다. 하지만 포기할 기세가 아니었다.

오르고, 또 오르고. 얼마 지나지 않아 까마득한 상공의 바람이 볼을 스쳤다. 허공의 마력장을 디딘 유중혁이 멈춰 섰다. 고개를 들어 전방을 살피자 신격의 상처가 보였다.

시간이 없는데도 유중혁은 망설였다.

내 멱살을 꽉 쥔 채 머뭇거렸다.

"······또 장례를 치러야 하는 건 아니겠지."

유중혁답지 않은 질문이어서 피식 웃고 말았다.

"어차피 다시 살아날 텐데 뭐가 걱정이야?"

"그런 얘기가 아니다."

유중혁의 표정은 진지했다. 고도의 바람이 나와 유중혁 사이를 날카롭게 베고 지나갔다. 나는 잠시 녀석을 바라보다가 물었다.

"두 번째 시나리오, 기억하냐?"

옥수역의 지하철. 걸리적거리는 것을 죄다 때려 부수며 나타난 유중혁의 모습. 결과를 위해서는 수단과 방법을 가리지 않는 냉혈한 회귀자.

그 침착하던 유중혁의 눈빛이 흔들리고 있었다.

그때만 해도 누가 알았을까. 나와 이 녀석이 동료가 될 거라고.

그동안 거부해왔지만 이제는 인정해야겠다. 도저히 있을 것 같지 않던 일은 현실이 되었고, 나는 실제로 녀석과 함께 시나리오를 헤쳐가고 있었다.

그러니 이제 나는 말할 수 있다.

마치, 녀석을 처음 만났을 때 한강 다리 위에서 그랬듯이.

씩 웃으며, 우리에게 가장 어울리는 방식으로.

"그만 이 손 놓고 꺼져. 이 빌어먹을 새끼야."

34

Episode

먹을 수 없는 것

1

내 멱살을 잡고 있던 유중혁의 표정이 천천히 변했다. 예전이었다면 나는 아래로 추락했겠지. 하지만 그때와는 모든 것이 반대였다.

콰아아아아!

나는 추락하지 않고 상공으로 날아올랐다. 멀어지는 유중혁이 나를 올려다보고 있었다. 내가 죽지 않을 것을 확신하는 듯한 얼굴. 목소리는 들리지 않지만 녀석이 무슨 말을 하는지 알수 있었다.

「믿어보겠다, 김독자.」

대답하려는 순간, 날아든 촉수가 시선을 차단했다. 공격은 아슬아슬하게 나를 비껴갔고, 나는 '꿈을 먹는 자'의 본체에 안착했다. 양손으로 단단히 녀석의 본체를 붙잡고 놈의 상처를 향해 클라이밍을 시작했다.

츠츠츠츠흑!

손이 닿은 것만으로 생명을 위협하는 존재감. 내가 아직 화신이었다면 벌써 기절하거나 목숨이 경각을 다퉜을지도 모른다. 게다가 이 녀석이 강림을 끝낸 상태였다면…… 무슨 일이 벌어졌을지 상상하기도 무섭다.

얼마 지나지 않아 반듯한 상처의 절개 면이 보였다. 나는 있는 힘껏 그 상처를 벌린 뒤 안으로 몸을 던져 넣었다.

[미안하군. 나는 함께 갈 수 없는 곳이다.]

전신에서 힘이 빠져나가며, 척준경의 설화가 스르르 흩어지는 것이 느껴졌다. 예상한 일이었기에 당황하지는 않았다.

스스슷.

얼마 지나지 않아 바깥과 연결되어 있던 상처 부위가 완전히 닫혔다. 나는 우주를 부유하는 사람처럼 허공에 고요히 떠 있었다.

'꿈을 먹는 자'의 내부는 새카만 암흑이었다. 피도, 살도 없는 공간. 신격은 생명체가 아니니 당연한 일이었다.

둥…… 둥…….

어디선가 북소리 같은 것이 들려왔다. 수군거리는 소리. 누군가가 나를 보는 시선. 공기가 존재하지 않았음에도 숨을 쉬는 것은 힘들지 않았다. 아마 여기 진입하는 순간 내 존재 방식마저 변형을 일으켰으리라.

잠시 후 모든 소리가 사라졌다.

화신들의 비명도, 성좌들의 메시지도. 그 대신 알 수 없는 문자열과 이미지들이 보였다. 그것이 무엇인지 깨달았다. '꿈을 먹는 자'의 배 속, 이곳은 놈이 지금껏 먹어치운 이야기가 모여 있는 장소다.

「■■■■■■…….」
「#%&^#$^」

내가 알아볼 수 있는 설화도 있었다.
'시조의 어머니'로 추정되는 것들이었다.

「모든 게 내 잘못이다. 미련한 역사가 너무 길었구나…….」
「성운들에게서 이 땅을 지켜야 해. 하지만 이제 <홍익>에는 아무도 없다. 창세신은 모두 어디로 갔지?」
「환웅…… 환웅이 보고 싶구나.」

그때 작은 불빛을 가진 설화 하나가 곁으로 다가와 외쳤다.

「넌 뭐야? 여긴 왜 왔어? 어서 도망……!」

파스슷, 하고 스러지는 불빛.

고마운 말이지만 이제 내게 도망갈 곳은 없었다. 모든 이계의 신격은 먼 외우주에 존재의 근간을 두고 있다. 진체의 절반이 암흑성 2층과 연결되어 있지만 내부는 외우주와 직결된 장소. 그러니 놈의 배 속인 이곳도 내게는 외우주나 마찬가지였다.

완전한 공허의 세계에서 느껴지는 것은 오직 포식에 대한 욕망.

'꿈을 먹는 자'가 나를 원하고 있었다.

연무처럼 흩어져 있던 활자들이 일제히 뭉치며 외형을 이루기 시작했다. 아무것도 없던 허공에 집채만 한 눈과 입이 생겨났다. 사실 눈이나 입이라고 확신할 수는 없지만, 인간인 나로서는 그런 식으로 생각할 수밖에 없었다.

놈이 뭐라고 말을 거는 듯했지만 목소리는 제대로 들려오지 않았다. 잠시 후 활자들이 부르르 떨더니 이내 말 또한 이해할 수 있는 형태로 변형되기 시작했다.

【흥미로운 이야기의 냄새군…….】

두 개의 눈이 나를 바라보는 순간, 나도 모르게 숨을 삼켰다. 이것이 설화급 성좌조차 두려워하는 이계의 신격의 존재감.

【열등한 시나리오의 존재…… 어찌…… 내 말을 듣느냐……?】

[전용 스킬, '제4의 벽'이 극도로 활성화됩니다!]

[제4의 벽]도 지금까지의 그 어떤 상황보다 활발해졌다. 내 피부 표면에 벽이 자라나는 느낌이 들 정도였다. 그만큼 이 적이 위험하다는 뜻이겠지.

'위대한 옛 존재'에도 속하지 않는 이계의 신격이 이 정도인데, '사나스의 공포'나 '고지에서 내려온 공포' '르뤼에의 주인' 같은 놈이 나타난다면 어떻게 될지 상상조차 가지 않는다.

나는 크게 숨을 들이켜고는 천천히 입을 열었다.

"꿈을 먹는 자. 이계의 위대한 신격이시여."

【오오…….】

내 말에 놀란 듯 '꿈을 먹는 자'의 활자 입이 꿈틀거렸다. 놈의 눈에 나는 벌레조차 아닐 것이다. 그저 언제든지 지워버릴 수 있는 신기한 장난감일 뿐.

츠츳, 츠츠츠츳.

내 주변에 강력한 스파크가 튀더니 활자들이 둘레를 맴돌기 시작했다. 뭔가가 내 안으로 침투하려는 기색이었다. 하지만 내 근처에 닿자마자 발작이라도 하듯 튕겨 나갔다.

'꿈을 먹는 자'가 침음하듯 말했다.

【너는…… 뭐지? 특수한 가호를 받는 존재인가?】

내게 정신 침습을 시도한 듯했다. 그러다 [제4의 벽]에 튕겨 나왔겠지.

이 스킬이 없었으면 내 존재는 진즉에 망가져버렸을 것이다.

나는 마음을 다스리며 '꿈을 먹는 자'를 올려다보았다.

말했다시피 136회차의 유중혁도 이놈에게 잡아먹힌 적이 있었다.

하지만 그때 유중혁은 죽지 않았다. 즉 지금 내 밑천은 유중혁의 136회차 그 자체. 나는 녀석의 경계를 사지 않을 정도로 천천히 입을 열었다.

"당신과 이야기를 하러 왔습니다."

【이야기! 나는 이야기가 좋다.】

곧바로 반응하는 신격. 그 가공할 탐욕에 솜털이 비죽비죽 설 지경이었다.

"당신이 먹은 설화 중에 '이수경'이란 존재가 있을 겁니다. 돌려보내주십시오."

거대한 얼굴이 의아하다는 듯 갸웃했다.

【그것은…… 이야기가 아닌데?】

"그 대가로 이야기를 드리겠습니다."

【무슨 이야기를 주겠다는 거지?】

나는 말없이 나 자신을 가리켰다. 그 손짓이 무엇을 뜻하는지는 너무나 명백했다. 이 도박의 판돈으로 내 존재를 걸었다. 큼지막한 눈꺼풀이 천천히 깜빡였다.

【작은 성좌여…….】

"예."

【지금 나와 거래하겠다는 것인가?】

내가 뭐라 입을 열려는 순간, 허공에서 형상들이 나타났다. '꿈을 먹는 자'가 먹어치운 설화들로 이루어진 이미지였다.

【곰은 물고기와 대화하지 않지.】

나타난 이미지는 '시조의 어머니'를 연상시키는, 거대한 곰의 형상. 곰은 미련한 눈으로 주변을 살피더니 텅 빈 우주를 흐르는 물고기를 낚아챘다.

그 곰을 보며, '꿈을 먹는 자'가 말을 이었다.

【인간이 벌레와 협상하지 않듯이…….】

아직 제대로 격을 인정받지도 못한, 외딴 우주의 반쪽짜리 성좌가 우주적 신격과 거래할 수 있을 리 없다는 것. 어찌 보면 당연한 이야기였다. 하지만 나는 고개를 저었다.

"벌레가 인간처럼 말하고, 인간처럼 생각하고, 인간처럼 행동한다면 그런 존재를 더는 벌레라고 부르지 않겠죠."

거대한 활자로 이루어진 두 눈이 나를 노려보았다.

【너는 나와 거래할 자격이 없다. 나는 언제든 네가 가진 것을 빼앗을 수 있으니까.】

"그럼 왜 빼앗지 않고, 벌레와 대화를 하고 계십니까?"

【…….】

귀가 먹먹해질 정도로 진동을 일으키며 물고기를 먹어치우던 곰이 나를 바라보았다. 위협적인 앞발이 당장이라도 내리칠 것처럼 커졌다. 나는 그 곰을 바라보며 말했다.

"곰은 물고기를 먹을 줄만 알지, 맛있게 만드는 법은 모릅니다."

곰의 앞발이 멈칫했다.

"험한 발로 비늘에 상처를 입히고, 더러운 발톱으로 물고기의 내장을 꿴 후, 허겁지겁 허기를 채울 따름이죠."

【…….】

"내가 벌레가 아니듯이, 당신도 곰은 아닙니다. 그렇지 않습니까?"

공간 속 활자들이 크게 뒤섞이더니 '꿈을 먹는 자'의 얼굴이 기괴하게 일그러졌다. 보통이라면 겁에 질릴 법한 광경이지만 원작을 읽은 나는 알고 있다.

저건 웃는 것이다.

놈은 지금 이 상황이 유쾌해 견딜 수 없는 것이다.

"모든 설화는 강제로 취하면 격이 손상됩니다. 지금 나를 짓밟고 취하면 당신은 '온전한 이야기'를 얻을 수 없을 겁니다. 최상의 상태로 먹을 수 있던 이야기의 맛을, 영원히 알 수 없게 되는 거죠."

둥…… 둥…….

다시 한번 북소리 같은 것이 들려왔다. 거대한 짐승의 심장 고동 같은 소리. 아까보다 간격이 줄어들면서 점점 더 빠른 박자로 울려 퍼졌다.

둥! 둥! 둥! 둥!

역시나 원작을 읽었기에, 이 북소리의 정체도 알고 있었다.

【너를…… 먹고 싶어졌다.】

이 소리는 '꿈을 먹는 자'의 허기 그 자체였다.

나는 마른침을 삼키며 양손을 들어 올렸다.

"약속만 지켜주신다면, 얼마든지 내어드리겠습니다."

스스스스. 연기처럼 모락모락 피어오른 활자들이, 이내 형상을 빚기 시작했다. 잠시 후 그것은 내 어머니의 모습이 되었다.

【네가 원하는 게 이것인가?】

나는 고개를 끄덕였다.

【이 이야기도 꽤 흥미로운 구석이 있지. 함께 먹은 성좌의 껍데기보다 더 맛있는 냄새가 나기에 아껴두고 있었다. 너를 몹시 먹고 싶지만, 이걸 내주기도 아깝구나.】

"허기도 못 다스리는 짐승처럼 구실 생각입니까?"

【벌레의 모욕에 기분 나빠하는 인간이 있던가?】

……빌어먹을 자식. 이계의 신격 중에선 격이 낮은 놈이라 그런지 미식이 뭔지 잘 모르는군. 활자로 만들어진 입이 잔혹한 미소를 지었다.

【대화는 여기까지다. 나는 너희 모두를 먹겠다.】

쿠와아아아아아! 곰이 잡던 물고기의 이미지가 일제히 허공으로 뛰어오르더니, 피라냐처럼 날카로운 이빨을 딱딱 부딪치며 나를 향해 날아왔다.

도망갈 곳 따위는 없었다. 다리도 못 움직이는 상태이고, 어차피 도망가봤자 놈의 배 속일 뿐이니까.

"……그래. 먹고 싶으면 얼마든지 처먹어라."

나는 팔을 활짝 벌리며 녀석을 맞이했다.

"그 대신 하나도 남김없이 먹으라고."

콰드드드득! 수백 마리 물고기가 달려들어 내 전신을 물어뜯기 시작했다. 팔을 뜯고, 다리를 뜯고, 허리와 얼굴을 뜯었다. 끔찍한 고통이 찾아왔지만 피는 나지 않았다. 그 대신 흘러나온 것은 활자였다. 내가 쌓아온 설화와 역사가, 놈의 이빨에 뜯겨 새어나오기 시작했다.

【오오오오오……! 이, 이것은?】

천상의 진미라도 맛본 것처럼 신격이 환희의 비명을 질렀다. 의식이 흐려질 것 같았고 머릿속이 마구 뒤엉키는 것 같았다. 하지만 나는 버텼다.

녀석이 내가 생각한 '그 부분'을 먹어치울 때까지, 버텨야만 했다.

【오오…… 오?】

다음 순간, 마치 폭포수처럼 내 안에서 뭔가 터져나왔다.

녀석이 뭔가를 건드린 것이다.

쿠구구구구구구!

[전용 스킬, '제4의 벽'이 벽을 두드리는 진동에 반응합니다.]

마침내 기다리던 순간이 왔다. 콰콰콰콰콰! 화수분처럼 쏟아지는 활자들이 급류를 이루어 놈의 배 속에 쏟아지기 시작했다. 그야말로 엄청난 양의 설화였다.

【너는, 너는 대체 무엇인가……!】

당황한 '꿈을 먹는 자'가 나를 향해 외쳤다. 하지만 대답할 힘이 없었다. 터져나오는 설화에 제정신을 유지하는 것만도 버거웠다. 나는 눈앞을 지나가는 문장들을 바라보았다.

「다가오는 '꿈을 먹는 자'의 입을 보며 유중혁은 말했다.」

그것은 멸살법의 내용이었다.

「"그래, 나를 먹고 싶다면 얼마든지 먹어봐라."」

유중혁의 136회차. '꿈을 먹는 자'에게 먹힌 유중혁은, 나와 같은 상황에 처해 있었다.

【이, 이건 대체, 이건 대체 무엇인가……!】

나를 대신해 멸살법 속 유중혁이 대답했다.

「"네놈은 알게 될 것이다. 내가 삶을 136번 반복하며 품었던 감정을 겪게 될 것이다. 그 끔찍한 시간 동안 느낀 고독을, 슬픔을, 분노를, 이 빌어먹을 세계에 대한 증오를, 모두 가감 없이 알게 될 것이다."」

【그, 그으아아아……!】

「"네놈들은 인간을 벌레보다 못하다고 생각하지. 그렇다면 지금부터 느껴봐라."」

【잠깐, 기다려라……!】

「"그 벌레가 겪어온 고통을. 벌레가 결코 감당할 수 없는 역사를, 벌레의 기분이 되어 똑똑히 느껴봐라. 그러고도 나를 계속 먹을 자신이 있다면, 마음껏 먹고 마음껏 취해봐라!"」

기하급수적으로 쏟아진 이야기들이 '꿈을 먹는 자'의 위장 속을 폭발시킬 듯 채워갔다. 멸살법에서도, 그리고 내 눈앞에서도 '꿈을 먹는 자'는 이야기를 먹었고, 그 대가로 고통에 몸부림쳤다.

배 속 어딘가에서 균열이 일기 시작했다. 당황한 '꿈을 먹는 자'를 조소하듯 멸살법이 말했다.

「우주에서 태어나 일만팔천 년의 세월을 살아온 '꿈을 먹는 자'는 그때 처음으로 깨달았다.」

【그오오오오오오오……!】

원작에서 유중혁이 처음으로 '신격'을 쓰러뜨린 장면. 몇 번이고 반복해서 읽었기에 거의 외워버린 장면. 나는 멸살법을 대신해 그다음 문장을 읊었다.

"「세상에는, 결코 먹어서는 안 되는 이야기가 있다.」"

2

　원작에서 '꿈을 먹는 자'는 유중혁을 삼킨 후 유중혁이 겪어온 끔찍한 삶에 감응하며 몸부림치다가 결국 소멸하고 만다. 지나친 과식이 불러온 참사였다. 하지만 그것은 멸살법의 이야기다. 이번에 녀석이 먹을 것은 136회차가 전부가 아니었다.

　【그오오오오오오······!】

　3회차, 4회차, 5회차······.

　「"인간이 수천 년을 살면 어떻게 되는지 알고 있나?"」

　36회차, 47회차, 69회차······.

「"끝없이 반복되는 생의 고통을, 조금이라도 생각해본 적 있어?"」

141회차, 143회차, 148회차…….

「"이것이 인간의 고통이다. 빌어먹을 촉수 놈아."」

끝을 모르고 이어지는 기억의 향연. 부풀어 오른 공간 곳곳에서 균열이 생겨났다. 먹어서는 안 되는 것을 먹고 미쳐버린 '꿈을 먹는 자'가 광기에 젖어 난동을 피우기 시작했다.

하지만 놈은 도망갈 곳이 없었다.

이곳은 놈의 배 속이니까.

누구도 자기 자신에게서 도망갈 수는 없다.

【오오오오오오!】

폭주한 텍스트는 이내 놈이 감당할 수 있는 부피보다 더 커졌다. 흡수하지 못한 설화들이 날뛰었고, 이윽고 범람한 이야기들은 파도처럼 외우주 곳곳을 휩쓸었다. 파괴된 설화의 잔해가 나뒹굴었다. '꿈을 먹는 자'의 입에서 넘쳐흐른 설화가 역으로 놈을 감싸기 시작했다.

['제4의 벽'이 천천히 눈을 뜹니다.]

['제4의 벽'이 포식 대상을 물색합니다.]

흠칫 놀란 '꿈을 먹는 자'가 내 쪽을 바라보았다.

[‘제4의 벽’이 ‘꿈을 먹는 자’를 보며 웃습니다.]

이제 포식자와 피식자 관계는 뒤바뀌었다.

【그어어어어어…….】

콰드드득! 거대한 활자의 벽을 형성한 [제4의 벽]은, 소용돌이치며 ‘꿈을 먹는 자’의 설화들을 삼키기 시작했다. 어떤 미식도 존재하지 않는, 순전한 허기에서 비롯된 탐식.

‘꿈을 먹는 자’는 물고기 떼로 상징화해 사방팔방 달아나보려 애썼지만, 벽의 집요한 흡입에서 결코 벗어날 수 없었다.

일만팔천 년 동안 놈이 먹어온 설화들이 모조리 으깨지고, 가루가 되어 벽 속으로 빨려 들어간다. 벽의 활자들이 환한 빛을 내뿜었다.

허락되지 않은 이야기를 읽은 ‘꿈을 먹는 자’의 목소리에 경악이 깃들었다.

【■■……?】

이미 절반 이상 먹혀버린 놈의 생각이 벽 위에 활자로 떠오르고 있었다.

「설마 이것이 ■■…… 의?」

【오오오오오오…….】

「위대한 옛 존재들이여! 모두 어디 있습니까!」

마지막 순간, 놈은 모든 것을 버리고 탈출하려 했으나, [제4의 벽]이 한 발 더 빨랐다. 소름 끼치는 이빨을 드러낸 벽은, 놈의 위장을 모조리 파먹고는 전체를 통째로 까뒤집듯 집어삼켰다.

【오오······ 위대한 모략이시여······ 오오오오오오.】

눈부신 빛과 함께, 벌어졌던 벽의 입이 닫혔다.

['제4의 벽'이 포식을 마쳤습니다.]

[당신은 이계의 신격을 퇴치했습니다!]

(···)

[<스타 스트림>이 당신의 업적에 어울리는 수사를 찾지 못했습니다.]

[당신의 다섯 번째 설화에 이름을 알 수 없는 업적이 추가됩니다.]

[확정을 앞두고 있던 당신의 격이 재평가에 들어갑니다.]

'꿈을 먹는 자'를 구성하던 설화가 흩날리고, 그 자리에는 거대한 활자의 벽만이 남았다. 나는 텅 빈 외우주의 공허 속에서 정신을 차렸다. '꿈을 먹는 자'가 죽었는데도 공간은 무너지지 않았다. 나는 아직 본래 세계로 돌아가지 못한 것이다.

[외우주의 신격들이 '꿈을 먹는 자'의 부고를 접하고 크게 당황했습니다.]

[이계의 신격들이 해당 시나리오에서 일어난 일을 파악 중입니다.]

[일부 '위대한 옛 존재'가 당신을 일별합니다.]

헛구역질이 올라왔다. 놈에게 정신을 뜯어 먹히는 바람에, 정신의 비위가 약해졌기 때문인지도 모른다.

"허억, 허억…… 웨에에에엑!"

끔찍한 경험이었다.

유중혁은 136회차에서 이런 일을 당했구나.

"웨에에에엑!"

몇 번을 더 토하고 나서야 설화들 파편 사이를 헤집으며 어머니를 찾기 시작했다. 다행히 '꿈을 먹는 자'가 형상을 보존했기에, 피폐해진 얼굴로 눈을 감고 있는 어머니를 찾아냈다.

살아는 있는 것일까. 알 수 없었다.

나는 어머니의 맥박을 짚으며 어깨를 흔들었다.

"정신 좀 차려보세요."

일단 어머니를 데리고 여기서 나가야 한다. 나는 주변을 둘러보았다.

……왜 공간이 부서지지 않지?

원작의 136회차에는 유중혁이 '꿈을 먹는 자'를 죽이는 순간 외우주가 무너지며 원래 세계로 돌아가는 장면이 있었다. 외우주는 곧 이계의 신격의 힘으로 운용되기에, 신격이 죽으면 함께 부서져야 했다. 그런데 외우주가 유지되고 있었다. 대체 왜지?

['제4의 벽'이 당신을 바라봅니다.]

……설마?

['제4의 벽'이 아쉬운 마음으로 고개를 젓습니다.]
['제4의 벽'은 여전히 허기진 상태입니다.]

그렇게 많은 설화를 먹었는데 배가 고프다고?

['제4의 벽'이 남은 잔해를 빨아들이기 시작합니다.]

휘유우우우우! 진공청소기가 돌아가듯, [제4의 벽] 위에 도드라진 입이 주변의 나머지를 빨아들이기 시작했다. 남은 설화의 부속과 먼지, 그리고.
"잠깐! 잠깐만!"
내 품에 있던, 어머니까지도.
나는 벽을 향해 헤엄치듯 날아갔다.
"이봐! 그건 먹지 마!"
하지만 내가 도달하기도 전에 어머니는 벽 속으로 빨려 들어갔다.
쩌어억 벌어지는 입이 어머니의 머리를, 팔을, 몸통을 먹어치웠다.
"씨발! 먹지 말라고 했잖아!"

['제4의 벽'이 만족한 듯 웃습니다.]

[제4의 벽'이 당신을 보며 입맛을 다십니다.]

물어볼 것이 있었다. 아직 듣지 못한 것이 있었다.

그런데 저 빌어먹을 벽이 어머니를 삼켜버렸다.

벽에 삼켜진 존재는 어디로 가는가? 알 수 없었다. 확실한 것은, 벽이 먹은 존재가 돌아온 적은 없다는 사실. 극장 던전의 시뮬라시옹도, 환생자 니르바나도, 심지어 방금 먹힌 '꿈을 먹는 자'까지…….

이계의 신격조차 살아남지 못한 곳에서 어머니가 살아 있을 가능성이 있을까?

"뱉으라고!"

나는 주먹으로 [제4의 벽]을 때리기 시작했다. 벽은 나를 향해 연신 입맛을 다셨지만, 딱히 나를 먹을 기미는 보이지 않았다.

콰앙! 콰아앙!

주먹질에 벽 표면이 희미하게 흔들렸다. 때리고, 또 때리고. 미련한 짓임을 알면서도 멈추지 않았다. 멈출 수가 없었다.

얼마나 벽을 두들겼을까. 벽 위로 메시지가 떠올랐다.

「처음 그 애에게 이름을 붙여줬을 때를 기억한다.」

나는 멍하니 그 문장을 바라보았다. 무슨 뜻인지를 깨달은 것은 잠시 후의 일이었다.

「그이는 홀로 독獨을 쓰자고 했고, 나는 읽을 독讀을 쓰자고 했다. 어쩌면 거기서부터 그 사람과 나는 줄곧 달랐던 것이다.」

나는 신음하며 벽을 두들겼다. 결코 이런 식으로 듣고 싶은 이야기가 아니었다.

「나는 그 애가 외로운 사람보다는 무언가를 읽는 사람이 되기를 바랐다. 적어도 무언가를 읽는 한 인간은 외롭지 않다고, 나는 그렇게 믿고 싶었다.」

주먹질을 멈춘 순간, 벽 곳곳에서 무수한 문장이 떠올랐다. 한 사람의 평생에 이만큼 많은 문장이 있을 수 있다는 게 믿기지 않을 정도로 많은 문장.

「"넌 뭐가 그렇게 잘나서 나를 우습게 보는 거야? 그렇게 깔보는 눈빛으로 보지 말라고. 너 정도 여자는 흔해."」
「"수경아, 네가 참아야 하지 않겠니. 독자를 생각해야지. 남자들 그러는 거 그냥 잠깐이야."」
「"어머님, 아무래도 독자에게 신경 좀 쓰셔야 할 거 같습니다."」

나는 욕설을 내뱉으며 다시 벽을 내리치기 시작했다. 어떤 일은 나도 기억이 났고, 어떤 일은 기억이 나지 않았다. 하지만 그 시절의 감정만은 생생했다.

「힘들었다. 그때는 내가 너무 힘들어서 다른 생각을 하지 못했다. 하지만 돌이켜보면 아이도 나만큼이나 힘들었을 것이다.」

그 시절 어머니가 겪은 고통. 한 사람의 여자로서, 한 사람의 엄마로서, 한 사람의 인간으로서 당하지 말아야 했던 폭력.

「"독자야. 이 안에 들어가 있어. 알았지? 엄마가 말하기 전까지 절대로 나오면 안 돼."」

텍스트 위로 무자비하게 이어지는 의성어와 의태어 속에서, 나는 유년의 일을 다른 사람의 시점에서 다시 한번 겪었다. 분명 내가 겪은 일인데도 완전히 낯선 이야기처럼 들렸다.
그게 이런 일이었구나. 이렇게 고통스럽고 비참했구나. 그런데 왜 나는 이걸 모두 잊었을까.
왜 잊으려고만 했지?
그사이에도 벽은 계속해서 말했다.

「데리고 떠났어야 했다. 누가 뭐라든, 아이를 데리고 먼 곳으로 떠났어야만 했다.」

그러지 그랬어요. 차라리 진즉에 떠나지 그랬어요.

「왜 그러지 못했을까.」

긴 회한과 후회의 기록. 평생 내게 '현실'로서 침묵하던 어머니가 '소설'이 되어서야 비로소 입을 열고 있었다.

「그 일은 늦은 저녁에 일어났다.」

그리고 마침내 이야기가 시작되었다.

「"너만 없었으면 내가 이 지경까지 되진 않았을 텐데……."」

위태롭게 떨리는 아버지의 목소리. 자신의 열등감에 짓눌려 어머니를 비난하고 탓하는 아버지.

「"칼은 내려놓고 이야기해."」

서서히 기억이 돌아오고 있었다. 방 안에 숨어 있던 어린 내가 놀라서 고개를 내밀었다. 맞아. 저때 아버지는 식칼을 들고 횡포를 부렸지.

「"독자야! 방에 있으라고 했잖아!"」

어머니가 소리치며 나를 향해 달려왔다. 술에 취한 아버지가 위협적으로 칼을 휘두르고 있었다.

「너희도 죽고, 나도 죽고, 어? 다 죽어볼까? 어차피 이렇게 살아봤자 다 같이 신세 조지는 거 아냐? 응? 다 같이 죽어보자고!」

어머니가 몸을 날렸다. 쿵, 하는 소리와 함께 아버지의 몸이 무너졌다. 바닥에 떨어진 식칼. 흐르는 술과 구르는 술병. 나는 다음 장면을 알고 있었다. 식칼을 주워든 어머니는 아버지를 찌를 것이다. 그리고 내게 말할 것이다. 지금부터, 모든 것을 '다시 읽자'고.

「"아아아아아!"」

그런데.

「"독자야. 안 돼! 그거 내려놔!"」

저건 뭘까.

「"독자야!"」

벌벌 떨면서 칼을 든 어린 내가 아버지를 보고 있었다. 얼굴에 울음이 번진, 조그만 나. 아버지의 얼굴에 떠오른 비웃음, 취한 채 휘두르는 주먹. 그걸 대신 맞는 어머니, 술병을 밟고 미끄러진 아버지. 그리고.

푸욱, 하는 소리와 함께 터져나오는 핏줄기.

「바로 구조대를 불렀다면, 살 수 있었을지도 모른다.」

그야말로 기가 막힌 우연이었고.

「살릴 수 있는 사람은 나뿐이었고, 선택한 사람도 나뿐이었다.」

그 우연이, 우리의 삶을 바꿔놓았다.

「그러니 아이에게 한 말은 거짓말이 아니다. 그 사람을 죽인 것은 나다.」

어머니는 정신을 잃은 어린 내게서 칼을 빼앗아 들었고, 몇 번이나 심호흡을 한 뒤 조용히 나를 깨우며 말했다.

「"독자야. 지금부터 모든 걸 '다시' 읽을 거란다."」
「"아버지는 죽을 만한 잘못을 한 거야. 이건 정당방위였어. 알았지?"」
「"무슨 일이 있어도 네가 피해자라는 걸 잊으면 안 된다."」

조곤조곤한 어머니의 말이 귓가에 스며든다.

「아마도 그때, 여러 가지가 결정되었던 것이다.」

젊은 어머니는 살인에 관한 판례를 검색했고, 증거를 조작했다. 조금이라도 내가 연루될 수 있는 요소를 배제했고, 이 우발적 살인이 자신의 계획범죄인 것처럼 만들었다.

「누군가는 살인자로 살아가야만 하고, 다른 누군가는 살인자의 아들로 살아가야만 한다는 것이.」

그 뒤부터는 내가 기억하는 그대로였다.
"……겨우 이거였어요?"
벽에 손을 짚은 채 나는 한참이나 고개를 숙이고 서 있었다.
……실은 알고 있었다. 이럴지도 모른다고 생각했고, 어머니의 행동을 납득할 이유도 이것뿐이라고 생각했다.
갑자기 영문 모를 에세이를 쓴 것도.
내가 살인자의 아들이 되어야만 했던 것도.

「나는 종종 생각한다.」
「어쩌면 그 모든 것은 변명이 아닐까.」
「더 나은 방법도 있었을 텐데.」
「무슨 일이 있어도, 그 아이를 혼자 두어서는 안 되었는데.」
「엄마로서 그런 식으로 행동해서는 안 되었는데.」
(…)

「결국 나는, 그냥 도망친 엄마일 뿐이다.」

그것이 마지막 문장이었다. 혹시나 싶어 기다려도 보고, 몇 번이고 벽을 두드려도 보았다. 하지만 문장이 더는 떠오르지 않았다.

쾅!

이렇게는 안 된다. 이런 식으로, 이딴 이야기를 듣고 끝낼 수는 없다.

콰앙! 콰아앙!

"뱉어! 뱉으라고!"

나는 미친 듯이 벽을 때리기 시작했다.

"씨발!"

[제4의 벽]이 내 주먹을 핥았다. 내 주먹에 묻은 피가, 기억이, 이야기들이 [제4의 벽]에 빨려 들어가 다시 이야기가 되었다. 울음은 나오지 않았다.

「김독자는 울고 있었다.」

[제4의 벽]이 말했다.

「김독자는 피투성이가 된 주먹을 쥐었고.」

「벽을 때리고.」

「또 때렸다.」

"씨발!"

「김독자는 질리고 있었다. 그 모든 것이 이야기가 된다는 사실에. 자신의 행동과 말이 전부 시나리오가 되고, 벽 위의 문장이 되고 있다는 사실에.」

"닥쳐!"

「김독자는 알고 싶었다. 어떻게 해야, 대체 어떻게 해야 이 벽을 부술 수 있을까? 설마 이것이 멸살법을 읽은 대가일까. 그걸 읽어서, 내 모든 현실조차 소설이 되어버리고 있는 것일까. 페이지가 찢어지는 듯한 소음이 들려온 것은 그때였다.」

치이이이익!

「김독자는 생각했다. ……(야)…… 이건 또 뭐지?」

이어지는 벽의 문장 위에, 부자연스럽게 끼어든 말이 보였다. 마치 소설을 읽던 누군가가 남긴 낙서 같은 말.

「김독자는 놀랐다. ……(정신 똑바로 차려)…… 누가 나한테 말하고 있는 거지? ……(이건 네 스킬이잖아)…… 당신 누구야? ……(네 스킬에 네가 먹히지 말라고)…… 무슨 ……(멍청아 손 빼 빨리!)」

나는 내 주먹을 빨아들이고 있는 벽을 보았다.

「……(스킬을 해제해라, 김독자)……」

어떤 섬전 같은 깨달음이 머릿속을 스쳤다. 그게 누구의 말인지는 알 수 없었다. 그게 가능한 일인지 어떤지도 알 수 없었다. 하지만 내가 할 일이 무엇인지는 명백했다.

"나는 [제4의 벽]을 해제하겠다."

전류라도 흐르듯 벽의 활자들이 거칠게 요동쳤다. 쩌저적― 하는 소리와 함께, 처음으로 내 주변을 겉돌던 뭔가가 조금씩 사라지는 느낌이 들었다.

벽이 무너지고 있었다.

다음 순간, 메시지가 들려왔다.

[알 수 없는 원인으로 인한 시스템 오류가 일시적으로 수정됩니다.]
(…)
[당신의 '특성창'이 복구됐습니다.]
[지금 '특성창'을 확인하시겠습니까?]

특성창을 볼 수 있다고?

지금껏 이해 가지 않았던 몇 가지가 이해되기 시작했다. 그동안 내가 특성창을 볼 수 없었던 이유. 바로 [제4의 벽] 때문이었다.

[제4의 벽]은 다른 존재에게서 나를 지켜주기도 하지만, 동시에 나 자신에게서 나를 격리하기도 하는 스킬이었던 것이다.

['특성창'을 확인합니다.]

[현재 시스템 구성이 불안정합니다. 일부 스킬명 및 스킬 레벨 표시가 제한됩니다.]

그리고 처음으로, 특성창이 떠올랐다.

〈인물 정보〉

이름: 김독자

나이: 28세

배후성: 없음

수식언: 가장 못생긴 왕(임시)

전용 특성: 여덟 개의 목숨(영웅), 시나리오의……

그러나 특성창이 온전히 뜨기도 전에 갑자기 치지지직—

하는 소리와 함께 화면이 무너지며 긴급한 메시지들이 추가로 떠올랐다.

[몇몇 성좌가 당신의 정신 방벽에 접근합니다.]

순간 아차 싶었다. 어쩌면 성좌들은 지금껏 이 기회를 노리고 있었는지도 모른다.

[성운, <베다>의 성좌들이 당신에게 접근합니다.]
[성운, <올림포스>의 성좌들이 당신에게 접근합니다.]
[성운, <파피루스>의 성좌들이 당신에게 접근합니다.]

내 존재를, 자신들의 뜻에 맞게 개량하려던 성좌들이 강제로 내 정신을 열어젖히고 있었다. 그때.

[전용 스킬, '제4의 벽'이 당신의 의지와 무관하게 재활성화됩니다!]

전용 스킬: [전지적 독자 시점 Lv.?] [책갈피 Lv.?] [등장인물 일람 Lv.?] [제4의 벽 Lv.?] [■ ■ ■ Lv.?], ■ ■ ■ ■ ■ ■ ■ ■ ■……

(…)

종합 평가: …… ■ ■ 당신은 ■ ■ ■ ■ ■ ■……?

떠오르는 모든 정보가 '■' 안에 숨겨지고 있었다. 벽돌이 차곡차곡 쌓이듯 속속 정체를 숨기는 정보들.

[성좌, '인류의 시조'가 신음을 토합니다.]

[성좌, '자신의 눈을 찌른 자'가 눈을 감싸 쥔 채 물러납니다.]

[성좌, '전갈의 여신'이 꼬리를 보호하며 뒷걸음질을 칩니다.]

(…)

[당신에게 접근한 일부 성좌가 타격을 받고 물러납니다!]

믿음직하게 회오리치는 무수한 활자들. [제4의 벽]이 맹렬한 스파크를 튀기며 성좌들에게서 나를 지키고 있었다. 조금 전까지 반항하던 모습은 어디로 가고, 벽은 성좌들을 향해 흉흉한 기운을 발산했다.

[제4의 벽'이 <스타 스트림>을 향해 이를 드러냅니다.]

나는 [제4의 벽]을 망연히 바라보았다. 마지막으로 들려온 것은 잘 아는 성좌의 메시지였다.

[성좌, '은밀한 모략가'가 당신을 향해 빙긋 웃습니다.]

다른 성좌와는 확연히 다른 반응.

……설마, 그 짧은 사이 내 정보를 봤을까? 설령 봤다 해도

모두 읽지는 못했을 것이다. 특성창을 연 나조차 모든 정보를 확인하진 못했으니까. 스파크가 조금 잠잠해지고, 벽은 다시 내게 시선을 돌렸다.

['제4의 벽'이 당신에게 화를 냅니다.]

나는 벽을 마주 보았다. 오랫동안 나는 이 벽이 소설과 현실을 가르는 경계라 생각했다. 벽이 있기에 새로운 세계에 적응할 수 있었고, 온갖 끔찍한 상황 앞에서도 비상한 판단력을 보일 수 있었다.

그러나 이 벽이 무엇이냐고 물으면 여전히 확답할 수 없다.

다만 확실한 것은, 이 벽이 오랫동안 나를 지켜주었다는 것. 몇 번이고 위기를 맞았지만 벽이 있기에 살아남았다.

이 벽이 있기에 여기까지 올 수 있었다.

나는 나를 향해 활자를 부풀리는 벽에 손을 가져다댔다.

"미안해."

['제4의 벽'이 파르르 몸을 떱니다.]

손가락에 감겨드는 활자의 감촉이 낯설었다.

[제4의 벽]은 이런 느낌이었던가. 벽에 적힌 문자들이 손끝으로 몰려들었다. 나를 핥는 것 같기도 했고 깨무는 것 같기도 했다. 명료히 나눌 수 없는 느낌이었기에, 와닿지 않는 비유만

이 가능했다. [제4의 벽]은 비에 젖은 강아지 같았고, 버림받은 아이 같았으며, 말 안 듣는 사춘기 소년 같았다. [제4의 벽]은…….

[제4의 벽]은 마치 나 같았다.

그리고 벽 위에 문장이 떠올랐다.

「김 독자 는 멍청 이이 다.」

한글을 막 배운 어린아이가 시험 삼아 적어본 것 같은 문장. 나에 관한 서술도, 세상에 대한 서술도 아니었다.

그것은 [제4의 벽]의 말이었다.

나는 피식 웃으며 벽을 매만졌다.

「……$#^#$^#$%@#$……」

혼란에 빠진 듯이 알 수 없는 문자를 띄우던 [제4의 벽]은 잠시 후 다시 정연한 문장을 보여주었다.

「김독자는 생각했다. [제4의 벽]은 역시 의지를 가진 존재였구나.」

……또 시작이다.

「그럼 아까 괄호로 떠오른 말도 [제4의 벽]이 썼나? 그렇다기엔 너무 정연한 말투였는데…… 그럼 그 말을 쓴 건 누구지? 이것이 정말 '벽'이라면, 이 안에는 대체 뭐가 있는…….」

"남의 생각을 읽는 건 그만둬."

[제4의 벽]이 새침하게 고개를 돌립니다.]
[제4의 벽]이 다시는 자신을 강제로 끄지 말라고 말합니다.]

나는 그런 [제4의 벽]에 손을 댄 채 말을 이었다.
"알았어. 그 대신 부탁이 있어."

[제4의 벽]이 당신을 바라봅니다.]

나는 짧게 숨을 들이켠 뒤 말했다.
"어머니를 돌려줘."
내 말이 진심인지 아닌지 가늠하듯 벽이 짧게 진동했다. 벽 위에 문장이 떠올랐다.

「김독자는 어머니를 증오했다.」

"맞아."

「김독자는 그동안 어머니에게 무슨 일이 있었는지 알게 되었다. 어머니가 무엇을 겪었고, 어떤 삶을 살아왔으며, 뭘 숨겨왔는지 알게 되었다. 하지만 알게 되었다고 해서, 모든 것을 이해했다는 뜻은 아니었다.」

"……그것도 맞아."

「때문에 김독자는 여전히 어머니를 미워한다. 인간의 감정이란 그런 것이니까. 누군가가 깊은 상처를 감추고 있었다는 걸 안다고 해서, 갑자기 내가 받은 상처가 모두 아물어버리는 마법 따위는 존재하지 않으니까.」

"대단한 통찰력이네. 동의해."

「그렇기에 김독자는 자신을 이해할 수 없었다. 어째서 나는 어머니를 구하려 하는 걸까.」

"설명할 수 없어."

「…….」

"모든 걸 문장으로 옮길 수는 없으니까."
나는 벽을 향해 다시 한번 말했다.

"이젠 나한테 기력이 얼마 안 남았어. 그러니까 좀 도와줘. 부탁할게."

한참이나 침묵하던 [제4의 벽]은 그저 다음과 같은 문장을 띄울 뿐이었다.

「김독자는…….」

한번 [제4의 벽]으로 들어간 존재가 다시 나올 수 있는가?

가능한지 어떤지는 모른다. 그래도 시도는 해봐야 했다.

이윽고 벽이 움직이기 시작했다. 서서히 벌어진 벽의 입에서 뭔가가 꿀렁거리며 토해져나왔다.

무수한 활자들이었다.

활자는 모여서 단어가 되었고, 단어는 모여서 문장이 되었다. 문장은 모여 문단이, 다시 문단은 모여서 하나의 이야기가 되었다.

이야기는 곧 사람이 되었다.

나는 활자들의 토사물 속에 누워 있는 어머니를 안아 들었다. 그리고 [제4의 벽]을 향해 말했다.

"고마워."

[제4의 벽]은 몸을 부르르 떨더니 이내 흩어지기 시작했다.

「졸, 리, 다.」

조금씩 주변 공간이 깨져나갔다.

[성좌, '은밀한 모략가'가 당신을 염탐하던 '위대한 옛 존재'들을 물립니다.]

외우주의 어둠이 걷혀나갔다. 시공간이 부서지며 주변 정경이 암흑성 2층으로 변해갔다. 밀려 있던 메시지가 쏟아졌다.

[당신의 암흑성 랭킹이 변경됩니다.]
[현재 당신의 암흑성 랭킹은 2위입니다.]
(…)
[메인 시나리오의 숨겨진 목표를 충족했습니다.]
[당신은 암흑성의 마지막 시나리오에 도전할 자격을 얻었습니다.]

¤ ¤ ¤

벌판의 전투가 끝나고 이틀이 지났다.

황폐한 전장 분위기 속에 화신들은 모두 전의를 상실한 듯했다. 방랑자들의 세력도, 낙원의 전력도. 어떤 의미에서, 그들에게 평화를 가져다준 것은 초월적 존재가 보여준 아득한 공포와 절망이었다.

각 진영 지휘부는 전사자를 수습하고 사태를 정리해갔다. 불필요한 소요가 사라지며 암흑성 2층은 조금씩 안정세를 찾아갔다. 다음 층으로 올라갈 랭커가 하나둘 정해졌고, 사람들은 그들에게 암흑성의 미래를 맡기는 데 동의했다.

그리고 지금.

그 랭커들은 작은 관 앞에 옹기종기 모여 있었다.

"이 아저씬 맨날 죽는 게 일이네."

김독자는 이계의 신격을 물리치고 돌아오자마자 숨이 끊어졌다. 그만큼 강대한 존재와 맞서 싸웠으니 당연한 일이라고 일행들은 생각했다. 정희원이 말했다.

"내일이면 다시 살아나겠죠? 지난번에도 사흘 걸렸으니까."

이제 김독자의 죽음에 제법 적응해버린 일행들은 그다지 충격받은 기색이 아니었다. 유상아가 슬며시 입술을 깨물었다.

"……근데 꼭 관에 넣어야 했을까요?"

"일단은 죽었잖아요."

정희원이 변명하듯 말했다. 일행들은 각자 다른 의미를 품고 김독자의 관을 바라보고 있었다. 이현성은 결의에 찬 듯했고, 신유승은 죄책감 어린 눈빛이었으며, 유상아는 착잡해 보였다. 그리고…….

"사부는 웬일이래요? 또 히든 피스 찾으러 간 줄 알았는데."

이지혜의 말에 관을 바라보던 사람들이 동시에 한곳을 보았다.

쏠린 시선에 유중혁이 인상을 찌푸리며 답했다.

"이제 암흑성에 남은 히든 피스는 보잘것없는 것뿐이다."

"그렇다고 여기 올 이유는……."

"다음 층으로 넘어가려면 그놈이 필요해."

"희한하네. 요즘 둘이 너무 친한 거 아니에요?"

유중혁의 표정이 험악해지자, 질겁한 이지혜가 입을 다물었다. 정희원이 이지혜를 툭툭 두드리며 핀잔을 주었다.

"중혁 씨 그만 놀려. 기껏 둘이 친해져서 보기 좋은데 방해하지 마."

"……에이, 그래도."

"그리고 여기 온 이유라면 묻지 않아도 알잖아. 누구라도 같을 테니까."

일행들 표정이 묘하게 숙연해졌다. 그들은 김독자의 관을 가만히 내려다보았다. 정희원이 다시 입을 열었다.

"다시 살아난다고 해서, 죽는 게 두렵지 않은 사람은 없을 거야."

목숨이 여러 개 있어도 누구나 남을 위해 그 목숨을 쓰는 것은 아니다. 맨 앞에서 관 표면을 어루만지던 신유승이 말했다.

"독자 아저씨가 없었다면 난 지금쯤 죽었을 거예요."

신유승만이 아니었다. 이현성도, 정희원도, 이길영도, 이지혜도. 모두 한 번씩 독자에게 구원받은 적 있었다.

이지혜가 한숨처럼 말했다.

"내가 진짜 오글거려서 이 말은 안 하려고 했는데…… 내 목숨이 두 개였으면 하나쯤은 아저씨한테 줬을지도 몰라."

"누나가 왜요? 호감도 점수 6점밖에 안 되잖아요."

"요 꼬맹이가 진짜…… 어차피 그 이상한 옷 입으면 다 똑같거든?"

이지혜와 이길영이 옥신각신하는 모습을 보며, 이현성이 곤란하다는 듯이 웃음을 터뜨렸다. 이틀 전까지 혈풍이 부는 전장에서 울고 좌절하던 사람들이라고는 믿을 수 없는 광경. 유일하게 어울리지 못하는 유중혁은 조금 떨어진 데서 그들을 보고 있었다.

김독자가 나타나면서 그의 계획은 많이 바뀌었다.

쉽게 갈 수 있던 시나리오가 어려워졌고, 단순하던 이야기는 복잡해졌다.

죽어야 했던 사람들은 살아났다.

유중혁은 자신의 손을 가만히 내려다보았다. 어쩌면 그 '죽어야 했던 사람' 중에는 유중혁 본인도 포함되었을지 모른다. 유중혁은 그 사실이 몹시 이상하다고 생각했다.

이 풍경이 회귀자도 아닌 한 사람에 의해 만들어질 수 있다는 것.

이번 회차는 그가 지금껏 살아온 어떤 회차보다 더 나은 회차가 될지도 모른다는 것. 그것이 유중혁의 심경을 몹시 복잡하게 만들었다.

"참, 근데 그 [운명]이라는 거…… 이제 끝났겠지? 독자 아저씨 죽었잖아."

이지혜의 물음에 몇몇이 대답했다.

"아. 맞아. 그러고 보니 그러네."

"사랑하는 존재에게 죽을 거라고 했으니까, 운명은 성립된 거 아닐까요? 따지고 보면 어머니 때문에 죽었으니……."

"그러게. 왜 어머닐 생각 못 했지?"

떠들썩한 목소리들. 멀리서 유상아가 복잡한 얼굴로 유중혁을 바라보고 있었다. 유중혁 또한 그 시선을 마주 받으며 생각했다.

'[운명]은 끝나지 않았다.'

이번에는 척준경이라는 변수가 있었기에 어떻게든 되었다 쳐도, 성운들은 그렇게 호락호락한 적이 아니었다.

성운들이 김독자의 부활 특성을 몰랐을 리 없으니 [운명]은 절대 이런 식으로는 끝나지 않을 것이다. 게다가 이번 사태로 분노가 고조된 만큼, 성운들은 이제 어떤 식으로든 [운명]의 악의적 실현에 적극적으로 관여할 가능성이 높았다.

무엇보다 곧바로 찾아올 다음 시나리오부터 큰 고비였다.

그러니 유중혁도 이제는 선택해야 했다.

그는 고요히 하늘을 올려다보았다. 그곳에 있는 무언가를 찾아 헤매는 듯이. 잠시 후 허공에서 시선이 돌아왔다.

[성좌, '???'이 자신의 화신을 바라봅니다.]

성좌 '???'.

벌써 세 번의 회귀를 거쳤지만 유중혁은 자신의 배후성이 누구인지조차 알지 몰랐다.

이 모든 회귀의 원흉이자 그에게 끔찍한 비극을 안겨준 존재.

속으로 이를 간 유중혁이 짧게 숨을 들이켜며 입을 열었다.

'배후성. 물어볼 것이 있다.'

35
Episode

73번째 마왕

Omniscient Reader's Viewpoint

1

[당신은 사망했습니다.]

이번 죽음의 후유증은 컸다. 아무래도 '꿈을 먹는 자'에게 설화를 뜯긴 충격인 듯했다. [제4의 벽]의 수복 능력으로 빠르게 회복되기는 했지만, 한번 부서진 것을 다시 이어 붙인다고 해서 이전처럼 온전한 상태가 되기는 어려운 법이다.

……벌써 사흘째인가.

의식이 사라졌다 돌아오기를 반복하는 동안, 나는 영혼 상태로 있으면서 지금까지의 일들을 하나씩 반추하거나 앞으로의 계획을 짰다.

「이번 시나리오만 넘기면 이야기의 흐름은 돌아온다.」

아홉 번의 시나리오를 거쳐오는 동안, 나는 원작의 흐름을 많이 훼손했다. 작게는 인물 몇몇을 살리는 것부터, 크게는 시나리오 전개를 바꾸는 것까지.

물론 내가 시나리오를 바꿨다고 원작의 요소들이 쓸모없어지는 것은 아니었다. 원작에서 유중혁의 인생 회차는 100회를 훌쩍 넘었고, 시나리오가 바뀌어도 여전히 내가 사용할 수 있는 정보는 넘치도록 많으니까.

그럼에도, 큰 흐름을 이용하려면 기존 시나리오대로 흘러가는 부분도 분명 존재해야 했다.

다행히 '서울 돔 시나리오'는 폐쇄 시나리오였다. 나비효과를 염려할 만한 일이 몇 가지 있었지만, 스타 스트림의 큰 흐름은 내가 기억하는 그대로다.

게다가 등장인물들이 생각한 것 이상으로 큰 성장을 거두었기에, 이후 흐름을 주도할 만한 저력도 충분히 확보된 상황이었다.

나는 '3인칭 시점'으로 인물을 하나하나 관찰했다. 가장 먼저 확인한 사람은 '멸악의 심판자' 정희원이었다.

"아직 컨트롤이 쉽지 않네요. 배후성이 말하길 이걸 완벽하게 쓰면 그 촉수 괴물도 상대할 수 있다던데…… 대체 언제 그렇게 될지 모르겠어요."

백색의 불길을 거둔 정희원이 중얼거렸다. 원작에서는 비중이 거의 없었지만 지금은 내가 기용한 등장인물 중 최강의 전력이었다.

멸살법에서 손에 꼽는 사기 특성 중 하나인 '멸악의 심판자'가 개화한 데다, 무려 우리엘의 [지옥염화]를 계승한 상태. 이대로 시간이 지난다면 멸살법 최강의 100인은 물론이거니와 10인에 들어가는 것도 무리가 아니겠지.

맞은편에서 정희원과 대련을 이어가던 이현성이 입을 열었다.

"그래도 희원 씨는 조금씩 나아지고 계시지 않습니까."

"현성 씨도 많이 좋아진 것 같은데요? 이제 전신을 강철로 뒤덮는 것도 곧잘 해내잖아요."

아무것도 모르고 한 말이겠지만, 정희원의 위로는 틀리지 않았다.

서울 돔 시나리오가 끝나기 전에 이현성이 [강철화]를 계승하기 시작한 회차는 많지 않았다. 하지만 이현성은 영 자신 없는 표정이었다.

"노력은 하고 있습니다만…… 여러분에게 도움이 되려면 멀었습니다."

계속 옆에서 잘한다, 잘한다 말해줘야 더 잘하는 타입의 인간이 있다.

이현성이 바로 그런 케이스였다.

[아직 수식언이 없는 한 성좌가 화신 이현성에게 100코인을 후원했습니다.]

"도, 독자 씨?"

당황한 이현성이 눈을 끔뻑이며 더듬거렸다. 정희원이 혀를 차며 말했다.

"와, 역시 보고 있었네. 그런데 100코인은 너무 짠 거 아니에요?"

나는 시선을 돌려 [길들이기]를 연습 중인 두 아이를 바라보았다. 거대한 드래곤에게 계속해서 명령을 내리는 아이들. 내 시선을 느꼈는지 신유승이 허공을 향해 배시시 웃었다.

[아직 수식언이 없는 한 성좌가 미소를 짓습니다.]

멸살법에서는 성좌와 화신 관계를 부모와 아이 관계에 빗댄다. 자식을 가져본 적은 없지만, 신유승을 보고 있으면 어떤 심정인지 알 것도 같다.

혈연 이상의 단단한 뭔가로 맺어진 유대랄까. 연약하고 애틋한, 그러면서도 소중해서 어찌해야 할지 모르겠는 마음……

물론 모든 성좌가 이런 기분은 아닐 것이다. 화신이 배후성에게 뒤통수를 맞는 일도 흔하니까.

크롸라라라─!

2급 진화종, '키메라 드래곤'이 거센 울음을 터뜨렸다.

아직은 말을 잘 안 듣는 것 같지만, 저 녀석이 파티에 합류했으니 전력은 수직으로 상승한 셈이었다. 훗날 1급종을 지나 초월종에 도달한다면 저 드래곤은 성좌조차 두려워하는 괴물이 될 것이다.

키메라 드래곤을 보며 이지혜가 부럽다는 듯 한숨을 내쉬었다.

"젠장, 나도 배후성 잘 고를걸. 충무공 할아버지 떠서 땡잡았다고 생각했는데……."

하여간 노력도 제대로 안 하는 녀석이 불평은 제일 많지.

충무공이 얼마나 좋은 배후성인지도 모르는 녀석이…… 언제 날 잡고 한번 참교육을 시켜줘야 하는데.

어쨌거나 이 정도면 다음 시나리오 공략은 충분하겠지.

이지혜나 공필두의 성장세가 조금 아쉽기는 하지만, 상황은 나쁘지 않았다. 여기에 유상아라는 변외 인물까지 있으니, '서울 돔'을 탈출하기만 하면 이후 시나리오 진행은 수월할 터였다.

"사부! 배후성 없이도 강해질 수 있는 스킬 같은 거 없어요? 나한테 좀 가르쳐줘요!"

"지금의 너에겐 무리다."

유중혁도 회귀 우울증을 어느 정도 극복한 듯 보이니, 이대로 '유중혁 루트'를 계속 따라간다면 등장인물의 생존은 크게 걱정할 필요 없겠지. 문제는 오히려 내 쪽이었다.

[거대한 운명이 당신의 죽음을 바라고 있습니다.]

나는 여전히 사라지지 않는 '운명 메시지'를 바라보았다. 이번에 어머니로 인한 죽음을 겪으며 혹시나 운명이 충족되지 않았을까 조금 기대봤지만, 역시나였다.

어쩌면 '누가 나를 죽이느냐'는 문제가 아닐지도 모른다.

중요한 것은 '부활 편법'으로는 이 운명을 피할 수 없다는 것.

빌어먹을 성운 놈들.

내가 시나리오를 너무 많이 바꾸었기에 이런 사태가 찾아왔겠지. 성좌위에 오르며 지나친 주목을 받은 탓도 크고. 이대로라면 어찌저찌 부활을 통해 삶을 이어가더라도 문제가 끊이지 않을 것이다.

이번 '꿈을 먹는 자' 사태만 보더라도 그렇다.

하마터면 이계의 신격이 강림해 일행이 전멸할 뻔했다. 나야 부활할 수 있으니 상관없지만 다른 이들은 그렇지 않다. 일행 중에 죽었다 살아날 수 있는 존재는 없고, 하물며 유중혁이 죽어버리기라도 하면 모든 것은 수포로 돌아간다.

모두 내가 없었다면 애초에 일어나지 않았을 일이었다.

[성운, <베다>가 당신의 부활을 기다리고 있습니다.]

[성운, <파피루스>가 당신의 부활을 기다리고 있습니다.]

[성운, <올림포스>가 당신의 부활을 기다리고 있습니다.]

숨죽인 채 기회를 노리는 성운들을 보며, 나는 생각하고 또 생각했다.

이미 주목은 끌었고, 저들에게 대항하기에 난 너무 약했다.

어떻게 해야 일행을 지키고 저놈들은 떨쳐낼 수 있을까.

역시, 그 수밖에 없나?

시스템 메시지가 떠오른 것은 그때였다.

[부활 조건이 모두 충족됐습니다!]

[특성 '여덟 개의 목숨'의 특전이 발동합니다!]

어느새 다시 돌아갈 시간이 되었다.

[당신의 육신이 부활합니다!]

¤ ¤ ¤

쓰으으읍, 하는 소리를 내며 힘껏 들숨을 머금는다.

매번 하는 말이지만, 제일 적응하기 힘든 순간이 바로 부활 후 첫 숨을 들이쉴 때다. 눈을 뜨자 새카만 어둠이 주변을 채우고 있었다. 아마 관 속에 넣어졌기 때문이겠지.

젠장, 어차피 다시 살아날 사람을 왜 굳이 관짝에 넣는지.

[특성 '여덟 개의 목숨'의 특전이 발동 중입니다.]

[뱀의 세 번째 머리를 희생합니다.]

[해당 머리의 능력은 '투지鬪志'입니다.]

이번에도 어김없이 특전 효과를 받았다.

'여덟 개의 목숨'을 통해서 받는 특전은 다른 고위급 가호에 비하면 효능이 미미한 편이지만, 그래도 없는 것보다는 나았다.

죽으면서 잃은 다리도 원상태로 회복되었고, 이제 관 뚜껑을 박차고 나가는 일만 남았다.

"오오! 소문이 진짜였다!"

"정말로 부활하셨잖아?"

꾸드득 힘을 줘 관 뚜껑을 밀자마자 어디선가 박수와 환호 소리가 들려왔다. 내 부활 소문이 퍼진 모양인지 다종다양한 화신들이 모여 구경하고 있었다.

관에서 나오며 환대를 받으니 기분이 진짜 이상한데.

[연이은 부활로 인해 화신들 사이에서 당신의 유명세가 증가합니다.]

[당신의 격이 미미하게 상승합니다.]

마침 근처에 있던 정희원이 [지옥염화]를 축포처럼 쏘아 올리며 나를 맞이했다. 저 스킬을 저렇게 쓰다니. 에덴의 성좌들이 대로할 일이다.

"부활 축하해요."

"……다음부턴 관에 넣지 말아주세요."

"잠깐만 기다려요. 사람들 데려올 테니까."

정희원이 떠나기가 무섭게 성좌들의 간접 메시지가 귓가에 쏟아졌다.

[성좌, '악마 같은 불의 심판자'가 당신의 부활에 기뻐합니다.]
[성좌, '긴고아의 죄수'가 당신의 귀환을 축하합니다.]
[성좌, '고려제일검'이 당신의 용기를 칭송합니다.]
[성좌, '심연의 흑염룡'이 투덜거리며 주머니를 뒤집니다.]
[다수의 성좌가 당신이 이룬 업적에 크게 경탄합니다.]
[90,000코인을 후원받았습니다.]

9만 코인이라…….

아무래도 그저께 나를 못 도와준 일을 다들 마음에 두고 있는 모양이었다.

조금 섭섭하긴 했지만 이해 못 할 상황도 아니었다. 성좌들이 다른 성운과 대적하면서까지 나를 돕는다면 오히려 그게 더 의심스러울 테니까.

[당신이 이룬 업적의 평가가 완료됐습니다.]
[당신은 '준신화급' 설화를 획득했습니다.]
[설화, '이계의 신격을 살해한 자'를 획득했습니다!]
(…)
[설화 달성으로 인해 몇몇 이계의 신격이 당신에게 적의를 품습니다.]
[설화 달성으로 인해 일부 이계의 신격이 당신에게 호기심을 품습니다.]
[설화 달성으로 인해 '위대한 옛 존재' 중 몇몇이 당신의 존재를 눈치

챘습니다.]

[곧 당신의 수식언이 공표될 것입니다.]

무려 준신화급 설화라니…… 신화급 설화를 받지 못해 조금 아쉬웠지만, 그래도 적당히 만족할 수 있는 수준이었다.

'위대한 옛 존재'와 싸웠다면 틀림없이 신화급 설화를 받았겠지만, 그만한 존재와 대면했다면 대화를 시도해보기도 전에 소멸했겠지.

[당신은 심사 도중 새로운 설화를 획득했습니다.]

[기존 설화를 뛰어넘는 설화를 획득하여 당신의 격이 재평가됩니다.]

[다음 시나리오에서 당신의 격이 공표될 것입니다.]

[아직 당신의 다섯 번째 설화가 진행 중입니다.]

위인급 말단에서 시작하면 다행이라고 생각했는데, 이대로라면 위인급 중에서도 상당한 수준으로 격이 공표될지도 모르겠다. 그나저나 다음 시나리오에서 공표된다 이거지. 마침 타이밍도 괜찮다 싶었다.

대망의 열 번째 메인 시나리오, '73번째 마왕'.

이 시나리오는 서울 돔에서 시행되는 마지막 시나리오로, 참가자가 극히 제한되어 있었다. 시나리오에 도전 가능한 자는 암흑성 랭킹 1위와 2위뿐. 물론 혼자 하는 것은 아니고, 각각 자신 외에 최대 네 명의 랭커와 팀을 꾸려 도전할 수 있었다.

[현재 당신의 암흑성 랭킹은 2위입니다.]

내가 데려갈 수 있는 일행은 총 넷.

하지만 그 인원으로는 다음 층에서 나타날 적을 상대하기 어려웠다.

즉 이 시나리오를 완수하려면 암흑성 랭킹 1위의 도움을 받아야만 했다.

문제는 1위가 누구냐는 것인데.

생각하기가 무섭게 등 뒤에서 목소리가 들려왔다.

"김독자."

하긴 1위가 누구긴 누구겠어.

"유중혁, 네가 지금 랭킹 1위냐?"

"암흑성 랭킹을 묻는 건가."

"그럼 뭔 랭킹이겠어?"

"물론 내가 1위다. 서울 랭킹 때랑은 상황이 다르지."

이 자식, 역시 그때 1위 못 한 걸 마음에 두고 있었나 보다. 하여간 쪼잔한 새끼.

나는 속으로 투덜거리며 입을 열었다.

"네 도움이 필요해. 너도 알겠지만, 다음 시나리오는 데리고 갈 수 있는 인원이 정해져 있잖아? 너랑 내가 나눠서 데려가지 않으면……."

멀리서 일행이 달려오는 모습이 보였다. 신유승과 이길영이 서로 제일 앞에 서려고 몸싸움을 벌이고 있었다. 일등 한다고 상 주는 것도 아닌데 왜 저러는지 모르겠다.

"김독자, 네놈 목적은 뭐지?"

"목적? 무슨 목적?"

난데없는 진지한 화제에 흘끗 돌아보니 유중혁 또한 일행들 쪽을 보고 있었다.

"'모든 시나리오의 끝'에 도달하는 것이 네 최종 목표인가?"

"뭐, 그런 셈이지."

"무슨 일이 있어도, 그 목표를 포기하지 않겠다고 약속할 수 있나?"

이놈은 갑자기 또 왜 이래? 농담으로 넘기고 싶었지만, 표정 하나 변하지 않은 채 묻는 모습을 보고 있자니 진지해지지 않을 수가 없었다.

"당연히 포기 안 하지. 근데 그건 왜?"

"아무것도 아니다."

화제를 돌리는 유중혁의 왼쪽 눈썹이 꿈틀거렸다. 송충이처럼 꿈틀거리는 그 눈썹을 보며, 나는 가슴 한쪽이 스산해졌다.

"야, 너……."

멸살법을 끝까지 읽은 나는 안다. 유중혁이 왼쪽 눈썹을 꿈틀거리는 것은 심각한 결심을 했을 때뿐이다. 그리고 녀석이 심각한 결심을 한 후에는 높은 확률로 사망 회귀가 발생한다.

이 자식이 또 뭔 헛짓거리를 꾸미나 싶어 [전지적 독자 시점]을 쓰려던 찰나, 일행이 도착했다. 내가 입을 채 열기도 전에 유중혁이 선수를 쳤다.

　"열 번째 시나리오 참가자를 발표하겠다."

2

　일방적인 통보에 일행들의 반발은 어마어마했다.

　"아니, 그렇게 혼자서 결정하는 게 어디 있어요?"

　유중혁이 멋대로 통보를 마친 뒤 사라지자 정희원은 표정을 굳히며 유중혁 목소리를 흉내 냈다.

　"출발은 사흘 뒤다. 그때까지 랭킹은 알아서 올려라."

　이지혜가 깔깔대며 좋아했다.

　"진짜 똑같다! 언니 또 해봐요!"

　"그거 그 자식 있을 때 해보지 그랬어요."

　"독자 씨라면 하겠어요?"

　"아뇨."

　정희원은 분이 풀리지 않는지 씩씩거렸다. 나는 그녀를 달래듯 말했다.

"그래도 이번엔 유중혁 말대로 하는 게 생존 확률이 높을 거예요."

"독자 씬 대체 누구 편이에요?"

나는 어깨를 으쓱하며 웃었다. 그제야 유중혁의 패기에 얼어붙어 있던 일행들도 하나둘 어색한 미소를 지었다. 이길영과 신유승이 내 양쪽에 찰싹 붙었고, 이현성은 살짝 울적한 얼굴로 고개를 끄덕였다.

"부활을 축하드립니다. 벌써 몇 번째지만 익숙해지질 않는군요."

"익숙해져버리시면 저도 슬플 것 같은데요. 일단 정리를 좀 해볼까요."

유중혁이 일방적으로 통보한 말은 다음과 같았다.

―팀은 두 개로 나눈다. 내 팀과 김독자 팀. 할당 인원은 각각 네 명씩이다.

―내 팀에 들어올 인원은 이현성, 공필두, 이지혜, 이설화, 이렇게 넷이다.

―김독자 팀은 정희원, 신유승, 이길영, 유상아, 이렇게 나머지 넷으로 하겠다.

결국 명단은 지금까지 공략에 참가한 주요 구성과 대동소이했다. 쭉 싸워온 대로 열 번째 시나리오 공략에도 참가하자는 뜻. 나를 배려한 것일 수도 있고, 유중혁 본인이 편해서일 수도 있다. 그 자식 성격을 생각하면 후자일 가능성이 농후하지만.

다들 명단 자체에는 큰 불만이 없는 기색이었는데, 유일하게 시무룩한 사람이 있었다.

"저도 독자 씨 팀에 들어가고 싶습니다……."

"어차피 같이 가니까 어느 팀에 들어가든 별 상관은 없을 겁니다."

"……예."

그새 유중혁 자식이 엄청나게 굴려댄 모양이군. 나는 이현성 어깨를 탁탁 쳐주며 일행들에게 고개를 돌렸다.

제일 먼저 눈이 마주친 사람은 유상아였다. 너무 오랜만이라 그런가, 눈을 마주친 것만으로 쑥스러운 기분이었다. 잠시 그러고 있자니 정희원이 옆구리를 쿡 찔렀다.

"왜요? 가터벨트랑 차이나 드레스가 아른아른해요?"

"아직도 그 얘깁니까?"

"기념일로 만들어서 매해 챙기려고요. 김독자 은밀한 취향의 날. 그날엔 모두 가터벨트와 차이나 드레스를 착용하고……."

"……그만 놀리시죠."

그러자 이지혜가 손을 번쩍 들었다.

"난 좋은 생각인 것 같아!"

"너도 그만해라."

"그런데 그 가터벨트, 생각보다 방어력이 높더군요."

"예? 아니, 현성 씨."

기겁하는 나를 향해 이현성이 진지한 목소리로 말했다.

"노출도가 높은 장비일수록 방어력이 높다는 가설이 있는데, 이참에 다 같이 입고 검증해봐도 나쁘지 않을 것 같습니다. 제가 군에 있을 때 도입한 기능성 티셔츠 같은 경우도—"

군인 정신을 엉뚱한 쪽에서 발휘하지 말아달라고 충고하려는데, 허공에서 우리엘의 메시지가 들렸다.

[성좌, '악마 같은 불의 심판자'가 가터벨트를 만든 성좌도 남자였다고 말합니다.]

농담이겠지? 빌어먹을. 게다가 '성좌'라고?

[성좌, '가장 어두운 봄의 여왕'이 빙긋 웃으며 언제 한번 그를 초청하겠다고 말합니다.]

생각해보면 이 모든 상황은 페르세포네 때문이다. 언제 다시 명계에 가면 이 일을 꼭 따져야겠다.

"장난은 이쯤 하고…… 그보다 다들 랭킹은 어떻게 되세요? 참고로 명단에 들어가려면 랭킹 10위 안쪽이어야 하는 건 알고 계시죠?"

정희원이 먼저 대답했다.

"난 4위예요. 이복순 할머니한테 랭킹 넘겨받았거든요."

"형, 저랑 신유승은 8위랑 9위예요. 당연히 제가 8위예요!"

"저는 5위입니다. 그리고 공필두 씨는 랭킹 올리러 잠깐 자리를 비웠습니다. 한수영 씨도요."

그러고 보니 한수영이 있었지. 내 생각을 읽은 모양인지 유상아가 물었다.

"한수영 씨는 명단에 없는데 두고 가실 건가요?"

"아뇨, 데리고 가야 합니다. 한수영은 꽤 도움이 되니까요."

"……그렇군요."

유상아는 한수영 이야기가 나오자 힘없이 웃었다. 일행들은 아직 한수영이 '첫 번째 사도'였다는 사실을 모른다. 한수영 이야기가 나올 때마다 유상아 입장에선 거짓말하는 기분일 테니, 껄끄러울 수밖에 없을 것이다. 언제 이야기를 꺼내긴 해야 하는데 기회가 있을지 모르겠다.

"올라갈 수 있는 사람은 총 열 명인데, 수영 씨는 어떻게 데려가려고요?"

"원칙적으론 열 명이지만 히든 피스가 있습니다. 암흑성에서 '식스맨 카드'라는 아이템을 구할 수 있거든요. 그걸 쓰면 팀이 아닌 사람도 다음 시나리오에 참가할 수 있습니다."

"하여간 그놈의 히든 피스. 또 뭔가 알려줄 만한 건 없어요? 다음 시나리오에 뭐가 나오길래 이리 호들갑인지 우리도 좀 알아야 할 거 아니에요. 항상 유중혁 씨랑 둘만 알고 있고. 솔직히 독단적인 면은 둘이 비슷한 것 같아요."

"그런 놈이랑 비교하시니 기분이 영 거북한데요."

정희원이 생긋 웃었다.

"그럼 말해주세요. 독자 씨는 유중혁 씨랑은 다르다는 걸 보여달라고요."

주변을 둘러보자 다들 할머니의 전래동화를 기다리는 손주들처럼 눈을 빛내고 있었다. 내가 이야기꾼이었다면 '옛날 옛날 한 용사가 살았답니다' 따위의 그럴듯한 서두를 열었겠지만, 난 김독자이지 김작가가 아니다.

"혹시 '마왕魔王'이라는 존재에 대해 들어본 적 있으십니까?"

마왕.

난데없이 던져진 그 단어에 일행들이 서로 바라보았다.

"뭐, 악마들의 왕? 그런 건가요?"

"나 알아요. 그거 애니에 맨날 나오는데."

이길영의 말에 내가 고개를 끄덕여주었다.

"맞아. 그거랑 비슷해."

멸살법 설정에 따르자면 좀 다르긴 하지만, 여기서 주절주절 설명하기도 뭣했다.

"열 번째 시나리오에서는 그 '마왕'과 싸웁니다."

이현성이 침음하며 고개를 끄덕였다.

"도깨비에, 귀환자에, 촉수 괴물에…… 지금쯤 마왕 같은 게 나와도 이상한 타이밍은 아니군요."

"근데 마왕이면 엄청 센 거 아냐? 악마 후작이란 녀석도 그 정도인데…… 비교하자면 대체 어느 정도로 강한 건데?"

나는 잠시 고민하다가 답해주었다.

"성좌급이야."

멸살법에서 마왕을 이르는 말이 있다.

승천하지 않은 성좌. 말 그대로 마왕은 현세에 눌어붙은 '성좌'이다.

안색이 창백해진 이지혜가 다그쳤다.

"그런 녀석을 우리가 어떻게 잡아? 또 아저씨랑 사부랑 둘이서 잡을 수 있어?"

"이번엔 다 같이 잡을 거야. 나랑 유중혁이 신격을 꺾은 건 순전히 행운이었어. 두 번이나 그런 요행은 없다고."

"젠장, 나 안 올라가면 안 돼?"

"걱정 마. 마왕이 성좌만큼 센 건 사실이지만, 이 위층에 있는 녀석은 진짜 성좌급은 아니니까."

"그럼?"

나는 잠깐 망설였다. 이 시점에서 이런 정보를 한꺼번에 토해내도 될까.

이 정보는 마왕뿐만 아니라 스타 스트림의 성좌에 관한 내용도 포함하는데. 잠시 생각해본 뒤 [그룹 채팅]으로 이야기를 전하려는 순간.

[그건 제가 알려드리죠.]

내 고충을 알았는지 허공에서 목소리가 들려왔다.

[오랜만입니다, 여러분. 하, 그동안 말 못 해서 얼마나 답답했는지…… 하하, 다들 시나리오 준비는 잘 되어가시나요?]

비형이었다.

¤¤¤

스타 스트림에서 마왕으로 인정받는 존재는 총 일흔둘.

그들은 성좌처럼 수식언을 가지고 있으며, 제각기 다른 마계의 지역을 통치하고 있다. 성운에 비할 바는 아니겠지만, 그래도 한 '세력'을 이끄는 강자라는 얘기다.

그들은 별자리의 명예에 집착하는 성좌들을 비웃으며 도깨비조차 버린 대지에 남았는데, 그 때문인지 성좌와 관계가 좋지 않았다. 특히 절대선 계통의 성좌와 마왕은 거의 철천지원수에 가까웠는데, 이 '암흑성' 시나리오는 그런 성좌들의 증오심을 반영해 만들어졌다.

화신들 싸우는 것도 보고, 마왕도 죽이고.

한마디로 성좌들의 '사이다'를 위한 시나리오랄까.

"아, 난 안 간다니까!"

나는 사흘 동안 암흑성의 주변부에 꼭꼭 숨어 있던 한수영을 찾아다녔다. 어찌나 꼭꼭 숨었던지 '도깨비 보따리'에서 구입한 '구속의 밧줄'과 '인명 탐색'이 없었다면 영영 찾아내지 못할 뻔했다.

한수영이 발악하며 외쳤다.

"난 이제 안 싸워! 그냥 여기서 죽치고 있다가 네가 시나리오 클리어하면 밖으로 나갈 거라고!"

"너도 가야 돼."

"마왕이랑 싸우기 싫단 말야!"

"73번째 마왕은 급조된 녀석이야. 너도 알잖아?"

앞서 말했듯, 스타 스트림에서 마왕의 격을 인정받은 존재는 일흔둘뿐이다. 그런데 이번 시나리오의 타이틀은 '73번째 마왕'이었다. 즉 위층에 있는 녀석은 '정식 마왕'이 아니라는 뜻이다.

"물론 마왕이니까 지금까지 만났던 적들 중에서는 손에 꼽게 강하겠지만, 설화급 성좌만큼 세지는 않아. 싸워볼 만해."

"난이도가 변했을지도 모르잖아. 너랑 같이 다니다가 난이도 변한 게 어디 한두 번이야?"

"메인 시나리오 난이도는 도깨비가 함부로 바꿀 수 없어. 그건 스타 스트림 관할이니까."

"도깨비만 위험한 줄 아냐? 사흘 전에 있었던 일 벌써 까먹었어?"

한수영이 이렇게 학을 뗄 도 이상하지는 않았다. 원작 전개를 아는 녀석이니 더할 수밖에 없겠지.

"이대로 시나리오 계속 진행하면, 네 일행 금방 다 죽어. 지금 성운들이 다 너만 노리는 거 알지?"

"알아. 그래서 나도 준비하고 있어."

"준비? 아니, 준비한다고 될 일이야? 당장 다음 시나리오에서 뭐가 어떻게 될 줄 알고?"

마침 야영지에 도착해서, 나는 말없이 일행 쪽을 바라보았다. 제각기 대형을 짜서 훈련 중인 모습이 보였다. 가상의 적을 상정해놓고 진형을 바꾸며 연계 스킬을 연습하고 있었다.

"길영이랑 유승이는 후방으로! 유상아 씨가 앞으로 나서고, 내가 그 뒤를 맡을게!"

"알았어요!"

이제까지와는 비교도 할 수 없는 침착한 팀플레이. 속성을 이용해 중첩 대미지를 주기도 하고, 적의 공격 반경을 이용해 원거리에서 포화를 쏟아붓기도 했다. 유심히 보던 한수영이 입을 벌렸다.

"설마 저거…… 마왕 패턴을 분석한 거야?"

나는 고개를 끄덕였다.

"그래."

"얼마나?"

"거의 다."

불가능한 일도 아니었다. 나는 멸살법 파일을 가졌고, 유중혁이 73번째 마왕과 싸운 데이터베이스도 상당히 쌓여 있었으니까. 게다가 유중혁은 2회차에서도 73번째 마왕과 싸워본 적이 있었다. 실제 경험과 빠삭한 이론이 힘을 합쳤으니, 다음 시나리오에 대한 완전 공략도 불가능한 일만은 아니었다.

한수영은 진심으로 탄식한 얼굴이었다.

"너 진짜 미친놈이구나."

"아직도 다음 시나리오가 힘들 거라고 생각해?"

"……"

73번째 마왕은 강하지만, 이 정도로 철두철미하게 준비하고 올라간다면 문제는 없을 것이다. 어쩌면 지금껏 수행했던 시나리오 중에서 가장 수월하게 풀릴지도 모르는 일이다.

얼마 지나지 않아 훈련 중이던 일행들이 하나둘 근처로 모였다. 나는 정희원을 향해 물었다.

"다들 랭킹은 어떻게 됐습니까?"

"모두 10위권 안에 들어갔어요. 사실 지혜랑 필두 아저씨가 아슬아슬했는데, 오늘 아침에 자동으로 승격되더라고요."

"자동으로요?"

그런 일이 발생하는 경우는 하나뿐이다. 바로 윗선 랭커가 사망했을 때. 한수영이 벌써부터 불길한 표정을 지었다.

"갑자기 10위권 랭커가 죽었다고? 뭔가 이상한데…… 야, 역시 난 안 가는 편이…….

"왔군, 김독자. 저 여자도 데려갈 건가?"

불쑥 나타난 유중혁을 보자마자 한수영이 잽싸게 내 뒤로 숨었다. 이 녀석은 아직도 유중혁이 무서운 모양이네.

"그래."

내가 대답하니 한수영을 못마땅하게 노려보던 유중혁이 품속에서 식스맨 카드를 꺼냈다.

[화신 '유중혁'이 식스맨 카드를 사용했습니다.]
[화신 '한수영'이 시나리오의 특별 참가자로 기용됩니다.]
[화신 '한수영'이 화신 '유중혁' 팀에 소속됐습니다.]

떠오른 메시지에 한수영이 경악했다.

"뭐? 야! 야! 내가 왜 쟤 팀인데!"

"자, 슬슬 출발할 테니까 다들 준비하세요."

유중혁 팀이 먼저 모였다. 차례로 이설화, 이지혜, 이현성, 공필두. 거기다 불평을 늘어놓는 한수영까지. 원작과 현실이 기이하게 뒤섞인 광경은 내게 묘한 감흥을 불러일으켰다.

오직 멸살법의 독자만 누릴 수 있는 사치랄까.

이어서 내 팀도 차례로 열을 맞춰 섰다. 정희원, 유상아, 신유승. 그리고 이길영. 군기가 잡힌 유중혁 팀에 비해 이쪽은 비교적 자유로운 분위기였다. 나는 일행을 한 명씩 정성껏 바라보았다.

"뭘 느끼하게 봐요?"

"그냥요. 감회가 새로워서."

정희원의 핀잔에도 나는 가만히 웃었다. 여기까지 잘 따라와준 이들을 보고 있으니 어쩐지 가슴이 벅차면서도 애달픈 마음이 들었다.

[제4의 벽]과 이야기하고 나서부터 특히 그 마음이 더 커지는 느낌이다.

그래서 이번 시나리오에 더욱 만반의 대비를 했는지도 모른다. 나는 이제 이들을 잃기 두려운 것이다.

"참, 우리 팀도 식스맨 있는 거 아시죠?"

내 말에 다들 내 시선을 따라 고개를 돌렸다.

몇 걸음 떨어진 곳에, 쭈뼛거리는 사람 형상이 보였다.

"거기 있지 말고 이리 오세요."

우리가 구한 식스맨 카드는 총 두 장. 유중혁 팀에 한수영이 들어갔듯 우리 팀에도 식스맨은 있다. 정확히 말하면 식스우 먼이겠지만.

"……수경 씨도 너와 함께 가고 싶어했어."

"지금은 당신이 같이 가주는 게 더 도움이 돼요."

전우치의 화신, 조영란이 복잡한 눈길로 나를 보았다. 어머니에게 부탁해 특별히 이번 공략대의 일원으로 끼워 넣었다. 위급한 상황에 유용하게 쓸 수 있는 전우치의 성흔이 꽤 있기 때문이다.

"수경 씨랑 이야기는 해봤니?"

"조금은요."

[제4의 벽]에서 빠져나온 후유증 때문인지, 어머니는 도저히 다음 시나리오에 참가할 만한 상태가 아니었다.

[제4의 벽]을 통해 나는 어머니에 대해 여러 가지를 알게 되었다. 어머니가 숨기고 있던 과거뿐만 아니라 시나리오에 참가한 후 겪은 일에 대해서도. 원작의 모든 이야기를 알고 있는 나와 달리 어머니의 싸움은 처절함의 연속이었다.

몇 번이나 무리한 대가를 바쳐가며 성좌들 도움을 얻었고, 환생자 니르바나에게 일부러 잡혀 녀석의 기억을 훔쳤으며, 심지어는 나를 지키기 위해 성운과 계약까지 했다.

그러나 모든 것을 알고 난 뒤에도 어머니를 향해 건넬 말을 찾을 수 없었다. 아직 때가 되지 않았기 때문이라고 생각하기로 했다.

언젠가 시나리오가 무사히 끝나면 우리 모자에게도 진짜 이야기를 나눌 날이 찾아올 것이다. 어머니도 미루어 알고 있는지 이번에는 별말을 하지 않았다. 그저 오랫동안 나를 바라보았고, 눈을 돌리며 이렇게 말했을 뿐이다.

―네 선택을 믿는다.

왜인지는 모르겠지만 그 말을 듣는 순간 묘한 느낌이 들었다. 어쩌면 내가 [제4의 벽]을 통해 어머니를 읽었듯이, 어머니 또한 나에게서 뭔가 읽었는지도 모른다.

"출발하죠."

목표지는 무저갱 평원 중심의 제단. 암흑성 1층에서와 마찬가지로, 이곳에서도 제단을 통해 다음 층으로 이동할 수 있었다.

걷는 내내 지루했는지 정희원이 입을 열었다.

"성운들이 잠잠한 게 영 거슬리네요."

이틀 전부터 성운들의 메시지가 들려오지 않고 있었다.

뭔가 꿍꿍이가 있는지, 개연성을 과도하게 소모한 탓인지는 아직 알 수 없었다. 나는 유상아에게 물었다.

"혹시 〈올림포스〉 쪽이랑 연락되십니까?"

"……사흘 전부터 안 돼요."

지난번에 듣기로, 현재 올림포스 성좌들은 분열 중이라고 했다.

지금까지 유상아에게 접근한 쪽은 디오니소스와 페르세포네를 비롯한 올림포스의 아웃사이더들. 어쩌면 사흘 전 사태로 올림포스 내부에서도 암투가 벌어지고 있는지도 모른다.

내 표정이 불안했는지 유상아가 우려 섞인 목소리를 냈다.

"독자 씨, 괜찮으세요?"

"괜찮습니다. 유상아 씨는요?"

"……괜찮으려고 노력하고 있어요."

나는 유상아를 바라보았다. 너무 착해서 계속 보고 있으면 어쩐지 미안한 마음이 들고 마는 사람. 내 [운명]을 가장 먼저 전해 듣고, 나를 구하기 위해 동분서주하며 뛰어다녔다는 이야기는 익히 들었다.

유상아라면 이상한 일은 아니었다. 무언가가 잘못되어 있다면 가장 먼저 나서는 사람이니까.

첫 번째 시나리오 때 할머니를 살리기 위해 제일 먼저 나선 사람도 그녀였다. 그러니 내 자리에 누가 있었더라도 유상아는 똑같이 행동했을 것이다.

"잘 해낼 수 있겠죠? 지금껏 계속 그랬으니까, 이번에도……."

"걱정 마세요."

처음 내 운명을 알아낸 사람인 만큼, 아직 그것이 사라지지 않았다는 사실도 알고 있을 것이다. 무슨 말을 더 해줘야 안심시킬 수 있을지 고민하는데 앞쪽에서 유중혁 목소리가 들렸다.

"다 왔군."

파르테논 신전을 연상시키는 건축물이 눈앞에 있었다. 일행들이 눈에 띄게 경직되어서 나는 한 사람씩 말을 걸어주었다.

"길영아. 유승아. 아까 연습한 대로 하면 돼. 키메라 드래곤은 내가 신호하기 전엔 절대 부르지 말고. 알았지?"

마왕 공략전에는 이 아이들 역할이 가장 중요했다. 아이들이 길들인 키메라 드래곤은 이번 공략에서 핵심적인 역할을 할 것이다.

"유상아 씨는 가능한 한 정희원 씨가 다치지 않도록 보호해 주세요. 그리고 이번에도 메인 딜러는 정희원 씨입니다. 싸움법은 충분히 숙지하셨죠?"

"기억하고 있어요."

준비를 마친 유중혁이 이쪽을 바라보자, 나도 일행을 이끌고 가까이 다가갔다. 곧 허리 높이 제단이 나타났다. 나와 유중혁은 제단 위의 손바닥 마크에 동시에 손을 가져다댔다.

[시나리오 도전자를 확인했습니다.]

[시나리오 도전자: 암흑성 랭킹 1위 유중혁]

[시나리오 도전자: 암흑성 랭킹 2위 김독자]

[총 입장 인원: 12명]

[시나리오에 도전하시겠습니까?]

우리는 동시에 고개를 끄덕였다. 눈부신 빛줄기와 함께 우리 몸이 다음 층으로 전송되기 시작했다. 도착한 곳은 비좁은 통로였다.

[새로운 메인 시나리오 지역에 진입했습니다.]

[메인 시나리오 #10 - '73번째 마왕'이 시작됩니다!]

역시 원작 그대로의 전개였다. 이 통로를 쭉 따라가면 73번째 마왕이 기거하는 전당에 도달할 것이다.

"다들 준비하세요."

우리는 자세를 낮춘 채 조심스레 통로를 따라 이동했다. 마왕 공략전은 첫 기습으로 얼마나 타격을 주느냐에 따라 난이도가 달라진다. 가능한 한 조용히 접근해 큰 피해를 줄 수만 있다면, 연습한 진형을 모두 사용하지 않아도 공략이 무난히 끝날지도 모른다.

그런데 문득 꺼림칙한 감각이 머릿속을 스쳤다.

왜 이렇게 조용하지? 이쯤이면 마왕의 기척이 느껴져야 하는데?

시스템 메시지가 떠오른 것은 그때였다.

[시나리오에 오류가 발생했습니다.]

"형, 이건……?"

놀란 이길영이 반사적으로 입을 열어서 나는 입술 근처에 손가락을 댔다. 그러자 일행들도 한층 낮아진 목소리로 수군거렸다.

"독자 씨, 아까 이야기한 거랑 뭔가 다른……."

"여, 여기 사람이 죽어 있습니다……!"

선두에서 길을 찾던 이현성이 말했다. 우리는 최대한 은밀하게 이현성 근처로 다가갔다. 한곳에 시체들이 널려 있고, 죽은 지 얼마 안 되어 보였다.

유중혁이 손을 대는 순간, 강력한 스파크가 튀어 올랐다.

"개연성 폭풍의 흔적이군."

뭔 짓을 했는지는 모르겠지만, 사후에도 스파크가 남아 있을 정도라면 이들의 배후성 또한 어지간히 무리를 한 듯했다. 화신 동조를 통해 큰 힘을 끌어다 쓴 것 같은데, 흔적이 이 정도이니 배후성 쪽도 소멸에 가까운 타격을 받았을 것이다.

문제는 대체 누가, 왜 이런 짓을 했냐는 것인데.

유중혁이 입을 열었다.

"〈베다〉와 〈파피루스〉의 단말 화신들이다."

"뭐?"

"암흑성을 돌아다니다 만난 적이 있다. 나한테 접촉한 녀석들이 틀림없어."

"그 녀석들이 어떻게 여기 온 거지? 성운의 단말이라면 랭킹은 충분하겠지만 시나리오 참여권이 없었을 텐데."

"식스맨 카드가 또 있었던 모양이군."

풀리지 않던 의문 하나도 해소되었다. 이지혜와 공필두의 랭킹이 갑자기 오른 것은 이들이 죽었기 때문이었다.

하지만 이상한 점은 또 있었다.

식스맨 카드를 사용하면 시나리오 도전 파티를 구성하지 않아도 마왕에게 도전할 수 있다. 하지만 식스맨만으로는 설령 마왕을 사냥한다 해도 시나리오 클리어가 성립되지 않는다.

즉 이곳에 올라와봤자 개죽음을 당할 뿐이라는 것이다.

불길한 예감이 들었다. 만약 성운들이 조용하던 이유가, 여기에 나머지 개연성을 쏟았기 때문이라면?

나와 유중혁은 거의 동시에 서로를 보았고, 진형 구성도 잊은 채 전당 쪽으로 내달리기 시작했다.

내 생각이 맞다면 지금은 진형 따위를 걱정할 때가 아니었다.

그리고 전당에 도착한 순간, 우리는 충격적인 광경을 목도했다.

[거참, 성좌님들. 대체 무슨 짓을 벌이시는 겁니까?]

거대한 전당의 중심에 수십의 도깨비들이 부유하고 있었다.

[멋대로 이런 짓을 벌이시면 곤란하죠. '스타 스트림'을 너무 얕보는 거 아닙니까? '데우스 엑스 마키나'를 이런 곳에 쓰시다뇨?]

우리에게 하는 말은 아니었지만, 명백히 들으라고 하는 듯한 발화. 나와 눈이 마주친 비형이 어색하게 고개를 돌렸다.

이 자식들, 대체 무슨…….

[화신을 아끼시는 건 알겠지만, 여러분이 개연성에 간섭하신다고 해서 시나리오가 끝나지는 않는다고요. 몇몇 분은 거의 소멸에 가까운 타격을 받으신 것 같은데. 대체 왜 이런 짓을 저지르신 겁니까? 허, 개연성 좀 보게. 하위 성좌님은 죄다 갈려나갔잖아요……?]

대표로 말하는 도깨비의 입가에 묘한 웃음이 걸려 있었다. 처음부터 이런 일이 일어날 줄 알고 있었다는 듯한 웃음.

그보다 잠깐만. 저 자식이 방금 뭐라고 했지?

"김독자."

유중혁의 말에, 나는 녀석이 가리키는 쪽을 바라보았다.

전당의 중심. 본래 '73번째 마왕'이 있어야 할 옥좌가 부서져 있었다.

그리고 흉흉한 기세를 풍기며 우리를 맞이해야 할 마왕은.

[현재 '73번째 마왕'이 사망한 상태입니다.]

처참하게 가슴이 찢긴 채 죽어 있었다.

"이게 뭐야? 쟤 죽은 거야?"

뒤늦게 달려온 한수영의 말에, 다른 일행들도 입을 열었다.

"마왕이 벌써 죽었다고요?"

"그럼 시나리오는 어떻게 되는 거예요?"

"혹시 벌써 끝난 건가?"

머릿속이 너무 복잡해져서 일행들 목소리가 잘 들리지 않았다.

시나리오 도전 자격도 얻지 못한 화신들이, 개연성 폭풍을 감수하고 성운들의 지원을 받아 마왕을 죽여버렸다. 언뜻 보면 시나리오가 해결된 것처럼 보였다.

하지만 스타 스트림의 메인 시나리오는 그렇게 단순하지 않다.

[<스타 스트림>이 시나리오의 균형을 바로잡습니다.]

초월적 존재가 과도하게 개입하여 망가진 시나리오는, 스타 스트림의 개연성에 의해 강제로 수복된다.

머릿속으로 강렬한 기시감이 스쳤다.

'73번째 마왕' 시나리오는 아니지만 멸살법에서 비슷한 일이 일어난 적이 있었다. 성좌들의 난동으로 인해 시나리오가 망가지고, 스타 스트림이 메인 시나리오를 수복했던 일.

그때 어떻게 되었더라?

[<스타 스트림>이 망가진 개연성을 바로잡습니다.]

나는 마왕이 죽은 자리를 바라보았다.

자연스러운 이야기의 흐름을 좋아하는 스타 스트림은 이런 일이 생겼다고 해서 죽은 존재를 되살리거나 하지는 않는다. 시간 역행이나 복선 없는 부활은 시나리오의 개연성을 가장 크게 훼손하니까.

[메인 시나리오 내용이 갱신됐습니다!]

73번째 마왕은 죽었다. 하지만 여전히 73번째 마왕은 필요하다. 왜냐하면 우리가 녀석을 사냥해야만 시나리오가 진행되니까. 이 모순을 해결하기 위해 스타 스트림이 할 일은 정해져 있었다.

마왕이 죽은 자리에, 까맣게 빛나는 보옥寶玉이 놓여 있었다.

나는 반사적으로 입을 열었다.

"야, 저거…….".

그런데 당연히 근처에 있어야 할 기척이 느껴지지 않는다.

등줄기에 섬뜩한 감각이 번졌다.

시간이 아주 천천히 흐르는 것 같았다.

돌아보니 유중혁은 이미 옆에 없었다.

"유중혁!"

내가 움직였을 때 이미 유중혁은 보옥 앞에 도달해 있었다. 나를 돌아보는 녀석의 표정은 지금껏 한 번도 보지 못한 것이었다. 멸살법 어디에도 없던 눈빛으로, 유중혁이 나를 보고 있었다.

"김독자. 꼭 약속을 지켜라."

그리고 시스템 메시지가 들려왔다.

[보옥이 '73번째 마왕 후보자'를 선택했습니다.]

[새로운 '73번째 마왕'이 선출됩니다.]

"야! 무슨 개소리야!"

나는 다급히 외치며 유중혁을 향해 달려갔다. 보옥을 쥔 유중혁의 몸에 새카만 아우라가 용솟음치기 시작했다.

[보옥의 선택을 받은 존재가 마왕으로 진화합니다!]

보옥의 선택을 받은 자는 73번째 마왕이 된다.

―무슨 일이 있어도, 그 목표를 포기하지 않겠다고 약속할
수 있나?

며칠 전 유중혁의 의미심장한 질문이 머릿속을 스쳤다. 내
목표. 이 모든 시나리오의 끝에 도달하는 것. ……설마? 아니,
그럴 리가 없잖아.

나는 거의 발작적으로 외쳤다.

"유중혁 이 새끼야!"

쐐애애액, 하고 강선이 허공을 가르는 소리가 들린 것은 그
때였다.

뒤쪽에서 뻗어나온 수십 개의 와이어가 유중혁을 향해 쏟
아지더니 개중 하나가 유중혁 손에서 보옥을 낚아챘다.

[마왕 계승이 취소됩니다.]

유중혁의 낯빛이 당황으로 물들었다.

"독자 씨!"

뒤를 돌아보자, 유상아가 손에서 수십 가닥의 실을 내뻗고
있었다. 모두 얼어붙은 사이, 오직 그녀만이 제정신을 차리고
기지를 발휘했다. [실 묶기]에 감겨든 마왕의 보옥이 실을 타
고 이쪽으로 날아오고 있었다. 유중혁이 어마어마한 살기를

터뜨리며 일갈했다.

"방해하지 마라!"

강렬한 마력파가 유상아를 덮치려는 순간, 나는 [책갈피]에서 [바람의 길]을 발동해 녀석의 마력파를 흘려보냈다.

쿠콰콰콰콰콰!

최대 레벨의 [바람의 길]을 운용하는데도 흘려내기 쉽지 않았다. 초월좌가 된 유중혁의 힘이다. 나는 이를 악문 채 외쳤다.

"유상아 씨! 그거 잘 들고 있어요! 절대 사용하지 말고요!"

"네!"

이게 대체 어떻게 된 일인가 싶어 일행들이 우왕좌왕했다. 한수영이 분신을 수십 기로 분열시키며 소리쳤다.

"이럴 줄 알았다니까! 김독자, 내가 말했잖아! 유중혁 저건 끝까지 자기 하나만 생각하는 놈이라고!"

상황을 제대로 파악하지 못했는지 한수영이 고래고래 악을 썼다.

"김독자! 반드시 막아야 돼! 저 새끼 분명 마왕 돼서 다 죽이고 자기 혼자 시나리오 클리어하려는 속셈……!"

유중혁을 막아서던 한수영의 분신이 일거에 폭발하며, 한수영의 본체가 전당 벽에 틀어박혔다. 다른 일행들도 다급하게 내 앞을 막아섰다.

"사부! 대체 왜 그래요! 까아악!"

"유중혁 씨!"

이지혜도, 정희원도. 유중혁의 일격을 감당하지 못하고 나가떨어졌다. 유중혁은 진심이었다. 자신의 목적을 방해하는 존재는 모조리 처단해버리겠다는 집념.

나는 일행들을 물리며 앞으로 나섰다.

"상대하지 마세요!"

이글거리는 유중혁의 눈동자가 나를 노려보았다.

"비켜라, 김독자. 마왕이 되는 것은 나다."

"무슨 개소리야! 갑자기 왜 그러는데?"

"너도 알 텐데? 이 시나리오를 깰 방법은 하나뿐이다."

나는 허공에 떠오른 시나리오창을 흘끗 바라보았다.

〈메인 시나리오 #10 - 73번째 마왕〉

분류: 메인

난이도: SS+

클리어 조건: 당신은 두 가지 방법 중 한 가지를 선택할 수 있습니다. 보옥을 차지하여 스스로 73번째 마왕이 되거나, 새롭게 태어나는 73번째 마왕을 살해하시오. 이 시나리오는 두 가지 방법 중 하나를 택해야만 클리어할 수 있으며, 다른 진행 방법은 존재하지 않습니다.

제한 시간: 30분

보상: 200,000코인, ???

실패 시: 사망과 동시에 시나리오 추방

여태껏 있었던 '희생양' 형태의 시나리오와 흡사했다.

모두를 위해 한 사람이 죽거나. 혹은 한 사람이 살고 모두가 죽거나.

나는 입술을 꾹 깨문 채 물었다.

"그래서, 네가 희생하겠다 이거냐?"

"나를 사냥하고 다음 시나리오로 가라."

"왜 갑자기 그딴 짓을 하겠다는 건데?"

"이게 옳은 일이니까."

한 치의 의심도 없이, 자신이 믿는 것만이 옳다고 생각하는 대답. 유중혁은 특유의 뉘앙스로 말을 이었다.

"나는 고통에 익숙하다. 마찬가지로 죽음에도 익숙하고. 네 놈이라면 이미 알고 있지 않나?"

내가 자신에 대해 잘 안다고 확신하는 말투.

하지만 유중혁은 틀렸다. 나는 유중혁을 모른다. 내가 아는 유중혁은 절대 이런 짓은 하지 않으니까. 어쨌든 대화의 여지가 생긴 것 같아서 이 개복치 녀석을 진정시키기로 했다.

"무슨 말인진 알겠는데, 네가 나서서 희생할 필요는 없어. 회귀자라고 목숨이 여러 개 있는 건 아니잖아? '부활'을 가진 건 내 쪽이야. 그러니 마왕이 되기에 적합한 건 네가 아니라 나라고."

"부활. 좋은 능력이지. 하지만 이번 시나리오에서도 그게 먹힐 거라고 생각하나? 시나리오 실패 대가를 확인했다면, '부활'이 이번에도 네놈을 구해줄 거란 확신은 못 할 텐데?"

나는 순간 말을 잊었다. 확실히 유중혁 말이 맞았다. 이번 시나리오는 단순히 '사망'으로 끝나는 게 아니니까. 이 자식, 설마 거기까지 계산하고 움직였다는 건가?

"그만 비켜라, 김독자."

'부러지지 않는 신념'이 거칠게 울었고, 녀석의 '진천패도'가 나를 가리켰다. 아찔한 대치 상태에서 나는 필사적으로 머리를 굴렸다. 어떻게 해야 이 자식을 설득할 수 있지?

그러나 아무리 머리를 짜내도 방법이 떠오르지 않았다. 이대로라면 유중혁은 마왕이 되고 빌어먹을 회귀 루트를 밟고 말 것이다.

[전용 스킬, '전지적 독자 시점' 2단계를 발동합니다!]

나는 놈의 생각을 스펀지처럼 빨아들이기 시작했다.

「이번 시나리오의 실패 대가는 '시나리오 추방'이다.」
「시나리오에서 추방되고도 살아남을 수 있는 존재는 없다. 그렇게 되면 김독자의 부활 능력은 무의미해진다.」
「아마 놈의 [운명]이 가리키는 죽음이 바로 이것이겠지.」
「김독자가 마왕이 되면, 녀석은 반드시 여기서 죽게 될 것이다.」

쏟아지는 생각의 폭포를 받으며, 나는 심장 끝이 찌르르 울리는 느낌이었다.

「그러니 여기서 희생해야 할 것은, 나다.」

이 녀석은 정말로 여기서 희생할 생각이다. 그 오만하고 고고한 '유중혁'이. 자신이 아닌, 타인을 위해서. 갑자기 알 수 없는 감정이 속에서 북받쳤다.

"그럼 너는? 너는 어떤데. 네가 여기서 죽어버리면, 네 빌어먹을 목표는 다 어쩔 거냐고!"

"내가 죽어도 목표는 이뤄진다."

"뭐?"

유중혁이 내 뒤쪽의 일행들을 보고 있었다.

"세계를 구할 수 있는 건 내가 아니라 네놈일지도 모른다."

이현성, 이지혜, 신유승, 이설화…….

한 사람 한 사람을 바라보는 유중혁의 눈빛에 깊은 회한이 담겨 있었다.

녀석이 무슨 생각을 하는지 알 것 같았다.

「이렇게 많은 일행이 여기까지 올라온 적은 없었다. 그리고 아마 앞으로도 없을지 모른다.」

유중혁의 지난 인생 회차에서도, 그리고 유중혁이 미리 정보를 전해 들은 41회차까지의 인생 역정에서도.

이번 회차와 같은 경우는 없었다. 그리고 그 사실이 유중혁을 흔들고 있었다. 마음이 조급해졌다. 이 개복치 자식을 대체 어떻게 설득해야…….

"그만 비켜라. 이제 남은 시간이 얼마 없다."

[거신화]를 발동한 녀석의 기운이 급격하게 부풀어 오르기 시작했다.

지난 사흘 사이에 또 성장했는지, 내뿜는 기운만으로 발이 얼어붙을 지경이었다. 신체 부피를 키우기보다는 근력 밀집도를 높여 거신의 '힘'만을 취한 유중혁이 보옥을 향해 다가가고 있었다. 나는 결국 '신념의 칼날'을 활성화했다.

"그만둬! 멈추라고!"

백청의 강기가 유중혁의 [파천강기]와 충돌했다. 일방적으로 손해를 본 것은 물론 내 쪽이었다. 지금의 이 녀석을 상대하기 위해서는 적어도 [전인화]는 사용해야 한다.

놈이 회귀하도록 둘 수는 없다.

별수 없이 [책갈피]를 열려는 순간, 유중혁이 말을 이었다.

"혹시 내가 '회귀한 후의 세계'가 걱정되는 건가?"

"뭐?"

"너는 두렵겠지. 내가 사라지는 순간 이 세계도 없어질까봐. 그렇지 않은가?"

순간 너무 놀란 나머지 할 말을 잃고 말았다. 대체 어떻게 그걸 알았을까. 내가 아니라 녀석이 [전지적 독자 시점]을 가지고 있는 게 아닌가 의심될 지경이었다. 하지만 이어진 말에, 나는 그런 생각조차 잊고 말았다.

"그건 걱정할 필요 없다. 배후성에게 이미 물어보았으니까."

……뭐?

"내가 회귀해도 이 세계는 사라지지 않는다. 내가 죽는다고
해서 세계가 리셋되거나 하는 일은 없다는 소리다."

간단히 유상아를 제압한 유중혁이 보옥을 향해 손을 뻗고
있었다. 그런 유중혁을 원하는 듯 보옥에서 뻗어나온 심유한
마기가 유중혁 손끝에 얽혀들었다.

"살아남아라, 김독자."

낯선 얼굴의 유중혁이 나를 보며 말했다.

"이제 네가 이 세계를 구해야 한다."

¤ ¤ ¤

암흑성 2층 하늘에서 천둥이 쳤다. 성의 붕괴를 암시하듯
불길하고 사나운 천둥. 방랑자를 움직여 사람들을 수습하던
이수경도 우두커니 굳은 채 하늘을 바라봤다.

저 하늘 너머에 그녀의 아들이 있을 것이다.

"흘흘, 걱정이 많아 보이시는구먼."

이복순이 말했다.

그녀는 정희원에게 자신의 암흑성 랭킹을 넘겨준 뒤 이곳에
남는 쪽을 택했다. 잠시 이복순을 바라보던 이수경이 답했다.

"엄마 노릇이 익숙지 않아서 그런가 봅니다."

"엄마 노릇 익숙한 사람이 어디 있어? 평생이 걸려도 못 하
는 거야 그건. 나도……."

"네네, 또 홀로 육 남매 키운 이야기 하시려는 거잖아요."

"흘흘, 버르장머리 없기는. 아들이 널 쏙 빼닮았어."

이복순이 껄껄 웃었다. 방랑자들 중 이복순이 홀몸으로 키워냈다는 육 남매 이야기를 모르는 사람은 아무도 없었다. 이복순은 다정한 목소리로 말을 이으며 이수경의 어깨를 토닥였다.

"그 아인 반드시 살아 돌아올 거야. 너무 걱정 마."

"그렇다면 좋겠지만 운명은 그렇게 말하지 않았으니까요."

"모름지기 운명이란 극복하는 것 아니겠나? 입에 풀칠하기도 어려웠던 그 시절에 내가……."

결국 온갖 고난과 역경 속에 육 남매를 키워냈다는 이야기를 주저리주저리 읊는 이복순을 보며, 이수경은 쓴웃음을 지었다.

운명을 그렇게 단순하게 극복할 수 있다면, 누구도 이런 고생은 하지 않을 것이다.

「다음 시나리오로 가지 않으면, 화신 김독자는 살 수 있다.」

이십 년의 수명을 바쳐, 이수경은 [운명]의 구절을 읽어냈다.

다음 시나리오로만 가지 않으면 김독자는 살 수 있다. 즉 다음 시나리오로 가면 김독자는 반드시 죽는다는 말이나 다름없었다.

'……독자야.'

그렇지만 모든 지표가 아들의 죽음을 가리키는 상황에서도 이수경은 희망의 끈을 놓지 않았다. 놓을 수 없었다.

파스슷.

모래가 떨어지는 듯한 소리에 이수경은 자신의 손끝을 내려다보았다. 회복이 더디어 아직 결합이 불완전한 그녀의 육체는 여전히 바스러졌다 붙기를 반복하고 있었다.

모두 [제4의 벽]에 들어갔다 나온 후유증 때문이었다. 이수경은 [제4의 벽]에 먹히던 순간을 똑똑히 기억했다. 마치 존재 자체가 형태소 단위로 분해되는 듯한, 끔찍한 경험.

아마도 그때 한 번 죽은 것이다. 부서진 이야기처럼 벽 속으로 빨려 들어간 그녀는 어떤 인간도 하지 못할 경험을 했다.

그녀가 할 수 있었던 일은 그저 자신의 아들 안에 그런 '벽'이 있다는 사실에 경악하는 것. 그리고 그 벽 안에 누군가가 살고 있다는 데 전율하는 것뿐이었다.

'……그건 대체 뭐였을까.'

그곳에서 이수경은 '벽 안의 존재'와 대면했다.

존재가 한 번 으스러졌다가 재생되는 바람에 정확한 기억은 남지 않았다. 그게 대체 뭐였는지, 벽 내부가 정확히 어떤 구조였는지…… 기억나는 것은 없었다.

단 한 가지, 그녀가 기억하는 것도 있었다. 어떤 질문에 관한 대답이었다.

「내 아들이 살아남을 방법은 대체 뭐야? 빌어먹을 [운명]에서 어떻게 벗어날 수 있지?」

　자신의 존재가 희미해지는 와중에도 이수경은 그런 것을 물었다. '벽 안의 존재'는 그런 그녀가 재미있다는 듯 웃더니 대답했다.

　「[운명]을 벗어날 방법은 오직 하나뿐이다.」

　이 모든 상황이 장난스럽다는 듯이 괴이쩍은 미소를 지은 채로.

　「김독자는 이미 그 방법을 알고 있어.」

3

―그만둬! 멈추라고 개자식아!

그 시각, 관리국 서울 지부에도 홀로그램 스크린을 통해 메인 시나리오가 흘러나오고 있었다. 화면 속에서 맹렬하게 몰아치는 마력의 폭풍을 보며 몇몇 도깨비가 탄식을 토했다.

도깨비들은 본능적으로 알았던 것이다. 지금부터 펼쳐질 광경은 서울 돔이 열린 이래 역대급 시나리오가 되리라는 사실을. 상징체로 현장 상황을 지켜보던 비형 역시 그중 하나였다.

―유중혁! 이 빌어먹을 ■■■ 새끼야……! 제발!
―모두 막아요! 유중혁 씨를 막아!

몇몇 도깨비가 필터링 섞인 대사에 불만을 표했다. 하지만 비형은 그렇지 않았다. 필터링이 섞였음에도 불구하고 이제 저들의 말을 어느 정도 이해할 수 있었다.

어떤 말들은 온전히 쓰여 있지 않아도 읽을 수 있다.

아마 줄곧 채널을 보고 있던 성좌들도 마찬가지일 것이다. 그렇지 않으면 이런 메시지가 뜰 리 없으니까.

[성좌, '악마 같은 불의 심판자'가 비극적인 상황에 절망합니다.]

[성좌, '긴고아의 죄수'가 머리털을 뭉텅이로 쥐어뜯습니다.]

[성좌, '심연의 흑염룡'이 심란한 표정을 짓습니다.]

[성좌, '은밀한 모략가'가 침묵한 채 상황을 지켜봅니다.]

(…)

[일부 성좌가 성운들의 만행에 크게 분개합니다!]

[상당수의 성좌가 다음을 예측할 수 없는 전개에 완전히 몰입합니다.]

비형은 화면에서 눈을 떼지 않았다. 마왕으로 변해가는 유중혁, 막으려는 김독자와 일행들. 그 광경을 보며 오래전 초보 도깨비 시절을 떠올렸다.

스타 스트림의 모든 사건에 일희일비하던 시절.

모든 이야기가 사랑스럽고 그다음 이야기가 궁금해서 견딜 수 없던 시절. 자신의 채널에서 싸우는 화신에게 몰입했던, 하염없이 순수했던 유년의 기분. 안에서 꿈틀대는 감정을 외면하려는 듯 비형은 생각했다.

'저건 그냥 이야기야.'

아무리 비극적이고 아무리 구슬퍼도, 결국 이야기는 이야기다. 대부분의 이야기는 이미 본 것이고, 감동은 오래전에 잊었다. 그에게 남은 것은 과장되고 만성화된, 통쾌감을 자극하는 연출뿐이었다.

그럼에도 왜일까.

비형은 품속 알을 감싸 쥔 채 간절히 바라고 있었다.

'제기랄! 김독자. 어떻게든 해봐라. 또 예상 밖의 전개로 모두를 엿 먹여보라고!'

늘 그랬듯 이번에도 김독자에게 숨겨둔 한 수가 있기를. 바보 같게도 도깨비인 그가 그런 기대를 하고 있었다.

"정말 비극적인 전개로 가는군. 그렇지 않은가?"

곁에 있던 서울 지부장 바람이 말했다. 비형은 그를 슬며시 노려보다가 대답했다.

"반쪽짜리 성좌에겐 너무 가혹한 비극이군요."

성운들은 이번 개입으로 인해 큰 피해를 보게 될 것이다.

이 정도 규모의 '데우스 엑스 마키나'를 행사하면, 단순히 하위 성좌를 희생했다고 해서 끝나지 않는다. 같은 성운의 성좌는 개연성을 공유하는데, 이번 사태로 인해 개연성이 크게 손실되었다.

이 상황에서 성운 간 전쟁이라도 벌어진다면, 김독자로 인한 손실이 결정적인 패인으로 작용할 수도 있었다. 잠시 사이를 두고 바람이 말했다.

"김독자의 죽음에 그럴 만한 가치가 있다고 판단했겠지. 말했다시피 '모든 것의 마지막'과 관련된 문제에 대해 그들은 매우 민감해. 그리고 그들은 김독자의 가능성을 매우 높이 사고 있네."

"그렇다면 상황이 안타깝게 됐군요."

"흐음? 왜지?"

"김독자는 죽지 않을 테니까요."

비형은 자신이 왜 그런 호언을 하는지도 잘 이해하지 못한 채 계속해서 말했다.

"저 초월좌가 마왕이 된다 해도, 그는 김독자를 죽이지 않을 겁니다."

비형은 다시 화면을 돌아보았다. 성운들의 계획은 유중혁을 마왕으로 만들어 김독자를 죽이는 것이었으리라. 하지만 그것은 '유중혁'이라는 인물을 정확히 이해하지 못한 성좌들의 오만이었다.

―방해하지 마라!

화면 속에서 소리치는 유중혁을 보며 비형은 끓는 비감을 삼켰다.

유중혁은 여기서 죽게 될 것이다. 하지만 김독자는 살아남는다. 그리하여 성좌들의 [운명]은 이번에도 김독자를 비켜 갈 것이다. 그렇게 살아남고 또 살아남다 보면 언젠가는…….

바람이 웃었다.

"자네는 아직 [운명]을 잘 모르는군."

"예?"

"성운들이 정말 몰랐을 거라 생각하나? 김독자의 미래는 모른다 해도, 김독자의 성격에 대해서도 분석하지 않았을 거라 믿나? 그렇다면 자넨 [운명]의 무게를 얕보는 걸세."

"그게 무슨……."

비형의 말은 다음 순간 화면에서 터져나온 섬광에 묻혔다.

[<스타 스트림>이 아직 수식언이 없는 한 성좌의 '격'을 발표했습니다.]

홀로그램 스크린 전체를 물들이는 황홀한 빛에 상급 도깨비 바람도 진심으로 감동한 표정을 지었다.

"보게. 이제 운명이 실현될 걸세."

※ ※ ※

"독자 씨! 뭐 해요! 정신 차려요!"

마기에 물들어가는 유중혁을 보며 나는 멍한 상태로 굳어 있었다.

─혹시 내가 '회귀한 후의 세계'가 걱정되는 건가?

―너는 두렵겠지. 내가 사라지는 순간 이 세계도 없어질까 봐. 그렇지 않은가?

수천 마리 벌레가 귓속에 들어간 것처럼 왱왱거리는 소리가 감각을 어지럽혔다.

"아아악!"

주변의 폭음에 일행들 비명이 묻혔다.

―내가 회귀해도 이 세계는 사라지지 않는다. 내가 죽는다고 해서 세계가 리셋되거나 하는 일은 없다는 소리다.

유중혁이 남긴 문장이 머릿속을 잠식하고 있었다.

「유중혁이 회귀해도 이 세계는 사라지지 않는다.」

이해되지 않았다. 유중혁의 배후성. 멸살법에서 단 한 번도 뭔가에 반응한 적 없던 그 존재가…… 대답이라는 걸 했다고?

대체 왜? 그것도 하필 지금 같은 상황에서?

"독자 씨!"

모르겠다.

[전용 스킬, '책갈피'를 발동합니다.]

[5번 책갈피, '키리오스 로드그라임'이 활성화됩니다!]

[전용 스킬, '소형화 Lv.3'를 발동합니다!]

[전용 스킬, '전인화 Lv.11(+1)'가 활성화되었습니다.]

순식간에 줄어든 몸이 유중혁을 향해 백청의 궤적을 그렸다.

"김독자!"

유중혁의 으르렁거리는 외침. 백청의 강기가 유중혁의 칼날에 닿자 가공할 충돌음이 울려 퍼졌다. [거신화]와 [파천강기]의 콤보에, [전인화]와 [백청강기]의 힘이 맞부딪친다.

쿠아아아앙!

폭발하는 에테르의 폭풍을 보며 생각했다. 유중혁 말이 맞다면, 더는 놈의 회귀를 걱정할 필요가 없다.

놈이 회귀해도 이 세계가 남아 있다면 나는 그저 이 세계를 살아가면 되는 것이다.

"잘 생각해라 김독자. 기회는 여러 번 오지 않아."

과도한 힘의 충돌에 전신 근육이 삐걱거렸다. 유중혁도 나도 한계치에 달한 힘을 쏟아붓고 있었다.

까가가가각!

손끝에 감겨드는 칼날의 감촉을 느끼며 나는 깨닫는다.

[제4의 벽]에 의해 경감되는 고통. 그리고 모든 것을, 그 어떤 벽도 없이 온전히 받아내고 있을 유중혁.

"아니, 그건 곤란해."

회귀해도 이 세계는 그대로니까 괜찮다고?

자신이 희생해서 이 시나리오를 끝내겠다고?

"내가 바라는 '결말'에 이런 전개는 없어."

"아직도 이해를 못 한 거냐? 내가 마왕이 되어야만……!"

"마왕이 되는 건 나야."

"개소리 마라! 그런 짓을 하면 네놈은 반드시 죽는다. 시나리오에서 추방당하고 나면 부활이고 뭐고 아무런 소용이 없단 말이다!"

아마 유중혁은 내 말을 이해할 수 없을 것이다. 이 녀석과 나 사이에는 결코 뛰어넘을 수 없는 간극, 거대한 벽이 있으니까.

하지만 그 벽이 있었기에 나는 오래도록 이 녀석을 지켜볼 수 있었다.

녀석의 후회를, 절망을, 꿈을. 포기하지 않는 불굴의 의지를. 나는 그 모든 것을 읽으며 자랐다.

"생각해봐. 주인공 없는 이야기를 누가 보겠냐고."

머릿속에 무수한 문장이 몰아쳤다. 삶의 모든 비극을, 나는 단 하나의 이야기로 이겨냈다. 무슨 일이 있어도 결코 포기하지 않는 한 사람의 이야기. 그 이야기가 나를 만들었고, 나는 마침내 이곳에 있다.

"이건 빚을 갚는 거다."

"……빚? 무슨 소리냐."

"네가 한 번 나를 구했으니, 나도 널 구해주는 거라고."

"무슨 헛소리를……!"

유중혁 목소리를 들으며, 나는 그동안 아껴둔 기술을 사용했다. 육체의 내구를 모두 소진하여 한순간 사용할 수 있는 기술. 직접 써보는 건 처음인데 이론상으로는 가능할 것 같았다.

"소형화를 해제한다."

내 말과 동시에 [전인화]의 광휘로 뒤덮인 몸 크기가 원상 태로 돌아오기 시작했다.

[현재 당신의 육체 구성이 해당 등장인물의 육체 구성과 상이합니다.]
[현재 당신의 육체 구성으로는 '전인화'를 사용할 수 없습니다.]
[강력한 스킬 페널티가 당신의 육체를 잠식합니다!]

츠츠츠츳!

[전인화]는 오직 '소인'일 때만 사용할 수 있는 기술. 하지만 [전인화]를 사용한 채 [소형화]를 해제하면, 잠깐이지만 원래 몸으로도 [전인화]의 힘을 쓸 수 있다. 비록 육체가 사경을 헤매게 되지만, [소형화]가 해제된 만큼 [전인화]의 능력은 찰나 간 증폭된다.

"김독……!"

경악한 유중혁이 눈을 부릅뜬 순간, 전력으로 발출한 [백청 강기]의 빛이 장내를 덮었다. 눈부신 백청의 에테르가 전당을 휩쓸었고, 그대로 벽까지 날아간 유중혁이 울혈을 토했다.

몇 걸음 떨어진 곳에, 유중혁이 떨어뜨린 보옥을 주워 든 이 길영이 보였다.

"길영아. 그거 이리 줘."

이길영이 주춤거리며 물러섰다.

"싫어요. 다 들었어요. 이걸 주면 형은……."

이길영이 머뭇거리는 순간, 한수영이 외쳤다.

"멍청아! 김독자한테서 떨어져!"

이미 늦었다. 순간적으로 거리를 좁힌 내가 이길영 손에서 보옥을 빼앗았다.

"미안하다, 길영아."

동시에 [전인화]의 파동이 발출되며, 일행들이 내 근처에서 튕겨나갔다.

[전용 스킬, '책갈피'가 강제로 종료됩니다.]

과부하에 걸린 육체. 칠공에서 동시에 피가 터져나왔다. 나는 희미해지는 정신을 붙잡은 채 보옥을 꾹 쥐었다. 그러자 보옥에서 흘러나온 마기가 전신을 감싸기 시작했다.

[성운, <베다>의 성좌들이 회심의 미소를 짓습니다.]

그래, 이게 너희가 원한 것이겠지.

[당신은 '73번째 마왕'의 자격 요건을 충족했습니다.]
[보옥이 당신의 잠재력에 놀라워합니다.]
[새로운 메인 시나리오를 획득했습니다!]

"독자 씨!"

희미하게 들려오는 일행의 목소리를, 새로운 시스템 메시지가 가로막았다.

[마왕의 길을 택할 시, 당신은 암흑성 3층의 모든 존재를 말살해야 합니다.]

[시나리오에 실패할 시, 당신은 이 시나리오에서 영구히 추방됩니다.]

시나리오 추방.

단순히 '사망'과 같은 의미가 아니었다. 저 유구한 스타 스트림이 주관하는 흐름에서 영원히 쫓겨난다는 것. 도깨비나 성좌의 눈이 닿지 않는, 어떤 이야기도 없는 지독한 공허 속에서 죽어간다는 것……

스타 스트림에서 그 공허를 견뎌낼 수 있는 존재는 없다. 어떤 성좌도 '시나리오' 없이는 존재할 수 없기 때문이다.

이제는 확실히 알겠다. 성운 놈들이 바란 게 무엇인지. 이 빌어먹을 [운명]이 가리키는 지표가 무엇인지, 아주 잘 알겠다.

"나는 마왕이 되겠다."

[보옥이 새로운 마왕 후보자를 선택했습니다.]

[새로운 '73번째 마왕'이 선출됐습니다.]

강대한 마기가 전신의 감각을 사로잡았다.

[새로운 설화를 획득했습니다!]

[당신은 '마왕'의 힘을 계승했습니다.]

걸레짝이 된 육신이 엄청난 마기를 흡수하며 순식간에 그 힘을 회복하고 있었다. 아니, 회복하는 것 그 이상이었다. 이 제껏 한 번도 느끼지 못한 막대한 에너지.

나는 이제까지와는 완전히 다른 무언가로 거듭나고 있었다.

[<스타 스트림>이 당신의 '격'을 발표합니다.]

[당신의 격은 '설화급'입니다.]

(…)

[당신의 '성흔'이 개방됐습니다!]

[강력한 마기가 당신의 별자리를 오염시킵니다.]

[당신은 타락한 성좌가 됐습니다!]

타락한 성좌. 그것은 스타 스트림이 마왕을 부르는 이름.

[다수의 성좌가 당신의 선택에 큰 충격을 받습니다.]

[절대선 계통의 성좌들이 당신에게 맹렬한 적대감을 표출합니다.]

새카만 마기가 천천히 걷혀나가자, 망연자실한 얼굴로 나를 보는 일행들이 보였다. 믿어지지 않는다는 듯, 무릎을 꿇은 채 몸을 떨고 있었다.

멀리서 낭패감 어린 유중혁의 얼굴도 보였다.

[메인 시나리오 #10 - '73번째 마왕'이 시작됩니다!]

나는 그들을 보며 대수롭잖다는 듯 입을 열었다.

"다들 일어나세요."

왜냐하면 이 순간을 위해 지난 사흘이 있었으니까.

"마왕을 상대하는 법, 다들 기억하고 계시잖아요."

아마 성운들은 전부 계획대로 되었다고 생각하겠지.

마침내 [운명]대로 김독자가 이곳에서 죽게 되었노라고.

하지만 그들은 모를 것이다.

놈들이 운명의 시나리오를 이곳으로 점지했듯, 나 역시 사흘간 빌어먹을 [운명]에서 벗어나기 위해 이 순간만을 예비하고 있었다는 것을.

부서진 천장 틈새로 희미한 볕이 새어들고 있었다.

나는 눈부신 듯 그 볕을 바라보며 웃었다.

"이제 마지막 시나리오를 시작해봅시다."

오늘은, '화신 김독자'가 죽는 날이다.

4

일행들은 여전히 황망한 얼굴로 나를 보았다. 이게 대체 어떻게 된 일인지 혼란스럽다는 눈동자들. 벽에 처박힌 유중혁은 아직 정신을 못 차린 채 피를 토해내고 있었다. 나는 그들을 잠시 바라보다가 고개를 돌려 전당 벽면을 보았다.

검은 광택이 도는 석벽에 내 모습이 비쳤다. 견갑골을 뚫고 돋아난 검은 날개, 머리통 위로 작게 솟아난 뿔. 피부 위에 낙인처럼 찍힌 마기의 흔적. 몸은 평소보다 서너 배 정도 커졌고, 전신 근육은 힘을 주지 않아도 크게 팽창해 있었다.

"이, 이건 말도 안 돼요! 왜 독자 씨가 마왕이……!"

"설명도 없이 대체 뭐야 이게! 우리보고 어쩌란 건데!"

유상아와 이지혜가 외쳤다. 정희원, 이현성, 이길영과 신유승…… 심지어는 공필두나 조영란까지. 모두 경악해서 나를 보고 있었다. 나는 그들을 향해 입을 열었다.

"지금부터 여러분은 저를 사냥해야 합니다."

['73번째 마왕'의 첫 번째 페이즈가 시작됩니다.]
[공략 제한 시간은 30분입니다.]

"시간이 별로 없습니다. 빨리 시작하세요."

전신에서 가공할 기운이 흘러나왔다. 묵묵히 공격을 얻어
맞는다고 해도, 정해진 시간 안에 일행들이 내 체력을 다 깎을
수 있을지 의문이 들 정도로.

정희원과 이현성이 절박한 목소리로 외쳤다.

"난 독자 씨랑 싸우기 싫다고요!"

"그 명령은 따를 수 없습니다!"

그 심정도 이해는 간다. 나라도 같은 상황이 되면 망설일 테
니까. 나는 일부러 웃어주었다.

"왜들 그렇게 심각한지 모르겠군요. 제가 누군지 잊으셨어
요? 저 김독자입니다. 죽어도 죽지 않는다고요."

순진한 이현성의 표정이 흔들렸다.

"……혹시 이번에도 다시 살아나시는 겁니까?"

"네."

"하지만 아까 듣기로는……."

"유중혁 도발하려고 일부러 해본 소리예요."

딱히 [선동] 스킬을 사용하지 않았음에도 일행들 얼굴에 갈

등이 맺히고 있었다. 아마 나에 대한 신뢰와 나를 공격해야 한다는 부담감이 내부에서 충돌하고 있을 것이다.

"믿으세요. 이게 가장 이상적인 방법입니다."

결국 나를 공격할 수밖에 없을 것이다. 그것밖에는 방법이 없으니까. 나를 죽이지 않으면 여기 있는 모두가 죽는다.

한수영이 무시무시한 눈으로 나를 노려보고 있었다.

녀석이 입을 열기 전에 내가 먼저 신호를 보냈다.

'한수영.'

내 입 모양을 읽은 한수영의 안색이 창백해졌다.

'너밖에 없다. 네가 역할을 맡아줘야 해.'

나도, 한수영도 알고 있다. 우리 일행은 어떤 화신보다 강인하지만 이런 상황에서는 결단력이 부족하다. 반면 한수영은 내가 아는 누구보다 상황 판단이 빠르고 현실적이다.

"항상 이런 식이지, 김독자."

한수영이 이를 갈듯 말했다.

"내가 정말 아무 감정 없는 괴물인 줄 알아?"

한수영은 나를 잠시 바라보더니 일행을 돌아보았다. 모두의 시선이 그녀에게 집중되었다. 마치 그녀의 한마디에 모든 것이 결정된다는 듯이. 숨을 가볍게 들이켠 한수영이 무겁게 입을 열었다.

"모두 정신 차려. 여기서 다들 뒈지고 싶어?"

나는 웃었다. 그래, 잘한다.

"우린 김독자를 죽여야 해."

그래야 한수영이지.

"싫어! 싫어요! 형!"

한수영이 이쪽을 향해서 달려오는 이길영의 뒷덜미를 낚아챘다.

"멍청한 꼬맹아. 잘 들어."

이길영이 숨을 헐떡이며 몸부림쳤다. 한수영은 그런 이길영의 멱살을 붙잡고 으르렁거렸다.

"징징거리지 마. 김독자 대신 네가 죽을 거냐?"

"아, 아으으……."

"너희 모두 마찬가지야. 본인이 희생할 것도 아니면서 위선 떨지들 말라고. 대신 죽어준다고 하면 '아이구 고맙습니다' 하고 칼이나 휘두르란 말이야!"

수십 기로 늘어난 한수영의 분신이 동시에 입을 열었다.

"김독자가 살아나든 말든, 거기까진 내가 알 바 아니야. 앞으로 삼십 분 안에 저 녀석을 죽이지 않으면, 우리가 죽어. 너희가 알아야 할 건 그게 전부야!"

한수영의 분신들이 붉어진 눈으로 나를 향해 달려들었다. 나는 그런 그녀를 향해 말했다.

'고맙다.'

피가 나도록 입술을 깨문 한수영이 내게 단도를 휘둘렀다. 빗발치는 공격들은 내 육체에 거의 상흔을 입히지 못했지만, 이것은 시작에 불과했다.

이어서 내 시선을 받은 유상아가, 천천히 자리에서 일어서고 있었다.

"독자 씨."

뭔가 결심했는지 눈빛에 알 수 없는 감정이 어려 있었다. 나는 한수영의 공격을 맞으며 고개를 끄덕였다.

"전 독자 씨가 아무 생각 없이 다른 사람한테 상처 줄 사람은 아니라고 생각해요. 뭔가 복안이 있으신 거죠? 그래서 일부러 이런 상황을 연출하시는 거죠?"

"네, 맞습니다."

"정말이죠?"

유상아는 울고 있었다.

"이번에도 그 말을 믿어야 하는 거겠죠? 늘 그랬듯이……."

그럴 줄 알았다면서. 다행이라면서.

거칠게 눈물을 닦은 유상아가, 단도를 뽑아 들고 전투에 참전했다. 한수영이 입술을 실룩였다.

"주저앉아서 징징 짜고 있을 줄 알았는데, 제법이네."

"조용히 하세요."

한수영과 유상아가 휘두른 단도가 내 어깨와 등에 조그마한 생채기를 내고 지나갔다. 둘만으로는 타격력이 부족했다. 벌써 오 분이 지나 남은 시간은 이십오 분. 작전을 실행하려면 시간이 빠듯했다.

나는 이현성을 바라보았다.

"이현성 씨. 일행들을 죽게 내버려두실 겁니까?"

"……."

"이제 다시는 탄피를 잃어버리지 않겠다면서요?"

"도, 독자 씨……."

"탄피는 하나만 있는 게 아니잖아요."

이현성의 눈빛이 풍랑이 일어난 바다처럼 흔들리고 있었다.

[성좌, '강철의 주인'이 깊이 침음합니다.]

찰나의 시간이 흐르고, 뭔가 결심한 이현성이 하늘을 향해 고함을 질렀다. [강철화]가 발동한 이현성의 육체가 내게 돌진했다.

콰아아앙!

단단한 육체가 내 전신에 강한 충격을 일으켰다. 시야가 희미하게 흔들린다. 가까이 들러붙어 [태산 부수기]를 퍼붓는 이현성의 모습은 나를 공격한다기보다는 차라리 매달려 있는 것처럼 보였다.

이 곰 같은 사나이가 울부짖는 광경을 언제 또 볼 수 있을까.

이어서 들려온 것은 마력 포탑의 발포음이었다.

두다다다다!

소리가 들려온 쪽을 향해 나는 가만히 웃었다.

역시 이래서 당신을 미워할 수 없다니까.

있는 힘껏 인상을 찌푸린 공필두가 [무장요새]에서 포탄을 퍼붓고 있었다. 물론 나라고 그저 맞고만 있는 것은 아니었다.

[시나리오의 개연성이 당신의 육체를 지배합니다.]

내 의지와는 상관없이 육체는 마왕의 페이즈를 착실히 실천하고 있었다. 물론 완벽하게 패턴화된 공격이기 때문에 일행들은 그에 충분히 대처할 수 있었다.

"다들 정신 차리세요. 지금부터 두 번째 페이즈니까."

'73번째 마왕'은 두 번째 페이즈부터 전체 공격을 시작한다. 그 공격을 막아내려면 특수한 지원이 필요했다.

"조영란 씨."

내 시선을 받은 조영란이 전우치의 힘을 빌려 [기문진법]을 발동했다.

고오오오오. 환풍기를 통해 공기가 배출되듯, 내가 발출한 마기가 조영란이 만든 구멍 속으로 사라졌다. 마왕의 마기를 흘려내는 그녀의 안색이 급속도로 하얗게 질려갔다.

입술에서 흐르는 피를 닦으며 조영란이 말했다.

"수경 씨가 슬퍼하실 거다."

"어쩔 수 없어요. 우린 늘 이런 식으로 살아왔으니까. 어머니를 잘 부탁합니다."

마기의 힘이 수그러들자 일행들이 재차 내게 공격을 퍼부었다. 여전히 공격력은 부족했다. 나는 아직 참전하지 않은 이들에게 시선을 주었다. 입술을 꼭 깨문 이지혜가 결국 칼을 뽑았다.

"……아저씨, 나중에 복수하지 마."

"안 해."

내 말에 이지혜는 힘없이 웃었다.

"어차피 내 공격, 약하니까 별로 안 아플 거야. 내 성좌는 겨우 위인급이잖아."

"충무공의 가능성은 그 정도가 아니야. 곧 알게 될 거다, 지혜야."

[칼의 노래]를 발동한 이지혜의 검이 내 약점을 노리고 움직였다. 서서히 공격의 중첩이 이루어지자 조금씩이나마 살갗에 따끔따끔한 느낌이 돌기 시작했다. 이제 견제는 충분했다.

지금부터는 여기에 결정타를 퍼부을 사람들이 필요하다.

"정희원 씨."

고개를 든 정희원이 서서히 칼을 쥐었다.

"예전에…… 나한테 한 말 기억해요?"

"어떤 거요?"

"동료가 되어달라고 했던 거."

기억한다. 극장 던전에서 정희원에게 믿을 수 있는 동료가 되어달라고 부탁했다.

"지금 독자 씨는 그 '동료'한테 이런 걸 시키는 건가요?"

일순 말문이 막혔다.

"……그게 무슨 동료야."

칼을 바로 세운 정희원이 나를 향해 달려왔다.

"동료를 죽여야만 살 수 있는 게 무슨 동료냐고!"

[귀살]을 발동한 정희원이 내 몸을 난도질하기 시작했다.

그러나 검은 거친 파찰음만 남길 뿐이었다. 나는 그녀를 향해 말했다.

"믿을 수 있는 동료니까 제 목숨을 맡긴 겁니다."

"……"

"희원 씨, 제대로 해야 합니다. 어차피 다시 살아난다고 생각하고 힘껏 찌르세요."

"독자 씨는 진짜……."

내가 키운 검, 정희원.

그 몸에서 [지옥염화]의 불길이 일었다. 눈시울이 붉어진 정희원이 힘을 집중하기 시작했다. 그녀의 힘은 [지옥염화]의 불꽃에 '멸악의 심판자'의 힘이 더해졌을 때 최고조의 효율을 발휘한다.

마침 '마왕'이 된 김독자는 그 힘의 타깃이 되기에 더할 나위 없이 적합한 개체였다.

[등장인물 '정희원'이 '심판의 시간'을 발동합니다!]

[절대선 계통의 성좌들 중 대다수가 스킬 발동에 동의합니다.]

[단 하나의 성좌가 스킬 발동에 강력하게 반대했습니다.]

[스킬 발동이 취소됐습니다.]

당황한 정희원의 눈이 나를 바라보았고, 나는 허공을 올려다보았다. 누가 '심판의 시간'의 발동에 반대했을지는 뻔한 일이었다.

"악마 같은 불의 심판자."

[성좌, '악마 같은 불의 심판자'가 고통스러운 표정으로 귀를 막습니다.]

"……우리엘."
츠츠츠츠츳!
내가 부른 진명에 응답하듯 허공에서 스파크가 튀어 올랐다.
"부탁합니다. '심판의 시간' 발동에 동의해주세요."

[성좌, '악마 같은 불의 심판자'가 세차게 고개를 휘젓습니다.]

"하지 않으면 당신의 화신이 죽습니다."

[성좌, '악마 같은 불의 심판자'가 그런 짓을 하면 네가 죽는다고 말합니다.]

모든 성좌가 당신 같았으면 얼마나 좋을까. 그런 우리엘에게 상처를 줘야 한다는 사실이 안타까울 따름이었다.
"우리엘, 아시잖아요. 이건 그런 '이야기'일 뿐입니다."
나는 마치 도깨비처럼 말했다.
"누군가가 죽는 건 그동안 많이 봐오지 않았습니까."

[성좌, '악마 같은 불의 심판자'가 절망합니다.]

메시지만으로도 훤히 그려지는 듯하다. 연회에서 본 작고 예쁜 우리엘의 모습이.

[성좌, '악마 같은 불의 심판자'가 울며 도리질을 반복합니다.]

이 얼마나 '악마 같은'이라는 수식어와는 어울리지 않는 천사인지.
"당신이 해야 할 일을 하세요. 그래야만 이 이야기는 완성됩니다."

[성좌, '악마 같은 불의 심판자'가 망연히 당신을 내려다봅니다.]

잠시 후, 기다리던 메시지가 들려왔다.

[절대선 계통의 모든 성좌들이 '심판의 시간' 발동에 찬성했습니다.]

마침내, 정희원의 몸에서 핏빛 오라가 올라오기 시작했다.
"제기랄, 난 이 스킬 이름 진짜 싫어."
전신에서 타오르는 [심판의 시간]의 오라가, 검극에 깃든 [지옥염화]의 힘과 어우러지면서 어마어마한 마력 파장을 만들어냈다.

세상의 모든 악을 멸하는 힘.

고고한 심판의 불길이 그녀의 검을 떠나 마왕의 가슴을 베었다.

5

쏟아지는 불길을 받아낼수록 전신으로 조금씩 고통이 번졌다.

아프다. 정말로, 아프다.

고열에 피부가 갈라졌고, 안구가 익는 느낌이 들었다. 눈물을 삼키며 나를 향해 난도질을 반복하는 정희원. 악을 멸하는 불길이 상처를 헤집고 내 안의 살을 모조리 태우고 있었다.

[제4의 벽]이 없었다면 진즉에 졸도해버렸을 고통이다.

그럼에도 내 몸은 부서지지 않았다. 경악한 정희원이 물었다.

"대체 어떻게 된 몸이……!"

체력이 깎이는 속도가 빨라지기는 했지만 여전히 남은 시간 안에 나를 죽이기에는 무리였다. 정희원이 나서도 이 정도일 줄은 몰랐다.

조금 초조해지기 시작했다. 어쩌면 내가 '설화급' 판정을 받은 것과 관계있을지도 모르겠다.

[성운, <베다>의 성좌들이 당신의 고통에 즐거워합니다.]
[남은 공략 시간은 10분입니다.]
[성운, <파피루스>의 성좌들이 축배를 듭니다.]

심지어 그것은 시작에 불과했다. 전당에 충격파가 퍼져나가더니, 내 몸이 또다시 자라나기 시작했다.

['73번째 마왕'이 세 번째 페이즈로 진입합니다.]
[당신의 육체가 더 단단해집니다.]

어차피 세 번째 페이즈까지 올 것은 어느 정도 감안한 일. 나는 당황하지 않고 외쳤다.
"다들 정신 똑바로 차리세요! 순서 기억하시죠?"
일행들이 고개를 끄덕이고는 능숙하게 진형을 전환하기 시작했다.
그러나 내가 발출하는 마기가 폭발적으로 증가한 까닭인지 조영란의 [기문진법]이 조금씩 무너지는 게 보였다.
쩌저저적.
결국 조영란이 피를 토하며 주저앉았다. 예상보다 이 시기가 빨리 와버렸다. 마기가 전당 전체를 메우면, 디버프에 걸린 일행들은 더욱 약해질 것이다. 이제는 빌리고 싶지 않은 손이라도 빌려야만 했다.

[아직 이름이 없는 한 성좌가 자신의 화신을 바라봅니다.]

　메시지를 받은 신유승이 파들파들 떨며 고개를 들었다. 내 화신인 신유승은, 이미 오래전부터 내 결심을 느끼고 있었다.

　'아저씨, 안 돼요. 제발.'

　나는 그런 신유승을 가만히 바라보았다.

　성좌와 화신의 관계란 그렇다. 백 마디 말을 전하는 것보다, 그저 바라보는 것만으로도 형언할 수 없는 깊이의 감정을 전달할 수 있다. 일방적으로 전달된 감정의 폭력에 결국 신유승이 울음을 터뜨렸다.

　'알겠어요.'

　그 순간 아이의 작은 심장에서 고통스럽게 울려 퍼지는 소리를, 성좌인 나는 누구보다 크게 들을 수 있었다. 신유승은 곁에 있던 또 다른 아이의 손을 잡은 채 일어섰다.

　"길영아. 가자. 우리가 해야 해."

　신유승의 눈동자가 노랗게 빛났다. '비스트 마스터'의 특성이 발현되기 시작했다. 전당 전체에 커다란 진동이 울리더니 이윽고 허공이 찢어지는 소리가 들렸다. 그 틈을 열고 거대한 괴수의 주둥이가 나타났다.

　키메라 드래곤.

　훗날 멸망종滅亡種이 될 괴수가, 거대한 날개를 퍼덕이며 전당으로 소환되고 있었다. 그러나 나를 본 키메라 드래곤은 공격하는 대신 주춤거리며 이빨을 드러냈다.

[2급 괴수종, '키메라 드래곤'이 주인의 명령을 거부합니다.]
[2급 괴수종, '키메라 드래곤'이 '73번째 마왕'에게 두려움을 느낍니다.]

신유승의 코에서 피가 쏟아졌다. 아직 2급 괴수종을 혼자서 조종하기에는 무리겠지. 나는 이길영을 보며 말했다.
"길영아. 이번만큼은 게임이라고 생각해도 돼."
나를 올려다보는 이길영. 아이의 조그만 눈동자를 보며, 나는 언젠가 어둠 속을 걸으며 나눈 말들을 떠올렸다.
금호역에서 '어둠 자락'을 함께 거닐며 나눈 대화. 아무것도 아닌 것처럼 지나간 순간이, 소중한 편린이 되어 다시 돌아온다.
"형은 어차피 죽어도 다시 살아나. 약속할게."
그 이야기들이 나를 죽이는 힘이 된다.
"……으아아아아아!"
이길영이 울부짖으며 [길들이기] 스킬을 발동했다.

[남은 공략 시간은 9분입니다.]

두 아이의 [길들이기]에 제어당한 키메라 드래곤이 고통스럽게 울부짖었다. 이어서 키메라 드래곤의 거대한 들숨이 주변의 모든 것을 빨아들였다. 급기야 내 마기마저 빨아들인 키메라 드래곤이 나를 향해 거대한 주둥이를 벌리기 시작했다.

새카맣게 몰린 마력. 흉흉하게 돋아난 송곳니 사이로 거대한 빛의 구체가 만들어졌다. 괴수종의 정점이라 불리는 용종龍種들만이 사용할 수 있는 무기.

브레스Breath였다.

쏟아지는 마력의 숨결을 받으며 내 몸은 다시 한번 찢겨나 갔다. 정신이 망가져버릴 것 같은 충격. 하지만 그만한 타격을 받고도, 여전히 살아 있었다.

몸 곳곳이 찢겨나간 비참한 몰골에 일행들이 침음했다.

하지만 멈춰서는 안 된다. 나는 짓이겨진 입술을 바로잡으며 말했다.

"……계속……하세요."

지금이 아니면 다시는 기회가 없을 테니까.

[소수의 성좌가 당신의 희생을 눈치챕니다.]

츠츳, 츠츠츳!

[다수의 성좌가 당신의 의지에 경악합니다.]

후욱후욱 숨을 내쉬는 키메라 드래곤은 브레스의 사용으로 지쳐버렸는지 거대한 몸을 바닥에 뉘었다. 다행히 키메라 드래곤이 내가 발출한 마기를 모두 빨아들인 덕에 최악은 면했지만, 일행들의 공격력도 서서히 줄어들고 있었다.

"젠장, 마력이 부족해요!"

[남은 공략 시간은 5분입니다.]

'73번째 마왕'을 상대하기 위한 내 준비는 여기까지였다. 그러니 지금부터는…… 내가 아닌 다른 이에게 맡겨야 한다.

유중혁이 석벽을 짚으며 일어나 나를 보았다.

곁에 이설화가 탈진해 있는 것을 보니 모든 마력을 쏟아부어 유중혁을 치료한 모양이었다. 마왕이 된 나를 확인한 녀석의 눈빛에서 수많은 감정이 교차하는 게 보였다.

"그런 표정 짓지 마. 한번 일어난 일은 바꿀 수 없어. 잘 알잖아?"

유중혁이 피 묻은 입술을 닦으며 중얼거렸다.

"이곳에서 죽는 건 나여야 했다."

다행히 유중혁은 유중혁이었다. 녀석은 나를 죽여야만 한다는 사실을 이미 받아들인 것이다. '진천패도'를 꺼내든 유중혁이 나에게 달려들었다.

스각! 콰가각!

놈의 공격 하나하나가 적중될 때마다 체력이 깎이는 게 느껴졌다. 아무 말도 하지 않았음에도, 한 번의 칼질이 이어질 때마다 녀석의 절망이 고스란히 전해졌다.

[남은 공략 시간은 4분입니다.]

하지만 우리에게는 그 절망을 음미할 시간조차 허락되지 않는다.

"이제 슬슬 끝내자, 유중혁. '그걸' 꺼내."

"무슨 소리인지 모르겠군."

"장난치지 마. 네가 일부러 사용하지 않았다는 거 알고 있어."

"……이걸 쓰면 너는 부활할 수 없다."

"그러니까 쓰라는 거야. 마왕인 채로 또 살아나기라도 하면 곤란하잖아."

"……."

"시나리오 망하면 어쩌려고 그래? 이제 끝을 내야지."

유중혁은 말없이 나를 노려보았다.

「뭔가 생각이 있는 거냐?」

그렇게 묻는 눈빛에, 나는 그저 웃어주었다. 망설이던 유중혁이 결국 품속에서 한 자루의 검을 꺼내 들었다.

천총운검— 아마노무라쿠모노츠루기. 피스 랜드에서 야마타노오로치의 그림자를 해치우고 얻은 검.

침통한 목소리로 유중혁이 말했다.

"사용하는 순간이 오지 않기를 바랐다."

"나도 그랬지. 지금은 아니지만."

[성좌, '악마 같은 불의 심판자'가 절망합니다.]

[성좌, '긴고아의 죄수'가 깊이 탄식합니다.]

[성좌, '가장 어두운 봄의 여왕'이 숨을 죽입니다.]

설화로 얻은 힘은 결국 설화로 무너지게 되어 있다. 나의 부활 특성 '여덟 개의 목숨'은 성좌 야마타노오로치의 권능에서 비롯된 것.

이 힘은 야마타노오로치를 죽인 신살검神殺劍에 취약할 수밖에 없다. 저 검에 베이면 나는 남은 목숨을 통째로 잃을 것이다. 유중혁이 짓씹듯 입을 열었다.

"……솔직히 이걸로도 확신은 없다. [거신화]의 지속 시간이 다 되어서, 지금의 공격력으론 너를 벨 자신이 없으니까."

"그건 걱정 마."

나를 향해 맹렬히 고개를 젓는 신유승이 보인다.

[아직 수식언이 없는 한 성좌가 자신의 화신에게 '성흔'을 하사했습니다.]

눈부신 빛살과 함께 내가 건넨 성흔이 신유승에게 깃들었다.

[성흔, '희생의지 Lv.1'가 발동합니다!]

강제로 발동한 성흔이, 신유승의 몸에서 환한 빛살을 내뿜었다.

[성흔의 주인이 타인을 위해 자신의 목숨을 걸었습니다.]
[목숨의 절박함에 비례해 해당 파티의 공격력이 대폭 증가합니다.]

조금 전까지 탈진해 있던 일행들 눈빛에 활기가 돌기 시작했다.
무려 '희생의지'라니. 나와는 정말 어울리지 않는 성흔이다.
다만 이걸로 이제 내 죽음은 확실해졌겠지.
"다들 고마웠습니다."

[남은 공략 시간은 3분입니다.]

일행들이 달려오고 있었다.
이현성이, 정희원이, 신유승이. 이길영이. 유상아가, 공필두가, 이지혜가……
울거나, 절규하거나, 깊은 분노를 묻은 채 나를 향해 다가왔다. 시야가 조금씩 이지러지며 인물들은 이내 하나의 풍경이 되었다. 오랜 세월 동안 텍스트로만 읽었던 정경.

「화신 김독자는 가장 사랑하는 존재에게 죽을 것이다.」

잊고 있었다. 예언이란 모두 비유라는 것을.

이 '스타 스트림'에서 모든 존재는 곧 '이야기'로 이루어져 있다.

[성좌, '은밀한 모략가'가 당신을 바라봅니다.]
[성좌, '악마 같은 불의 심판자'가 당신을 바라봅니다.]

그러니, 나를 죽이는 것은 특정한 사람이 아니었다.

[성좌, '긴고아의 죄수'가 당신을 바라봅니다.]
[성좌, '심연의 흑염룡'이 당신을 바라봅니다.]
[성좌, '해상전신'이 당신을 바라봅니다.]

허공에서 쏟아지는 무수한 별들의 시선 속에, 나를 죽일 이야기가 한 문장씩 다가오고 있었다.
"아아아아아아아!"
한 문장이 흘러갈 때마다 내 몸에도 상처가 늘었다. 정확히 그 상처만큼 나 역시 인물들의 슬픔을 고스란히 느낄 수 있었다. 오래전 멸살법을 처음 읽었던 그 순간처럼 나는 웃었다.

「작가의 손을 떠난 이야기는 어디로 가는가.」

한때는 내 부모였고, 내 친구였으며, 내 연인이었던 이야기.

[남은 공략 시간은 2분입니다.]

그것은 이제 내가 아는 그대로의 멸살법이 아니었다. 그럼에도 내가 아는 어떤 멸살법보다도 더 멋진 이야기였다.

[작은 행성의 작은 성좌가 당신을 바라봅니다.]
[한반도의 모든 성좌들이 당신의 마지막을 지켜봅니다.]

그것은 내 이야기였다.
그리고 마침내 한 자루의 검이 내 심장을 꿰뚫었다.

[당신의 운명이 실현됩니다.]

부풀었던 근육이 줄어들고, 몸피가 급격하게 작아지기 시작했다.
"김독자."
서서히 주저앉는 내 몸을 유중혁이 붙들었다. 나는 아스라이 스러지는, 유중혁 너머의 풍경을 보며 물었다.
"정말 멋진 이야기잖아. 안 그래?"
유중혁은 그런 나를 말없이 바라보았다. 할 말을 찾지 못한 채로, 그저 바라보았다. 마치 오래전 내가 그럴 수밖에 없었던 것처럼.

['천총운검'의 효과로 여분의 목숨이 모두 소멸합니다.]

[당신은 이제 부활할 수 없습니다.]

나는 마지막으로 하늘을 올려다보았다. 까만 밤하늘의 중심에 성운의 무리가 보였다. 〈베다〉〈올림포스〉〈파피루스〉…….

네놈들이 한 짓을 절대로 잊지 않는다.

그리고 하늘이 깜빡였다.

[성좌, '긴고아의 죄수'가 당신의 죽음을 바라지 않습니다.]

마치 내 의지에 감응하듯 별들이 환하게 빛났다.

[성좌, '심연의 흑염룡'이 당신의 죽음을 바라지 않습니다.]

[성좌, '은밀한 모략가'가 당신의 죽음을 바라지 않습니다.]

[성좌, '악마 같은 불의 심판자'가 당신의 죽음을 바라지 않습니다.]

나는 그런 하늘을 보며 피식 웃었다. 저런 녀석들이 있기에 성좌들을 싫어하면서도 차마 이야기를 증오할 수는 없다.

"살아남아라, 유중혁."

마왕의 힘이 소멸함과 동시에, 힘이 빠져나가기 시작했다.

[메인 시나리오가 종료됩니다.]

[서울 돔이 해방됐습니다.]

등 뒤편 허공에 작은 블랙홀 같은 것이 나타났다. 내 몸이 그 안으로 조금씩 빨려 들기 시작했다. 다리가, 몸통이, 팔이……
가루로 흩어지듯 서서히 빨려 들어갔다.

"김독자!"

마지막 순간, 녀석이 내 멱살을 꽉 잡았다.

그러나 이미 늦었다. 시야 전체가 순식간에 새카맣게 물들 었고, 나는 아무것도 없는 공허 속으로 빨려 나갔다. 나를 보 는 성좌들의 시선이 하나씩 사라졌다. 채널의 영역을 벗어나 기 시작한 것이다.

[성좌, '악마 같은 불의 심판자'가 당신의 죽음을 바라지 않습니다!]

멀어지는 밤하늘에서 하나의 별이 간절하게 나를 향해 깜 빡였다.

[성좌, '악마 같은 불의 심판자'가 당신의 죽음을 바라지 않습니다!]

이제 전부 끝났으니 그만해도 돼, 우리엘.

[성좌, '악마 같은 불의 심판자'가……]

고마워.

하늘의 별들이 하나둘씩 꺼지고, 마침내 화신 김독자의 이야기도 저물어간다.

[절대선 계통의 성좌들이 당신에게서 '악인' 표식을 철회했습니다.]
[당신의 화신체가 완전히 소멸했습니다.]
[당신은 시나리오에 실패했습니다.]
[당신은 시나리오에서 추방됐습니다.]
[<스타 스트림>이 당신의 수식언을 공표합니다.]

아득한 어둠 속에서, 스타 스트림이 고요히 내게 속삭이는 소리가 들려왔다.

[당신의 수식언은 '구원의 마왕'입니다.]

[《전지적 독자 시점》PART 2에서 계속]

Omniscient
Reader's
Viewpoint

전지적 독자 시점 PART 1-08

1판 1쇄 발행 2022년 1월 20일 **1판 6쇄 발행** 2024년 6월 26일
지은이 싱숑
펴낸이 박강휘
편집 박정선, 박규민 **디자인** 홍세연, 윤석진

발행처 김영사
주소 경기도 파주시 문발로 197(문발동) 우편번호10881
등록 1979년 5월 17일(제406-2003-036호)
주문 및 문의 전화 031)955-3200 **팩스** 031)955-3111
편집부 전화 02)3668-3291 **팩스** 02)745-4827 **전자우편** literature@gimmyoung.com
비채 블로그 blog.naver.com/viche_books **인스타그램** @drviche, @viche_editors
트위터 @vichebook
ISBN 978-89-349-6738-5 04810 책값은 뒤표지에 있습니다.

비채는 김영사의 문학 브랜드입니다.